Sarah MacLean

Après avoir obtenu un diplôme de lettres et travaillé dans une agence littéraire, elle décide de se lancer dans l'écriture. Elle est autrice de romances, ainsi que de livres pour jeunes adultes devenus des best-sellers. Son talent lui a permis d'être classée à de nombreuses reprises sur la liste des meilleures ventes de *USA Today* et du *New York Times*.

L'amour en 11 scandales

DE LA MÊME AUTRICE AUX ÉDITIONS J'AI LU

La famille St. John

1 – *L'amour en 9 défis*
2 – *L'amour en 10 leçons*

Les diaboliques

1 – *Belle de nuit*
2 – *Le temps d'un battement de cœur*
3 – *L'explosive lady Imogène*

Le cercle des canailles

1 – *Le flambeur*
2 – *La curiosité est un vilain défaut*
3 – *Le paria*
4 – *Discrétion assurée*

Les mauvais garçons

1 – *Par une nuit sans lune*
2 – *L'amazone aux yeux verts*
3 – *La reine de la nuit*

Les sœurs Talbot

1 – *L'inoubliable voyage de Sophie*
2 – *Le colosse venu d'Écosse*
3 – *Le retour de Seraphina*

SARAH

MACLEAN

LA FAMILLE ST. JOHN – 3

L'amour en 11 scandales

Traduit de l'anglais (États-Unis)
par Catherine Berthet

J'AI LU

Titre original
ELEVEN SCANDALS TO START TO WIN A DUKE'S HEART

Éditeur original
Avon Books, an imprint of HarperCollins Publishers

Pour Carrie,
avec tout mon amour et ma gratitude.
Merci de m'avoir ramenée au camp de base.

Un momento con una donna cappricciosa
vale undici anni di vita noiosa.

Un seul moment avec une femme fougueuse
vaut onze ans d'une vie ennuyeuse.

Proverbe italien

1

Les arbres ne sont rien d'autre qu'une protection pour le scandale.

À la tombée de la nuit, les dames distinguées restent chez elles.

Traité des dames raffinées

Nous apprenons que les feuilles ne sont pas les seules choses qui tombent dans les jardins...

Journal des potins, 1823

À la réflexion, il y a quatre choses que Mlle Juliana Fiori aurait dû s'abstenir de faire ce soir-là.

Premièrement, elle aurait dû ignorer l'impulsion qui l'avait poussée à quitter le bal d'automne de sa belle-sœur, pour s'égarer dans les jardins de Ralston House, certes plus aérés et parfumés, mais beaucoup moins éclairés.

Deuxièmement, elle aurait dû hésiter, quand cette même impulsion l'avait dirigée vers les allées obscures qui fixaient les limites de la propriété de son frère.

Troisièmement, elle aurait dû regagner la maison à l'instant où elle était tombée sur lord Grabeham, manifestement ivre, chancelant et débitant des propos contraires à la bienséance.

En revanche, elle n'aurait jamais dû le frapper.

Peu importait qu'il ait voulu la prendre dans ses bras, qu'il lui ait soufflé au visage son haleine chargée, qu'il ait posé ses lèvres froides et humides sur sa joue en suggérant qu'elle « aimerait cela, comme sa mère ».

Une vraie dame ne donnait pas de coups.

Du moins, une dame anglaise.

Elle regarda le prétendu gentleman hurler de douleur et sortir un mouchoir de sa poche pour le plaquer sur son nez. Le tissu immaculé se teinta aussitôt de rouge. Elle se figea. Sa main la brûlait, et la peur la submergea.

Cette histoire allait forcément se répandre. Et devenir un « problème ».

Même si lord Grabeham l'avait bien mérité.

Qu'aurait-elle dû faire ? Lui permettre de la brutaliser en attendant qu'un sauveur miraculeusement tombé du ciel vienne à son secours ? Tout homme se promenant dans les jardins à cette heure penserait moins à la secourir qu'à l'agresser.

Quoi qu'il en soit, elle venait de prouver que les ragots étaient fondés.

Elle ne serait jamais l'une des leurs.

Juliana leva les yeux vers les feuillages épais. Un instant plus tôt, le bruissement des feuilles lui avait paru agréable après la touffeur de la salle. À présent ce bruit lui rappelait les chuchotements qu'elle entendait sur son passage dans toutes les salles de bal londoniennes.

— Vous m'avez frappé ! cria le gros homme, outré.

Levant sa main endolorie, elle coinça une mèche échappée de sa coiffure derrière son oreille.

— Approchez-vous de nouveau, et je recommencerai.

Il continua d'éponger le sang sur son nez tuméfié en dardant sur elle un regard mauvais.

Elle savait ce que cela signifiait.

Carrant les épaules, elle se prépara à ce qui allait suivre.

— Vous le regretterez, articula-t-il en s'avançant d'un air menaçant. Je dirai à tout le monde que c'est vous qui m'avez provoqué. Ici même, dans le jardin de votre frère, telle la catin que vous êtes.

Un étau lui serra les tempes, et elle recula en secouant la tête.

— Ils ne vous croiront pas, lança-t-elle.

Malgré tous ses efforts pour se débarrasser de son accent italien, celui-ci refaisait surface chaque fois qu'elle était bouleversée.

Ses paroles sonnaient faux.

Bien sûr qu'ils le croiraient.

Comme s'il lisait dans ses pensées, l'homme éclata de rire.

— Vous n'imaginez quand même pas qu'ils vont vous croire ! Une fille à peine légitime, et tolérée dans la bonne société que parce que son frère est marquis. Vous ne pensez pas non plus qu'il vous croira, j'espère. Après tout, vous êtes la fille de votre mère.

La fille de votre mère. Elle avait beau faire, ces paroles étaient une insulte à laquelle elle ne pourrait jamais échapper.

— Ils ne vous croiront pas, s'entêta-t-elle en levant le menton, parce qu'il semblera impossible que j'aie voulu de vous, *porco* !

Il fallut quelques secondes à Grabeham pour traduire le mot italien. Le mot *porc* flotta un instant entre eux, en anglais et en italien, puis Grabeham tendit sa grosse main.

Il était plus petit qu'elle, mais sa taille était compensée par une force brutale. Ses doigts se refermèrent sur son poignet et le serrèrent impitoyablement. Juliana essaya de se libérer, en vain. Alors elle se laissa guider par son instinct, remerciant le Créateur qui l'avait fait grandir à Vérone, sur les rives du fleuve où elle avait appris à se battre avec les garçons de son âge.

Le coup de genou d'une extrême précision qu'elle lui décocha arracha un hurlement à Grabeham. Il la lâcha avant de se plier en deux.

Juliana fit la première chose qui lui passa par la tête.

Elle se mit à courir.

Soulevant la jupe de sa robe verte chatoyante, elle traversa les jardins en évitant la lumière qui se déversait par les fenêtres de la salle de bal, car il aurait été aussi dangereux d'être vue surgissant des massifs obscurs que d'être rattrapée par l'odieux Grabeham. Ce dernier s'était ressaisi, et elle entendait derrière elle son pas pesant et sa respiration sifflante.

Accélérant l'allure, elle franchit le portail latéral qui donnait sur le pré longeant Ralston House, où une longue file de voitures attendait de ramener les invités chez eux. Son pied heurta quelque chose de dur, elle trébucha et s'affala sur les pavés, s'écorchant les mains. Elle regretta amèrement d'avoir ôté ses gants de chevreau dans la salle de bal sous prétexte qu'elle transpirait. Le lourd portail de fer forgé se rabattit lourdement derrière elle, et elle hésita une seconde, persuadée que le bruit l'avait trahie. Au bout de l'allée, des cochers jouaient aux dés. Ils ne lui prêtèrent aucune attention. Jetant un coup d'œil par-dessus son épaule, elle vit Grabeham s'approcher du portail tel un taureau chargeant une cape rouge.

Elle n'avait que quelques secondes d'avance.

Les voitures représentaient son seul espoir.

Murmurant des paroles apaisantes en italien, elle se glissa sous la tête de deux grands chevaux noirs, puis se faufila le long de la rangée de voitures. Le portail s'ouvrit en grinçant et se referma avec un claquement sec. Le prédateur approchait !

Le sang lui rugissait aux oreilles tant elle avait peur.

Le plus doucement possible, elle ouvrit la portière d'un des véhicules et se hissa à l'intérieur sans l'aide d'un marchepied. Sa robe s'accrocha quelque part, et elle entendit le bruit du tissu qui se déchirait. Le cœur serré, elle tira l'étoffe à elle, puis referma la portière.

Le satin vert pâle était un cadeau de son frère – une façon d'approuver son refus des robes sages, aux couleurs claires, que portaient les jeunes filles de la bonne société. Et maintenant, il était fichu.

Assise sur le plancher du carrosse, elle ramena les genoux contre sa poitrine et tendit l'oreille.

— *Tego, tegis, tegit, tegimus, tegitis, tegunt,* récita-t-elle à voix basse, le rythme de la conjugaison latine l'aidant à ne pas laisser ses pensées battre la campagne.

Une ombre passa devant la fenêtre, obscurcissant l'habitacle. Juliana se pétrifia, avant de se plaquer dans l'angle, se faisant aussi petite que possible – un défi vu sa haute taille. Le danger passé, elle ferma les yeux et poussa un profond soupir.

— Je me cache, tu te caches, il se cache… reprit-elle.

Des voix masculines résonnèrent soudain, brisant le silence. Elle pria pour que ces hommes passent leur chemin. Mais quand le carrosse oscilla sous le poids du cocher grimpant sur son siège, elle sut que ses prières n'avaient pas été entendues.

Elle laissa échapper un juron en italien – l'un des plus colorés qu'elle connaisse –, puis considéra les choix qui s'offraient à elle. Grabeham était peut-être juste devant, mais même la fille d'un marchand italien habitant Londres depuis quelques mois savait qu'elle ne pouvait arriver devant l'entrée de la demeure de son frère dans une voiture appartenant à Dieu sait qui sans susciter un scandale aux proportions désastreuses.

Une fois sa décision prise, elle rassembla son courage et posa la main sur la poignée. Elle allait sauter dans l'allée et se cacher dans les massifs les plus proches.

C'est alors que l'attelage s'ébranla.

Plus question de s'enfuir.

L'espace d'un instant, elle envisagea d'ouvrir la portière et de sauter. Sauf qu'elle n'était pas imprudente à ce point. Elle ne voulait pas mourir. Elle voulait juste que la terre s'ouvre et l'avale, et la voiture avec elle. Était-ce vraiment trop demander ?

Jetant un coup d'œil à l'habitacle, elle décida que le mieux était de rester assise sur le sol et d'attendre que la voiture s'arrête. Elle pourrait alors sortir par la porte opposée à la façade de la maison, en espérant que personne ne la verrait.

Il était tout de même possible qu'une chose au moins se passe bien ce soir. Elle aurait sûrement quelques secondes pour s'échapper avant que les aristocrates ne descendent les marches du perron.

La voiture s'arrêta, Juliana inspira à fond... se redressa... posa la main sur la poignée, s'apprêtant à sauter.

Mais avant qu'elle ait pu sortir, l'autre portière s'ouvrit et une bourrasque s'engouffra à l'intérieur.

Ses yeux se posèrent sur l'imposante silhouette qui se découpait devant la porte.

Oh, non !

Les lumières de Ralston House laissaient le visage de l'homme dans l'ombre, mais il était impossible de ne pas reconnaître les boucles dorées qui lui faisaient comme un halo d'ange rebelle chassé du paradis.

Il eut un imperceptible mouvement de recul, ses épaules se raidirent, et elle sut qu'il l'avait vue. Elle aurait dû lui être reconnaissante quand il tira la portière derrière lui pour empêcher les autres invités de la voir. Pourtant ce ne fut pas de la gratitude qu'elle éprouva en le regardant monter dans le carrosse.

Mais bien plutôt de la panique.

Elle aurait mieux fait de braver Grabeham, fut la seule pensée qui lui traversa l'esprit.

Car il n'y avait personne au monde qu'elle redoutait plus d'affronter en cet instant que l'insupportable, l'inébranlable duc de Leighton.

À coup sûr, l'univers entier conspirait contre elle.

La portière se referma dans un cliquetis, et ils se retrouvèrent seuls.

Désespérée, elle se précipita vers la portière la plus proche, chercha la poignée à tâtons.

— À votre place, je ne ferais pas cela.

La voix calme et froide résonna dans la pénombre.

Il fut un temps où il n'était pas aussi distant avec elle.

Juste avant qu'elle ait fait le vœu de ne plus jamais lui adresser la parole. Elle prit une brève inspiration, refusant de lui laisser l'avantage.

— Je vous remercie du conseil, Votre Grâce, mais vous me pardonnerez de ne pas le suivre.

Elle agrippa la poignée et pesa de tout son poids pour l'abaisser. Vif comme l'éclair, le duc se pencha et, sans effort apparent, maintint la porte fermée.

— Ce n'était pas un conseil.

Il frappa deux coups secs au plafond. Le véhicule se mit instantanément en route, comme mû par la seule volonté du duc. Maudissant le cocher trop zélé, Juliana se laissa retomber contre le siège. Son pied accrocha le volant de sa robe, déchirant un peu plus le satin. Le bruit lui arracha un tressaillement ; elle passa sa paume souillée de terre sur l'étoffe délicate.

— Ma robe est perdue, marmonna-t-elle, laissant vaguement entendre qu'il y était pour quelque chose.

Leighton n'avait pas besoin de savoir que sa robe de bal avait été abîmée bien avant qu'elle se retrouve dans sa voiture.

— Oui. Eh bien, je pense qu'il existait mille façons d'éviter une telle tragédie, répliqua-t-il sans la moindre trace de culpabilité.

— Je n'avais pas le choix.

Elle regretta aussitôt d'avoir prononcé ces mots à haute voix. Surtout devant lui.

Il tourna vivement la tête vers elle au moment précis où un réverbère projetait un rayon de lumière dans la voiture, soulignant son profil. Juliana s'efforça de ne pas faire attention à lui. De ne pas remarquer à quel point chaque centimètre carré de sa personne clamait son ascendance noble, son appartenance à l'aristocratie – le nez droit, la mâchoire carrée, les pommettes saillantes qui ne faisaient qu'ajouter à la beauté de ses traits.

Elle n'avait jamais rencontré d'homme plus séduisant.

— Oui, j'imagine qu'il ne doit pas être facile de faire honneur à une réputation telle que la vôtre, observa-t-il.

Elle n'avait jamais rencontré non plus pareil crétin.

Elle se recroquevilla, bénissant la pénombre. Elle était habituée aux insultes, aux suppositions qu'entraînait le fait qu'elle soit la fille d'un marchand italien et d'une marquise anglaise qui avait abandonné mari et enfants... s'excluant ainsi de la haute société londonienne.

Ce dernier point était le seul qui suscitait chez Juliana un soupçon d'admiration pour sa mère.

Elle aurait aimé dire à ces aristocrates ce qu'ils pouvaient faire de leur étiquette !

À commencer par le duc de Leighton, qui était de loin le pire de tous.

Ce qu'il n'était pas au début.

— Pourriez-vous faire arrêter cette voiture et me laisser descendre ?

— Je suppose que les choses ne se passent pas comme vous l'aviez prévu ?

— Comme je l'avais... prévu ? répéta-t-elle, éberluée.

— Allons, mademoiselle Fiori, vous croyez que je ne sais pas quel était le but de ce petit jeu ? Vous arranger pour être découverte dans ma voiture – l'endroit idéal pour un rendez-vous clandestin –, devant les marches de la demeure de votre frère, au cours d'une des réceptions les plus en vue de la saison ?

Juliana arrondit les yeux.

— Vous croyez que je...

— Non. Je sais que vous vouliez me piéger pour vous faire épouser. Et votre plan, dont je suppose que votre frère ignore tout tant il est ridicule, aurait pu fonctionner avec un autre homme, portant un titre moins prestigieux que le mien. Mais je vous assure qu'avec moi cela ne marchera pas. Je suis duc. Dans une confrontation, ma parole prévaudrait sur la vôtre. En fait, je vous aurais volontiers laissée ruiner votre réputation devant Ralston House si je n'étais pas redevable à votre frère en ce moment. Vous l'auriez bien mérité pour avoir monté cette petite farce.

Sa voix était calme, posée. Comme s'il avait déjà eu cette conversation un nombre incalculable de fois auparavant et qu'il n'y voyait qu'un inconvénient mineur – l'équivalent d'une mouche tombée malencontreusement dans sa bisque de homard tiède et sans saveur, ou toute autre soupe consommée par ces snobs anglais.

Quel être pontifiant, arrogant...

Une bouffée de colère la balaya, l'obligeant à serrer les dents.

— Si j'avais su que cet attelage était le vôtre, croyez bien que je l'aurais évité.

— Étonnant, dans ce cas, que vous n'ayez pas reconnu les armoiries ducales sur la portière.

— En effet ! D'autant qu'elles rivalisent en taille avec votre vanité. Je vous assure, *Votre Grâce,* que, si je cherchais un mari, j'en choisirais un moins gonflé de son importance, et qui ait davantage qu'un titre de noblesse à offrir.

Sa voix tremblait, pourtant elle était incapable de contenir le flot de paroles qui s'échappait de ses lèvres.

— Vous êtes tellement imbu de vous-même et de votre position dans la société que je suis étonnée que vous ne fassiez pas broder en lettre d'argent le mot *duc* sur tous vos gilets ! À la façon dont vous vous comportez, on pourrait croire que vous avez accompli quelque exploit pour gagner le respect de ces stupides Anglais, alors que vous avez juste été engendré, tout à fait par hasard, au bon moment et par la bonne personne qui, j'imagine, s'y est pris comme n'importe quel autre homme. Sans finesse.

Elle se tut, le cœur battant la chamade, tandis que ses paroles semblaient résonner dans l'obscurité. *Senza finessa.* C'est alors seulement qu'elle se rendit compte qu'à un moment de sa tirade elle était passée à l'italien.

Elle espéra qu'il ne comprenait pas cette langue.

Il y eut un interminable silence, un grand vide béant menaçant la santé mentale de Juliana. Puis la voiture s'arrêta. Le duc semblait changé en statue de pierre. Au moment où elle se demandait s'ils allaient rester là jusqu'à la fin des temps, elle entendit un froissement de tissu et Leighton ouvrit la portière.

Elle tressaillit lorsque sa voix grave résonna tout près d'elle.

— Sortez de cette voiture.

Il parlait l'italien. Parfaitement.

Elle déglutit. Bien. Pas question de lui présenter ses excuses. Pas après ce qu'il avait dit. S'il voulait la jeter dehors, soit. Elle rentrerait à pied. La tête haute.

Quelqu'un lui indiquerait peut-être la direction à prendre.

Elle se redressa, sortit de la voiture et se retourna, s'attendant que la portière se referme. Au lieu de quoi elle vit le duc descendre à son tour. L'ignorant ostensiblement, il gravit les marches du perron d'un hôtel particulier. La porte s'ouvrit avant qu'il ait atteint la dernière marche.

Comme si les portes, de même que tout le reste, se pliaient à sa volonté.

Il pénétra dans un hall brillamment éclairé. Un chien vint l'accueillir avec exubérance.

Et dire qu'on prétendait que les animaux étaient capables de détecter le mal quand ils le rencontraient.

Juliana ricana tout bas à cette pensée, et le duc se retourna instantanément, comme s'il l'avait entendue.

— Entrez ou sortez, mademoiselle Fiori. Vous mettez ma patience à rude épreuve.

Elle ouvrit la bouche pour lui répondre, mais il avait déjà disparu. Elle décida donc d'opter pour la solution la moins risquée. Sachant que demeurer sur un trottoir londonien, seule, au beau milieu de la nuit, détruirait à coup sûr sa réputation.

Elle le suivit à l'intérieur.

La porte se rabattit derrière elle, et le valet s'empressa de rejoindre son maître là où les maîtres et les valets se rendaient. Juliana balaya du regard le carrelage de marbre clair et les miroirs dorés qui faisaient paraître le hall encore plus grand qu'il n'était déjà. Il y avait aussi une demi-douzaine de portes, et un large couloir qui s'enfonçait au cœur de la maison.

Assis au pied de l'escalier, le chien l'observait d'un air méfiant. Juliana se rendit soudain compte, non sans embarras, qu'elle se trouvait chez un célibataire.

Sans chaperon.

À l'exception de ce chien, qui avait déjà donné la preuve de son manque de jugement.

Callie ne serait pas contente. Sa belle-sœur l'avait mise en garde, lui conseillant d'éviter à tout prix ce genre de situation. Elle craignait que les hommes ne profitent de cette jeune Italienne qui n'avait pas une parfaite connaissance des règles en vigueur dans la bonne société britannique.

— J'ai fait envoyer un message à Ralston pour qu'il vienne vous chercher. Vous pouvez attendre dans...

Il se tut brusquement, et elle leva les yeux. Le duc s'était rembruni. Si elle ne l'avait pas mieux connu, elle aurait pu croire qu'il était soucieux.

Mais elle le connaissait.

— Dans ? fit-elle, se demandant pourquoi il se dirigeait vers elle.

— Seigneur, que vous est-il arrivé ?

— Quelqu'un vous a attaquée.

Ils se trouvaient à présent dans le bureau. Leighton versa deux doigts de whisky dans un verre de cristal, et s'approcha du gros fauteuil de cuir dans lequel elle était assise. Il lui tendit le verre, qu'elle refusa.

— Non, merci.

— Vous avez tort. L'alcool vous calmerait.

— Je n'ai nul besoin d'être calmée, Votre Grâce.

Le duc étrécit les yeux. Grand, insupportablement beau, extraordinairement sûr de lui – à croire que jamais personne n'avait jamais osé le défier –, il était l'incarnation du noble anglais.

Jamais défié jusqu'à maintenant, rectifia Juliana mentalement.

— Vous niez avoir été agressée ?

Elle haussa nonchalamment une épaule et garda le silence. Que répondre ? Quoi qu'elle dise, cela se retournerait contre elle. Il soulignerait, de ce ton impérieux et arrogant qui était le sien, que si elle s'était comportée comme une vraie dame... si elle s'était souciée de sa réputation... si elle s'était conformée à l'étiquette britannique, au lieu de suivre sa fantaisie italienne... tout cela ne serait pas arrivé.

Il la traiterait comme le faisaient tous les autres. Comme il le faisait depuis qu'il avait découvert son identité.

— Quelle importance ? Vous déciderez que j'ai organisé toute ma soirée dans l'espoir de prendre un homme dans mes filets pour l'obliger à m'épouser. Ou vous inventerez une autre théorie tout aussi ridicule.

Ces mots étaient destinés à le remettre à sa place. Mais elle manqua son but.

Le duc la parcourut d'un regard froid, s'attardant sur ses bras et ses joues couverts d'égratignures, sa robe déchirée et maculée de terre, ses paumes ensanglantées. Il afficha une moue qui ne pouvait être que de dégoût, si bien qu'elle ne put résister à lui lancer :

— Une fois de plus, je ne me révèle pas digne d'être en votre présence, n'est-ce pas ?

Il croisa son regard.

— Je n'ai pas dit cela.

— Vous n'en avez pas besoin.

Quelqu'un frappa doucement à la porte entrouverte. Sans la quitter des yeux, le duc demanda :

— Qu'est-ce que c'est ?

— J'apporte ce que vous avez demandé, Votre Grâce.

Un valet pénétra dans le bureau avec un plateau sur lequel étaient posés une cuvette, des pansements et plusieurs petites boîtes. Il déposa son chargement sur une table.

— Ce sera tout, dit le duc.

Le domestique s'inclina et ressortit. Leighton s'approcha du plateau, s'empara d'une serviette de lin et en trempa un coin dans la cuvette.

— Vous ne l'avez pas remercié.

— Je ne suis pas d'humeur à être reconnaissant ce soir, répliqua-t-il en lui lançant un regard oblique.

Le ton était accusateur et Juliana se raidit. Qu'importe. Elle aussi pouvait se montrer difficile.

— Il vous a néanmoins rendu service. Ne pas le remercier fait de vous un rustique.

Une seconde passa, puis :

— Vous voulez dire un rustre ?

— Rustre, rustique, comme vous voudrez. Un autre que vous l'aurait remercié.

— Vous voulez dire un homme meilleur que moi ?

Elle écarquilla les yeux, feignant l'innocence.

— Pas du tout. Vous êtes duc, après tout. Il ne peut y avoir d'homme meilleur que vous.

C'était une pique, et amplement méritée après ce dont il l'avait accusée dans la voiture.

— Une autre que vous se rendrait compte qu'elle m'est redevable, et ferait attention à ses paroles.

— Vous voulez dire une femme meilleure que moi ?

Sans répondre, il s'assit en face d'elle.

— Vos mains, fit-il en tendant la sienne.

— Pourquoi ? dit-elle, méfiante, en les pressant sur sa poitrine.

— Parce qu'elles sont meurtries et éraflées, et qu'il faut les nettoyer.

Elle ne voulait pas qu'il la touche. Elle ne se faisait pas confiance.

— Mes mains vont très bien.

Le duc lâcha un grommellement agacé.

— Ce qu'on dit des Italiens est donc vrai.

— Quoi ? Que nous sommes supérieurs en tout ?

— Non, qu'il vous est impossible d'admettre votre défaite.

— Une caractéristique qui a été très utile à Jules César.

— Ah, oui ? Et comment se porte l'Empire romain ces temps-ci ?

Son ton détaché, vaguement supérieur, lui donna envie de hurler. Toutes sortes d'insultes, et dans sa langue maternelle.

Quel homme impossible !

Ils se dévisagèrent pendant une longue minute. Aucun des deux n'était prêt à céder. Finalement, il reprit d'un ton brusque :

— Votre frère sera là d'une minute à l'autre, mademoiselle Fiori. Il sera suffisamment furieux sans qu'en plus vous exhibiez ces doigts ensanglantés.

Juliana posa les yeux sur les mains du duc, qui donnaient une impression de force. Il avait raison, bien sûr. Elle n'avait d'autre choix que de céder.

— Cela va faire un peu mal.

Sans autre avertissement, il palpa ses paumes incrustées de terre et de sang séché. Elle prit une brève inspiration.

— Désolé, dit-il avec un regard en coin.

Juliana ne répondit pas et fit mine d'examiner ses mains. Pas question de lui laisser deviner que ce n'était pas la douleur qui lui avait coupé le souffle. Elle s'y attendait, bien sûr. C'était toujours la même réaction, chaque fois qu'elle le voyait, ou qu'il s'approchait.

C'était du mépris. Elle en était sûre.

Il était inenvisageable que ce soit autre chose.

S'efforçant d'analyser la situation avec objectivité, elle regarda leurs mains, presque entrelacées. La température augmenta instantanément dans la pièce. Il avait de grandes mains, et elle était fascinée par ses longs doigts racés.

Il fit courir un index léger sur le vilain hématome qui lui bleuissait le poignet.

— Je veux que vous me disiez qui vous a fait cela.

Il y avait dans ces mots une froide assurance, comme s'il était certain qu'elle allait obtempérer et qu'il prendrait alors la situation en main. Mais Juliana n'était pas dupe. Cet homme n'était pas un chevalier en armure, c'était un dragon. Le plus grand de tous.

— Dites-moi, Votre Grâce, quel effet cela fait-il de penser que l'on est sur terre pour être obéi ?

Leighton se rembrunit, vivement irrité.

— Il faudra que vous me le disiez, mademoiselle Fiori.

— Non.

Elle reporta son attention sur leurs mains. Juliana ne s'était pas souvent sentie menue ou délicate – elle dominait de sa haute taille toutes les femmes, et une grande partie des hommes, à Londres –, mais avec le duc, elle avait l'impression d'être petite. Son auriculaire, celui qui portait la chevalière en or et en onyx, était plus grand que son pouce à elle.

La bague était la preuve de son titre.

Un rappel de son statut.

Et du fait que Juliana était très en dessous de lui sur l'échelle sociale.

À cette pensée, une bouffée de colère, de fierté et de chagrin l'envahit. Leighton choisit ce moment pour tamponner la peau à vif de sa main avec le tissu humide. La douleur vint la distraire de ses sombres pensées, et elle jura en italien.

Tout en poursuivant ses soins, le duc remarqua avec détachement :

— J'ignorais que ces deux animaux pouvaient faire une telle chose.

— C'est grossier d'écouter !

Il arqua un sourcil.

— C'est difficile de ne pas entendre alors que vous me criez dans les oreilles.

— Les dames ne crient pas.

— Apparemment, les Italiennes ne s'en privent pas. Surtout quand elles subissent des soins médicaux.

Juliana réprima un sourire. Il n'était pas amusant.

Il pencha la tête et se concentra sur sa tâche, rinça le tissu dans la cuvette. Elle tressaillit lorsqu'il reposa le linge sur sa main, et il eut une brève hésitation avant de continuer.

Cela intrigua Juliana. Le duc de Leighton n'était pas enclin à la compassion. En revanche, il était connu pour son indifférence arrogante, aussi était-elle étonnée qu'il s'abaisse à accomplir une tâche aussi servile que le nettoyage de ses plaies.

— Pourquoi faites-vous cela ? demanda-t-elle sans détour.

— Je vous l'ai dit. Vous allez avoir assez de mal avec votre frère, sans, en plus, être couverte de sang quand il arrivera. Sans compter que vous risquez de salir mes fauteuils.

— Non. Je veux dire, pourquoi le faites-vous vous-même ? Vous n'avez pas un bataillon de domestiques à votre disposition pour accomplir ce genre de besogne déplaisante ?

— Si.

— Et alors ?

— Les domestiques parlent, mademoiselle Fiori. Je préfère qu'ils ne sachent pas que vous êtes seule ici, à une heure aussi tardive.

Donc, il la voyait comme un problème. Rien de plus.

Un long silence s'ensuivit, puis il croisa son regard.

— Vous n'êtes pas de cet avis ?

— Si, bien sûr, répondit-elle. Je suis juste stupéfaite qu'un homme aussi en vue ait des domestiques qui cancanent. On pourrait supposer que vous leur en avez fait passer l'envie.

Il secoua la tête.

— Je suis en train de vous aider, et vous cherchez un moyen de m'offenser.

— Pardonnez-moi si je me méfie de vous, Votre Grâce, dit-elle avec gravité.

Les lèvres pincées, il s'empara de son autre main et essuya le sang séché qui se mêlait à la terre. La peau ainsi révélée était à vif et mettrait sans doute plusieurs jours à guérir.

Ses mouvements étaient doux mais fermes, et le contact du lin sur sa peau irritée devint plus supportable une fois les plaies nettoyées. En dépit de la boucle dorée qui était tombée sur son front, Leighton affichait une expression aussi sévère que celle des statues de marbre que l'un des frères de Juliana chérissait.

Un désir familier l'envahit. L'envie de fêler cette façade imperturbable.

Cela s'était déjà produit, à deux reprises.

Puis il avait découvert qui elle était. La demi-sœur italienne d'un des plus célèbres débauchés de Londres. Fille d'une marquise qui s'était déshonorée en épousant un marchand. Élevée loin de Londres, de ses manières, de ses traditions, de ses règles.

Le contraire de tout ce qu'il représentait.

L'antithèse de tout ce à quoi il attachait de l'importance en ce bas monde.

— Tout ce que je veux, c'est que vous rentriez chez vous en bon état, et que seul votre frère soit au courant de votre petite mésaventure.

Il jeta le tissu dans la bassine, dont l'eau avait viré au rose, et prit un des petits pots sur le plateau. Quand il l'ouvrit, il s'en échappa une odeur de citron et de romarin.

Il lui reprit la main, et elle ne tenta pas de résister.

— Vous n'allez quand même pas me faire croire que vous vous souciez de ma réputation ?

Leighton plongea le doigt dans le pot et étala le baume sur ses égratignures. Le remède soulagea aussitôt les brûlures, remplacées par une agréable fraîcheur là où son doigt se posait. L'illusion que c'étaient ses caresses qui lui procuraient ce soulagement bienvenu était totale.

Mais ce n'était que cela : une illusion.

Elle réprima un soupir ; il s'en aperçut et arqua de nouveau les sourcils.

Juliana libéra sa main. Il ne fit pas mine de la retenir.

— Non, mademoiselle Fiori, je ne me soucie pas de votre réputation, mais de la mienne.

Sous-entendre que le fait d'être surpris avec elle, ou d'avoir un lien quelconque avec elle, pouvait lui nuire était blessant.

Elle s'apprêta à entamer une nouvelle bataille verbale avec lui, quand une voix furieuse lança :

— Si vous ne vous écartez pas de ma sœur sur-le-champ, Leighton, votre précieuse réputation deviendra le dernier de vos soucis.

2

Si les jupes sont longues et les lacets compliqués à défaire, il y a une bonne raison.

Une dame raffinée ne montre pas ses pieds. Jamais.

Traité des dames raffinées

Pour les débauchés repentis, assurer leur devoir de frère représente un défi...

Journal des potins, octobre 1823

Il était fort possible que le marquis de Ralston décide de le tuer.

Non que Simon soit le moins du monde responsable de l'état dans lequel se trouvait la jeune fille.

Ce n'était pas sa faute si elle avait grimpé dans sa voiture après avoir livré bataille avec un massif de houx, les pavés de la cour de Ralston, et les portières de sa voiture.

Ainsi qu'un homme, apparemment.

Simon Pearson, onzième duc de Leighton, ignora la colère que suscitait en lui l'hématome sur le poignet de la jeune fille, et reporta son attention sur le frère de ladite jeune fille, qui arpentait son bureau tel un animal en cage.

Le marquis se campa devant sa sœur et recouvra l'usage de sa voix.

— Nom de nom, Juliana ! Que diable t'est-il arrivé ?

Ce langage aurait fait rougir n'importe quelle autre femme de la bonne société. Mais elle n'eut même pas un battement de cils.

— Je suis tombée.

— Tombée ?

— Oui. Entre autres choses.

Ralston leva les yeux au ciel, comme s'il implorait Dieu de lui donner de la patience. Simon compatit. Il avait lui-même une sœur, qui lui avait apporté son lot de contrariétés. En outre, la sœur de Ralston était plus exaspérante qu'il n'était permis.

Et plus belle, aussi.

Cette pensée le troubla.

Bien sûr qu'elle était belle. C'était un fait. Même avec sa robe sale et déchirée, elle aurait fait de l'ombre à toutes les femmes de Londres. Elle offrait un saisissant mélange de délicatesse anglaise et d'exotisme italien. Son teint de porcelaine, ses yeux d'un bleu limpide, son nez parfait, son menton volontaire, formaient un splendide contraste avec sa chevelure d'un noir de jais, ses lèvres pleines et ses courbes sensuelles. Il aurait fallu être mort pour ne pas remarquer ses splendides appâts.

Et il n'était pas mort, après tout.

Il n'était simplement pas intéressé.

Un souvenir surgit en un éclair.

Juliana dans ses bras, se hissant sur la pointe des pieds pour presser les lèvres contre les siennes.

Il repoussa cette image.

Juliana était aussi audacieuse, effrontée, impulsive. Elle attirait les ennuis comme un aimant.

C'était exactement le genre de femme qu'il ne voulait pas approcher.

Aussi, naturellement, elle avait atterri dans sa voiture.

Avec un soupir, il rajusta les manches de sa veste.

— Et comment t'es-tu éraflé les bras et le visage ? Tu as traversé un massif de rosiers ?

— C'est possible, admit-elle en inclinant la tête de côté.

— Possible ?

Ralston fit un pas vers elle, et Juliana se leva pour lui faire face. Ce n'était pas une demoiselle timide.

Elle était d'une taille peu commune. Simon ne rencontrait pas tous les jours des femmes avec lesquelles il n'était pas obligé de se pencher pour parler.

Le sommet de sa tête arrivait à la hauteur de son nez.

— Eh bien, j'étais assez occupée, Gabriel.

Elle prononça ces mots d'un ton si neutre et détaché, que Simon s'esclaffa, attirant aussitôt l'attention sur lui.

— Je ne rirais pas trop à votre place, Leighton ! rugit Ralston. Je suis tenté de vous provoquer en duel pour le rôle que vous avez joué dans la farce de ce soir.

— Me provoquer en duel, moi ? s'exclama Simon, incrédule. Je n'ai rien fait, si ce n'est empêcher votre sœur de ruiner sa réputation.

— Alors vous pourrez peut-être m'expliquer pourquoi vous étiez seuls tous les deux dans ce bureau, et pourquoi vous lui teniez amoureusement les mains quand je suis entré ?

Il comprit immédiatement où le marquis voulait en venir. Et cela ne lui plaisait pas du tout.

— Qu'essayez-vous de dire, Ralston ?

— Qu'on a déjà demandé des dispenses de bans pour moins que cela.

Simon étrécit les yeux tandis qu'il observait le marquis. Un homme qu'il tolérait à peine dans ses bons jours.

— Je n'épouserai pas cette jeune personne.

— Il n'est pas question que je me marie avec lui ! s'écria Juliana au même instant.

Eh bien, ils étaient au moins d'accord sur un point.

Quoique... Elle ne voulait pas se marier avec lui ? Pourtant, elle aurait pu faire pire. Il était duc, bon sang ! Et elle était un scandale ambulant.

Ralston reporta son attention sur sa sœur.

— Si tu continues à te conduire comme tu le fais, tu épouseras l'homme que j'aurai choisi !

— Tu m'avais promis...

— Oui, mais quand j'ai fait cette promesse, tu ne te faisais pas accoster dans les jardins à tout bout de champ, coupa-t-il, excédé. Qui t'a fait cela ?

— Personne.

Simon fut indigné. Pourquoi ne voulait-elle pas révéler le nom de celui qui l'avait importunée ? Qu'elle ne veuille pas le lui dire, il le comprenait. Mais elle pouvait au moins l'avouer à son frère.

Et faire punir ce malotru.

— Je ne suis pas idiot, Juliana. Pourquoi refuses-tu de me le dire ?

— Tout ce que tu as besoin de savoir, c'est que je l'ai mis hors d'état de nuire.

Les deux hommes se figèrent. Simon ne put résister à poser la question :

— Comment avez-vous fait ?

Elle hésita, se frotta le poignet.

— Je l'ai frappé.

— Où ? lâcha son frère.

— Dans les jardins.

Le marquis leva les yeux au ciel, et Simon eut pitié de lui.

— Votre frère voulait savoir sur quelle partie de la personne de votre assaillant vous aviez frappé ?

— Ah ! Sur le nez. Il le méritait ! ajouta-t-elle après une pause.

— Sûrement. À présent donne-moi son nom, que je finisse la besogne.

— Non.

— Juliana. Une gifle de femme n'est pas une punition suffisante. Il t'a attaquée.

— Oh, vraiment ? Pourtant, il y avait beaucoup de sang, Gabriel.

— Vous l'avez fait saigner du nez ? s'exclama Simon.

Juliana eut un sourire suffisant.

— Et ce n'est pas tout.

— Je n'ose pas vous demander… commença Simon.

Elle regarda les deux hommes, tour à tour. *En rougissant ?*

— Qu'as-tu fait ?

— Je… je l'ai frappé… ailleurs aussi.

— Où ?

— Dans le… euh…

Elle chercha ses mots, renonça, et répondit en italien :

— *Inguine.*

Si Simon n'avait pas compris l'italien, le mouvement circulaire de la jeune femme désignant une partie du corps dont il était rigoureusement interdit de parler devant une dame l'aurait éclairé.

— Seigneur ! s'écria Ralston, sans qu'on puisse deviner s'il priait ou s'il blasphémait.

— Il m'a traitée de catin. Je ne crois pas que c'était un compliment, ajouta-t-elle en voyant son frère serrer les poings.

— Non, en effet, confirma Simon.

— Eh bien, alors, il a eu ce qu'il méritait, non ?

— Leighton, ma sœur peut-elle nous attendre quelque part, pendant que nous discutons ? s'enquit le marquis d'une voix sourde.

Une alarme se déclencha dans la tête de Simon. Il se redressa en s'efforçant de garder son calme.

— Bien sûr.

— Vous allez parler de moi ? s'écria Juliana.

— Oui.

— J'aimerais rester.

— J'en suis sûr.

— Gabriel... commença-t-elle de ce ton apaisant que l'on emploie avec les chevaux sauvages, ou les pensionnaires d'un asile d'aliénés.

— Ne tire pas trop sur la corde, répliqua sèchement son frère.

Elle se tut, mais de toute évidence elle réfléchissait à ce qu'elle allait faire ensuite. Ses yeux bleus lançant des éclairs, elle se tourna vers Simon.

— Votre Grâce ? Où voulez-vous m'entreposer pendant que vous discutez entre hommes ?

Sa résistance était étonnante. Elle ne cédait jamais.

Simon la fit passer dans le hall et lui indiqua une porte.

— Dans la bibliothèque. Vous y serez à l'aise.

— Mmm, fit-elle, sans cacher sa contrariété.

Retenant un sourire, il ne put résister à décocher une dernière flèche.

— Permettez-moi de dire que je suis heureux de constater que vous consentez à admettre votre défaite.

Elle pivota sur ses talons et fit un pas vers lui. Ses seins lui effleuraient presque le torse, et son parfum sucré, mélange de mûres et de basilic, l'enveloppa. Elle portait ce même parfum quelques mois plus tôt, avant qu'il ne découvre son identité.

Avant que tout bascule.

Il recula, s'interdisant formellement de lorgner sur son décolleté. Cette fille n'avait aucun sens des convenances.

— Je veux bien admettre que j'ai perdu une bataille, Votre Grâce. Mais je n'ai pas encore perdu la guerre.

Simon la regarda traverser le hall, entrer dans la bibliothèque et refermer la porte. Il secoua la tête.

Juliana Fiori était un désastre ambulant. C'était un miracle qu'elle ait survécu pendant six mois dans la haute société.

Et un miracle que la société ait survécu six mois malgré son arrivée.

— Elle lui a flanqué un coup de genou dans les… dit Ralston quand Simon revint dans le bureau.

— Il semblerait, oui.

— Que diable vais-je faire d'elle ?

Simon cilla. Ralston et lui se détestaient cordialement. Si le frère jumeau du marquis n'avait été un ami du duc, ils ne se seraient jamais adressé la parole. Ralston avait toujours été un crétin. Il était impossible qu'il lui demande son avis, n'est-ce pas ?

— Au nom du ciel, Leighton, la question était purement rhétorique. Je ne suis pas assez idiot pour vous demander conseil. Surtout s'agissant de sœurs.

La flèche atteignit son but, et Simon dit très précisément à Ralston où il pouvait aller chercher conseils. Le marquis se mit à rire.

— Je préfère cela ! Votre politesse commençait à m'inquiéter.

Il alla vers la desserte et versa deux doigts de whisky dans un verre.

— Un whisky ? proposa-t-il.

Devinant que la soirée risquait d'être longue, Simon prit place dans son fauteuil.

— Quelle offre généreuse, commenta-t-il, pince-sans-rire.

Ralston vint s'asseoir, et lui tendit le verre.

— À présent, expliquez-moi comment ma sœur s'est retrouvée chez vous au beau milieu de la nuit.

Simon avala une gorgée d'alcool, puis :

— Je vous l'ai dit. Je l'ai trouvée dans ma voiture en quittant le bal.

— Pourquoi ne m'avez-vous pas prévenu immédiatement ?

Bonne question. Simon fit tourner le whisky dans son verre. Pourquoi n'était-il pas allé chercher Ralston sur-le-champ ?

Cette fille était ordinaire et insupportable. Elle représentait tout ce qu'il détestait chez une femme.

Mais elle était fascinante.

Elle l'avait captivé dès leur première rencontre, dans cette satanée librairie où elle achetait un livre pour son frère. Puis ils s'étaient revus à l'exposition de la Royal Academy of Arts. Et elle lui avait fait croire...

— Peut-être me direz-vous votre nom ? avait-il demandé, craignant de la perdre une fois de plus.

Les semaines lui avaient paru interminables depuis leur rencontre précédente. Elle avait esquissé une moue, et il avait deviné que la victoire était proche.

— Je commence, avait-il proposé. Je m'appelle Simon.

— Simon.

Il avait adoré entendre ce prénom, qu'il n'utilisait plus en public depuis des années, sur les lèvres de la belle inconnue.

— Et vous, milady ?

— Oh, ce ne serait pas drôle si je vous le disais ! avait-elle répondu, un sourire illuminant son visage. Vous ne croyez pas, Votre Grâce ?

Elle savait donc qu'il était duc. C'est à ce moment-là qu'il aurait dû se douter que quelque chose clochait. Mais il était envoûté. Il avait avancé lentement, elle s'était dérobée en reculant d'un pas, et ce manège l'avait captivé.

— Allons, ce n'est pas juste.

— C'est plus que juste. Je suis simplement un meilleur détective que vous.

— Il semblerait, avait-il reconnu, décontenancé. Peut-être devrais-je essayer de deviner votre identité.

— Rien ne vous en empêche, avait-elle concédé.

— Vous êtes une princesse italienne et vous rendez visite au roi en compagnie de votre frère.

Elle avait incliné la tête de côté, une attitude apparemment familière.

— Peut-être.

— Ou la fille d'un comte de Vérone, qui passe le printemps à Londres pour profiter de la célèbre saison londonienne.

Elle avait laissé échapper un rire cristallin.

— Je suis déçue que vous preniez mon père pour un comte. Pourquoi ne serait-il pas duc, comme vous ?

— Un duc, avait-il murmuré. Voilà qui arrangerait tout.

Elle lui avait fait croire qu'elle était la fille d'un duc.

Ce qu'elle n'était pas, bien sûr.

Oui, il aurait dû aller chercher Ralston dès qu'il avait vu cette petite sotte recroquevillée sur le plancher de sa voiture, comme si elle avait pu passer inaperçue !

— Si j'étais venu vous chercher, que se serait-il passé ?

— Elle dormirait dans son lit en ce moment même.

Simon chassa une vision de Juliana endormie, ses cheveux noirs répandus sur le lin blanc de l'oreiller, sa peau crémeuse dévoilée par le décolleté de sa chemise de nuit. À supposer qu'elle en porte une.

Il se racla la gorge.

— Imaginez qu'elle ait bondi de la voiture sous les yeux de vos invités ? Que serait-il arrivé ?

Ralston réfléchit.

— Je suppose que sa réputation aurait été ruinée. Et que vous vous prépareriez à vous marier.

— Donc, il vaut mieux pour tout le monde que je me sois conduit comme je l'ai fait, conclut Simon avant d'avaler une autre gorgée de whisky.

Ralston se rembrunit.

— Ce n'est pas la première fois que vous rejetez l'idée d'épouser ma sœur, Leighton. Je vais finir par y voir une offense personnelle.

— Votre sœur et moi ne sommes pas faits pour nous entendre, Ralston. Vous le savez.

— Vous ne seriez pas capable de la contrôler.

Simon pinça les lèvres. Il n'y avait pas un seul homme à Londres capable de contrôler cette petite harpie. Ralston ne l'ignorait pas, car il poursuivit :

— Personne ne voudra d'elle. Elle est trop vive, trop effrontée. L'inverse des gentilles petites jeunes filles anglaises.

Ralston s'interrompit et Simon se demanda s'il attendait qu'il le contredise. Il n'en avait pas du tout l'intention.

— Elle dit ce qui lui passe par la tête, sans aucune considération pour son entourage. Et elle donne des coups de poing sur le nez de pauvres types sans méfiance, ajouta-t-il avec un petit rire incrédule.

— Pour être juste, il semble que celui de ce soir l'avait bien cherché.

— C'est vrai, reconnut Ralston. Il ne devrait pas être très difficile de le retrouver. Il ne doit pas y avoir beaucoup d'aristocrates qui se promènent dans Londres avec le nez tuméfié.

— Et encore moins qui marchent en boitillant, remarqua Simon, narquois.

— Où croyez-vous qu'elle ait appris cette tactique de défense ?

Avec les loups par qui elle avait été élevée.

— Je n'ose le deviner.

Le silence s'étira entre eux, puis Ralston finit par se lever en soupirant.

— Je n'aime pas vous être redevable.

— Considérez que nous sommes à égalité.

Le marquis hocha la tête et se dirigea vers la porte.

— Une chance, n'est-ce pas, qu'il y ait une session spéciale cet automne ? fit-il en se retournant. Pour nous tenir éloignés de nos domaines campagnards ?

Simon croisa le regard entendu de Ralston. Le marquis s'abstint de dire ce que tous deux savaient. Leighton avait pesé de tout son poids – qui était considérable – pour faire passer en urgence au Parlement une loi qui aurait pu attendre la session de printemps.

— La préparation militaire est un problème sérieux, déclara Simon avec un calme délibéré.

— En effet, reconnut Ralston en s'adossant au battant de chêne. Et le Parlement est un prétexte fort commode pour s'éloigner de ses sœurs, n'est-ce pas ?

— Vous n'avez jamais pris de gants avec moi, Ralston, inutile de commencer aujourd'hui. Venez-en au fait.

— Je suppose que je ne peux pas vous demander votre aide pour Juliana ?

Simon se figea.

Réponds-lui non, tout simplement.

— Quel genre d'aide ?

Cela ne veut pas dire non, Leighton.

— Je ne vous demande pas de l'épouser, Leighton, n'ayez crainte. Mais une deuxième paire d'yeux pour la surveiller ne serait pas de trop. Rendez-vous compte, elle ne peut même pas aller faire un tour dans notre propre jardin sans se faire attaquer par je ne sais qui.

Simon toisa le marquis avec froideur.

— Apparemment, l'univers vous punit en vous envoyant une sœur aussi dissipée que vous l'avez été.

— J'ai bien peur que vous n'ayez raison. Vous savez toutefois ce qui risque de lui arriver, Leighton.

Puisque vous l'avez vécu.

S'il ne prononça pas les mots à haute voix, Simon les entendit tout de même.

Néanmoins, sa réponse était non.

— Pardonnez-moi, mais je ne suis pas très enclin à vous faire une faveur, Ralston.

Voilà, c'était mieux.

— Vous feriez aussi une faveur à St. John, remarqua Ralston, invoquant son frère jumeau. Je vous rappelle que ma famille a dépensé beaucoup d'énergie pour veiller sur votre sœur, Leighton.

Et voilà, on y était.

Le poids du scandale, assez puissant pour soulever les montagnes. Simon n'aimait pas avoir une faiblesse aussi visible.

Et cela ne ferait qu'empirer.

Pendant un long moment, il ne put se résoudre à parler. Puis il finit par acquiescer d'un signe de tête.

— C'est équitable.

— Vous n'imaginez pas à quel point l'idée de vous demander de l'aide me déplaît, duc. Mais pensez que vous pourrez me le renvoyer en pleine figure, toute votre vie.

— J'avoue que j'espérais ne pas être obligé de vous supporter aussi longtemps.

Ralston se mit à rire.

— Vous n'êtes qu'un salaud sans cœur, rétorqua-t-il en allant se camper derrière le fauteuil qu'il venait de quitter. Vous êtes prêt ? Pour le moment où la nouvelle se répandra ?

Simon ne fit pas semblant de ne pas comprendre. Ralston et St. John étaient les deux seuls hommes au monde à connaître le plus sombre de ses secrets. Celui qui, s'il était découvert, détruirait sa famille et sa réputation.

Et tôt ou tard, il finirait par être révélé.

Serait-il un jour prêt à affronter ce désastre ?

— Pas encore. Bientôt cependant.

Ralston le considéra de son regard bleu si semblable à celui de Juliana.

— Vous savez que nous serons à vos côtés.

Le duc eut un rire sans joie.

— Pardonnez-moi, mais je n'accorde pas trop de poids au soutien de la famille Ralston.

— Nous sommes un groupe un peu hétéroclite, admit Ralston dans un sourire. Mais nous compensons ce défaut pas notre ténacité.

— Je n'en doute pas, dit Simon en pensant à la jeune femme qui attendait dans la bibliothèque.

— Je suppose que vous allez vous marier ?

Sur le point de porter son verre à ses lèvres, Simon interrompit son geste.

— Comment le savez-vous ?

— N'importe quel problème peut se résoudre avec une petite visite au vicaire. Surtout le vôtre. Qui est l'heureuse élue ?

Simon envisagea brièvement de mentir. De prétendre qu'il n'avait pas encore choisi. Cependant, la nouvelle serait bientôt connue de tous.

— Lady Pénélope Marbury.

Ralston poussa un long sifflement.

— Fille de marquis. Réputation impeccable. Une lignée qui remonte à plusieurs générations. L'union la plus parfaite qu'on puisse rêver. Et fortunée, par-dessus le marché. C'est un excellent choix.

Simon avait pensé à tout cela, bien sûr, toutefois, l'entendre de la bouche de Ralston le hérissa.

— Je n'apprécie pas que vous parliez des mérites de ma future duchesse comme s'il s'agissait d'un cheval de prix.

— Désolé, j'avais l'impression que vous aviez sélectionné votre future duchesse comme s'il s'agissait d'un cheval de prix, justement.

Cette conversation mettait Simon mal à l'aise. C'était vrai. Il n'épousait lady Pénélope que pour ses origines irréprochables.

— Après tout, ce n'est pas comme si les gens s'attendaient que le grand-duc de Leighton fasse un mariage d'amour.

Le sarcasme qui perçait dans la voix de Ralston lui déplut. Ce dernier avait toujours su comment le faire sortir de ses gonds. Même quand ils étaient enfants. Simon se leva.

— Je vais chercher votre sœur, Ralston. Il est temps de la ramener à la maison. J'apprécierais que vous ne veniez plus jouer vos scènes de famille chez moi, à l'avenir.

Le ton était impérieux, il s'en rendit compte.

Ralston se redressa. Il était presque aussi grand que lui.

— Je m'y efforcerai. Après tout, vos propres histoires de famille menacent de venir s'étaler devant votre porte, n'est-ce pas ?

Il n'y avait décidément rien de bon chez Ralston.

Simon avait intérêt à s'en souvenir.

Il rejoignit la bibliothèque et ouvrit la porte avec plus de force que nécessaire.

Juliana était endormie dans son fauteuil. Avec son chien.

Le siège qu'elle avait choisi était son préféré, celui qui avait atteint le niveau de confort idéal. Le majordome lui avait suggéré un nombre incalculable de fois de le faire retapisser, car le tissu délicat était effiloché. Il contempla la joue égratignée de Juliana reposant sur la trame soyeuse.

Elle avait ôté ses chaussures et ramené les pieds sous elle. Simon secoua la tête. À Londres, une vraie dame n'osait même pas marcher pieds nus dans sa propre chambre. Et celle-ci prenait ses aises pour faire un petit somme dans la bibliothèque d'un duc !

Son regard s'attarda sur elle quelques secondes. Ce fauteuil semblait fait pour elle. Plus grand que les autres, il avait été fabriqué tout exprès pour lui, quinze ans auparavant. Lassé des chaises minuscules que sa mère adorait, il avait décidé qu'un duc avait le droit, de par sa naissance, de dépenser une fortune pour être confortablement assis. Le siège était assez large pour qu'il puisse s'y asseoir et empiler à côté de lui les documents qu'il voulait étudier. Ou pour que le chien recherchant un peu de chaleur puisse s'y installer avec lui. Comme en ce moment.

Le chien en question, un corniaud brun qui était entré par hasard dans la chambre de sa sœur, à la campagne, par un jour d'hiver glacial, ne quittait plus Simon. Sa maison était celle où se trouvait son maître. L'animal aimait particulièrement la bibliothèque, avec ses trois cheminées et son mobilier confortable. De toute évidence, Léopold s'était fait une nouvelle amie. Il dormait roulé en boule, la tête sur l'une des cuisses de Juliana.

Des cuisses auxquelles Simon n'aurait pas dû prêter attention.

La trahison de son chien était un problème sur lequel il se pencherait plus tard. Pour l'heure, il devait s'occuper de la demoiselle.

— Léopold, appela-t-il en se tapotant la cuisse.

Un geste familier qui ramenait le chien à ses pieds dans la seconde.

Si seulement cela suffisait avec la jeune femme.

Non, s'il avait le choix, il ne la réveillerait pas aussi brusquement. Il caresserait longuement ses jambes fuselées… il s'agenouillerait près d'elle, enfouirait le visage dans ses cheveux de jais pour inhaler son délicieux parfum. Puis il poserait les lèvres sur sa joue et murmurerait son nom.

Et alors, il finirait ce qu'elle avait commencé des mois plus tôt.

Et il l'attirerait vers lui d'une façon entièrement différente.

Il serra les poings pour empêcher son corps de réagir à son imagination délirante. Il n'imaginait rien de pire que d'entretenir le désir qu'il éprouvait pour cette femme impossible.

Il devait juste se rappeler qu'il était à la recherche de la duchesse parfaite.

Et ce n'était pas Mlle Juliana Fiori.

Bien qu'elle paraisse faite pour occuper son fauteuil préféré.

Allons, il était temps de la réveiller et de la renvoyer chez elle.

3

Les salons sont des foyers d'imperfections. Les dames raffinées ne s'y attardent point.

Traité des dames raffinées

Il n'y a pas de lieu plus intéressant à Londres que la galerie dominant une salle de bal...

Journal des potins, octobre 1823

— Je croyais que votre saison était terminée et que nous en avions fini avec les bals !

Juliana se laissa tomber dans l'un des canapés du salon des dames de Weston House. Avec un long soupir, elle massa son pied chaussé de mules légères.

— Ce devrait être le cas, reconnut son amie Mariana, duchesse de Rivington, en soulevant le bas de sa robe bleue dont l'ourlet était décousu. Mais tant qu'il y aura des séances au Parlement, les soirées mondaines continueront. Toutes ces dames veulent donner un bal d'automne, plus somptueux que le dernier. Cela dit, c'est votre faute, ajouta Mariana, narquoise.

— Comment pouvais-je prévoir que Callie serait à l'origine d'une révolution en enchaînant les réceptions pour moi ?

Calpurnia, sœur de Mariana et belle-sœur de Juliana, avait été chargée de faciliter l'introduction de Juliana dans la bonne société, lors de son arrivée à Londres au printemps dernier. Au début de l'été, la marquise avait poursuivi son objectif. Une succession de bals et d'activités avait contribué à placer Juliana sur le devant de la scène, obligeant les autres hôtesses à rester en ville bien après que la saison fut terminée.

Le but de Callie était que sa belle-sœur fasse un bon mariage, celui de Juliana, de survivre à ces mondanités.

Mariana fit signe à une domestique. Puis elle sortit de son réticule du fil assorti à sa robe, et le tendit à la jeune femme qui s'accroupissait déjà pour réparer les dégâts.

— Vous avez eu beaucoup de chance d'échapper au Festival Orange de lady Davis la semaine dernière, dit-elle en croisant le regard de Juliana dans le miroir. Si vous aviez vu cela. C'était une explosion de couleurs, et pas du meilleur goût. Tout était orange. Les vêtements, les bouquets, la livrée des domestiques, et même la nourriture.

— La nourriture ? répéta Juliana en fronçant le nez.

— C'était affreux. Tout était couleur carotte. Un vrai festin pour les lapins. Réjouissez-vous d'avoir été souffrante.

Juliana se demanda ce qu'aurait pensé lady Davis, une doyenne de la bonne société à l'esprit particulièrement étriqué, si elle s'était présentée à la réception couverte d'égratignures après sa mésaventure avec lord Grabeham. Cette pensée lui arracha un sourire.

— Je pensais que, maintenant que vous étiez duchesse, vous pouviez vous dispenser d'assister à ce genre d'événement mondain ?

— Je le croyais aussi, mais Rivington n'est pas de cet avis. Ou plus exactement, la duchesse douairière ne l'est pas. La prochaine fois que je croiserai une corne d'abondance, je ferai un détour, conclut-elle dans un soupir.

— Oui, ce doit être très dur d'être l'invitée la plus recherchée de la saison, s'esclaffa Juliana. Non contente d'être follement amoureuse d'un duc séduisant, vous avez en plus le Tout-Londres à vos pieds !

Une lueur malicieuse s'alluma dans les yeux de son amie.

— C'est une dure épreuve. Mais vous ne perdez rien pour attendre. Un jour, vous en passerez par là, vous aussi.

Juliana en doutait.

Surnommée l'Ange d'Allendale, Mariana avait rencontré et épousé le duc de Rivington dès sa première saison. À Londres, leur histoire était sur toutes les lèvres. Leur coup de foudre avait été suivi d'un mariage somptueux, puis d'un tourbillon d'invitations.

Mariana était le genre de femme que les gens adoraient. Tout le monde voulait être son ami, et elle ne manquait jamais de compagnie. Elle avait été la première amie de Juliana quand celle-ci était arrivée à Londres. Le duc et elle tenaient à montrer à la haute société qu'ils l'acceptaient en dépit de ses origines.

Rivington était tellement différent de l'autre duc présent au bal de ce soir.

Leighton n'avait manifesté aucune émotion cette nuit-là. Ni quand leurs regards s'étaient croisés dans l'immense salle, ni quand elle était passée devant lui pour gagner le buffet, ni quand ils s'étaient retrouvés face à face de manière inattendue dans un salon à l'écart.

Ce n'était pas tout à fait exact. Il avait bien exprimé un sentiment, mais pas celui qu'elle espérait.

Il était furieux.

— Pourquoi ne m'avez-vous pas dit qui vous étiez ?

— Cela a-t-il une quelconque importance ?

— Bien sûr !

— Qu'est-ce qui est important ? Que ma mère soit une marquise déchue ? Mon père, un marchand qui travaillait dur pour gagner sa vie ? Ou que je n'aie pas de titre de noblesse ?

— Tout est important.

On l'avait mise en garde contre lui. Contre le Duc Dédaigneux, si conscient de la place qu'il occupait dans la société, et qui ne s'intéressait pas à ceux qui n'étaient pas de son rang. Il était connu pour son mépris et sa froideur. On prétendait qu'il choisissait ses domestiques pour leur discrétion, ses maîtresses pour leur absence de sentimentalité, et ses amis… En fait, l'amitié était une chose trop commune pour qu'il s'en soucie.

Mais elle n'avait pas voulu croire ces commérages, jusqu'à ce qu'il découvre qui elle était. Et qu'elle devienne l'objet de son dédain.

Celui-ci l'avait blessée, bien plus que le jugement de tous les autres.

Et puis, comme une idiote, elle l'avait embrassé. Un baiser ensorcelant. Et soudain, le duc l'avait repoussée avec une violence dont le souvenir la choquait encore.

— Vous êtes un danger pour les autres, et pour vous-même. Vous devriez retourner en Italie. Si vous restez ici, vos impulsions auront tôt fait de vous détruire.

— Ce baiser vous a plu, avait protesté Juliana.

Il avait alors posé sur elle un regard glacial.

— Naturellement. Mais à moins que vous ne désiriez devenir ma maîtresse – et je suis sûr que vous seriez une maîtresse remarquable –, vous feriez mieux de vous rappeler qui vous êtes.

C'est à ce moment-là qu'elle avait décidé de rester à Londres. Pour lui prouver, à lui et à tous ceux et celles qui la jaugeaient et la toisaient avec une froideur hautaine, qu'elle valait mieux que ce qu'ils croyaient.

Elle passa l'index sur la griffe qui lui marquait encore la tempe, dernier vestige de la nuit où elle s'était retrouvée dans la voiture de Leighton. Le souvenir douloureux de ces premières semaines à Londres lui revint en mémoire. Elle était jeune, seule, et espérait encore entrer dans ce cercle fermé d'aristocrates.

Elle aurait dû se douter qu'ils ne l'accepteraient jamais.

La servante finit de réparer l'ourlet de Mariana, qui se leva en secouant ses jupes, puis tournoya sur elle-même.

— Nous y allons ?

Juliana fit mine de s'affaler dans son fauteuil.

— Le faut-il vraiment ?

La duchesse s'esclaffa, et elles regagnèrent le salon principal.

— Il paraît qu'on l'a vue avec un homme dans les jardins, le soir du bal chez les Ralston.

Juliana se figea en reconnaissant la voix haut perchée de lady Sparrow, l'une des pires commères de la bonne société.

— Dans le jardin de son frère ? fit une voix incrédule.

De toute évidence, c'était elle le sujet de la conversation.

Elle se tourna vers Mariana, qui semblait sur le point de faire un éclat, posa la main sur son bras pour la retenir et tendit l'oreille.

— Ce n'est qu'une demi-sœur, rappela une invitée.

— Et nous savons tous d'où vient l'autre moitié !

Des rires ponctuèrent cette remarque cruelle.

— Je suis étonnée qu'elle soit si souvent invitée, poursuivit une autre. Ce soir, par exemple... Je pensais que lady Weston avait plus de discernement.

Juliana le pensait aussi.

— C'est un peu délicat d'inviter lord et lady Ralston, sans étendre l'invitation à Mlle Fiori, fit observer une autre personne.

Un ricanement suivit cette réflexion.

— Ils ne valent guère mieux... Le marquis a un passé scandaleux et la marquise est tellement... inintéressante. Je me demande ce qu'elle a fait pour le séduire.

— Sans parler de lord Nicholas, qui a épousé cette campagnarde. Imaginez un peu !

— Quand on connaît l'effet désastreux de ces unions sur le vrai sang bleu. Il est clair que leur mère a... laissé sa marque.

Juliana sentit la moutarde lui monter au nez. Que ces horribles harpies l'insultent, passe encore, mais qu'elles s'en prennent à sa famille, c'était une autre histoire !

— Ralston devrait donner une dot à sa sœur et la renvoyer tout bonnement en Italie.

Juliana s'était aussi demandé pourquoi son frère ne s'était pas débarrassé d'elle ainsi. Elle s'était attendue que cela arrive depuis qu'elle avait débarqué à l'improviste sur le perron de Ralston House, or cette pensée semblait n'avoir jamais effleuré Gabriel.

Elle ne parvenait toutefois pas à croire qu'il ne voulait pas qu'elle disparaisse de sa vie.

— Ne les écoutez pas, chuchota Mariana. Ce sont d'affreuses commères qui détestent tout le monde.

— Il suffirait qu'une personne de qualité la surprenne dans une situation compromettante pour qu'elle soit définitivement exclue de la bonne société.

— Cela ne tardera pas. Tout le monde sait que les Italiens sont dépourvus de moralité.

Juliana en avait assez entendu. Elle passa devant Mariana et entra dans la petite pièce où les trois femmes retouchaient leur maquillage devant un immense miroir. Elle leur adressa un large sourire et eut la satisfaction de les voir se pétrifier. Il y avait là la belle et perfide lady Sparrow, qui avait épousé un vicomte deux fois plus vieux que Crésus et tout aussi riche. Trois mois plus tard, ce dernier était mort en lui léguant son immense fortune. La vicomtesse était en compagnie de lady Davis, qui apparemment n'était toujours pas sortie de son festival orange, car elle portait une robe atroce qui accentuait sa taille et lui donnait l'allure d'une gourde.

Une jeune femme que Juliana ne connaissait pas était avec elles. Petite, blonde, un visage rond sans grande beauté et des yeux étonnés. Juliana se demanda comment elle s'était retrouvée avec ces deux vipères.

Non pas qu'elle s'en souciât.

— Mesdames, les salua-t-elle d'un ton léger. Des personnes plus avisées se seraient assurées qu'elles étaient seules avant de se lancer dans une conversation qui éviscère autant de gens.

Lady Davis ouvrit et referma la bouche à la façon d'un gros poisson avant de détourner la tête. Rougissante, elle joignit les mains devant elle.

Lady Sparrow n'était pas aussi désolée.

— Nous étions peut-être parfaitement conscientes d'être en compagnie, déclara-t-elle en ricanant. C'est juste que nous ne craignions pas d'offenser les personnes présentes.

Mariana choisit cet instant pour pénétrer dans la pièce. Les trois femmes blêmirent en découvrant la duchesse de Rivington.

— C'est regrettable, déclara celle-ci de ce ton hautain qui convenait à son rang, car je me sens offensée.

Sur ce, elle tourna les talons. Juliana ravala un sourire en voyant les trois commères échanger des regards consternés.

— Ne vous inquiétez pas, mesdames, contrairement à ma belle-sœur, je ne me sens pas offensée.

Marquant une pause, elle observa son reflet dans le miroir, tourna la tête à gauche et à droite, avant de replacer une mèche dans son chignon. Quand elle fut certaine d'avoir capté l'attention des trois femmes, elle reprit :

— Vous m'avez lancé un défi. Je le relève avec plaisir.

Elle ne respira librement qu'une fois qu'elle eut quitté la pièce, étourdie par la colère, l'irritation et la peine.

Elle n'aurait pas dû être étonnée que ces femmes cancanent à son sujet. Les commérages s'étaient déchaînés le jour de son arrivée à Londres.

Elle avait cru qu'ils finiraient par cesser.

Ce n'était pas le cas. Et ça ne le serait jamais, car ils faisaient partie de sa vie.

Le scandale que sa mère avait suscité perdurait encore aujourd'hui, vingt-cinq ans après qu'elle eut abandonné son époux, le marquis de Ralston, et ses fils jumeaux, fuyant sa brillante existence d'aristocrate pour gagner le Continent. En Italie, elle avait ensorcelé le père de Juliana, un marchand qui n'avait jamais désiré une femme autant que cette Anglaise aux cheveux noirs, aux yeux brillants et au sourire ravageur.

Elle l'avait épousé dans un de ces moments d'égarement dont elle était coutumière.

Une caractéristique dont Juliana craignait d'avoir hérité.

Cette pensée la fit grimacer.

Quand elle agissait sur une impulsion, c'était généralement pour se protéger. Sa mère était une aristocrate qui avait un penchant puéril pour les situations théâtrales. L'âge ne l'avait pas fait mûrir.

Juliana se disait qu'elle aurait dû être soulagée que sa mère les ait abandonnés aussi, son père et elle. Celui-ci l'avait élevée de son mieux. Il lui avait appris à faire des nœuds solides, à repérer un mauvais chargement de marchandises, à discuter les prix avec les vendeurs… mais il ne lui avait pas révélé le plus important.

Il ne lui avait jamais dit qu'elle avait une famille.

Elle n'avait appris l'existence de ses demi-frères qu'après la mort de son père. Elle avait alors découvert que sa fortune était placée chez un notaire et qu'un marquis anglais qu'elle ne connaissait pas allait devenir son tuteur.

En quelques semaines, sa vie entière avait basculé.

Elle s'était retrouvée devant la porte de Ralston House, avec sa servante et trois malles contenant toutes ses possessions. Tout cela, à cause d'une mère qui n'avait pas deux sous d'instinct maternel.

Après cela, était-il surprenant que les gens se posent des questions sur sa fille ?

Elle-même s'en posait. Mais non, elle n'était pas du tout comme sa mère.

Et elle n'avait jamais donné de raisons de croire qu'elle lui ressemblait.

Du moins, pas volontairement.

Cela semblait toutefois n'avoir aucune importance pour ces aristocrates qui ne vivaient apparemment que pour l'insulter et la regarder de haut. Ils ne voyaient en elle que le visage de sa mère, le scandale qu'elle avait provoqué, sa réputation désastreuse.

Ils se moquaient de savoir qui était Juliana. Tout ce qu'ils voyaient, c'est qu'elle n'était pas comme eux.

Non, en effet, elle n'était pas comme ces créatures inintéressantes et sans passion.

S'efforçant de surmonter son émoi, elle inspira profondément, les yeux rivés sur les portes qui donnaient sur les jardins, de l'autre côté de la salle de bal. Elle s'y dirigea tout en se disant qu'elle n'aurait pas dû. Elle était cependant submergée par un tel tourbillon d'émotions qu'elle ne se souciait plus de ce qu'il convenait de faire ou pas.

Surgissant de nulle part, Mariana se matérialisa à côté d'elle et posa une main gantée sur son bras.

— Vous vous sentez bien ?

— Très bien, répondit Juliana en évitant le regard de son amie.

— Ces femmes sont épouvantables.

— Elles ne font que dire la vérité.

Mariana s'immobilisa, mais Juliana continua d'avancer vers les portes-fenêtres.

— Elles se trompent ! protesta la duchesse en la rattrapant.

— Vous croyez ? Personnellement, j'en doute. Je ne suis pas comme vous, et je ne le serai jamais.

— Dieu merci. Il y a suffisamment de gens banals. Je suis très heureuse d'avoir enfin une personne unique dans ma vie.

Juliana marqua une pause et se tourna vers son amie.

— Merci.

« Même si ce n'est pas vrai », ajouta-t-elle à part soi.

Mariana sourit comme si tout était arrangé.

— De rien, dit-elle doucement.

— Vous devriez aller danser avec votre séduisant mari, ou les mauvaises langues vont se poser des questions sur l'état de votre mariage, conseilla Juliana.

— Qu'elles s'en posent, je m'en moque !

— Vous parlez comme une duchesse, remarqua Juliana avec un sourire en coin.

— Être duchesse offre quelques avantages, c'est un fait. Mais vous êtes sûre que cela va ?

— Certaine. J'ai juste envie de prendre l'air. Vous savez que je souffre toujours de la chaleur dans ces salles étouffantes.

— Faites attention, recommanda Mariana en lançant un coup d'œil nerveux vers les portes grandes ouvertes. Vous pourriez vous perdre.

— Vous voulez que je sème des petits-fours derrière moi ?

— Ce ne serait pas une mauvaise idée.

— À tout à l'heure, Mariana.

Cette dernière s'éloigna et disparut presque instantanément, comme si elle avait été avalée par la foule. Juliana songea qu'elle ne serait pas absorbée comme elle, mais bien plutôt rejetée. Tel un noyau d'olive craché du haut du Ponte Pietra, le pont de pierre de Vérone.

Elle resta à contempler les douzaines de couples qui virevoltaient au rythme d'une entraînante danse campagnarde. Elle ne put résister à se comparer aux femmes au maintien impeccable qui tourbillonnaient devant elle dans leurs jolies robes pastel. Elles étaient le résultat d'une parfaite éducation anglaise, élevées et cultivées tels des ceps de vigne sélectionnés pour produire des fruits identiques et des vins sans saveur.

Juliana repéra la jeune fille qui tenait compagnie aux deux commères dans le petit salon. Elle prit place dans une rangée de danseurs, et ses joues s'illuminèrent d'un éclat qu'elles n'avaient pas un moment plus tôt. Un sourire était plaqué sur ses lèvres, pas trop appuyé afin de ne pas paraître provocateur, mais juste assez pour manifester un certain intérêt. La jeune fille évoquait un raisin mûr, prêt à être cueilli et versé dans ce fameux cépage anglais.

Le raisin atteignit le bout de la rangée et rejoignit son partenaire.

Le duc de Leighton.

Ensemble, ils s'avancèrent dans sa direction, le long de la rangée de danseurs. Une pensée frappa Juliana.

Ils n'étaient pas assortis.

En dehors de leurs cheveux blonds, ils n'avaient rien en commun. Elle n'était pas très jolie, avec son visage trop rond, ses yeux d'un bleu trop pâle, ses lèvres dont la courbe était loin d'être parfaite.

Quant à lui, eh bien... c'était *Leighton*. La différence de taille était notable. Le duc mesurait plus d'un mètre quatre-vingts, tandis que sa frêle partenaire lui arrivait à peine à l'épaule.

Juliana leva les yeux au ciel. Leighton devait aimer avoir une petite femme qu'il pouvait diriger d'un claquement de doigts.

Mais les différences ne se limitaient pas au physique. Le raisin aimait danser, c'était évident à la façon dont ses yeux pétillaient. Le duc connaissait visiblement les pas, mais ne souriait pas. Cela ne l'amusait pas. De toute évidence, cet homme n'appréciait pas les danses campagnardes. Cela dit, prenait-il jamais du plaisir à quoi que ce soit ?

Il était d'ailleurs surprenant qu'il ait daigné s'abaisser à pratiquer une activité aussi commune que la danse.

Le couple avait atteint le bout de la rangée de danseurs. Ils n'étaient qu'à deux pas de Juliana quand Leighton croisa son regard. Cela ne dura qu'une seconde ou deux, toutefois quand elle plongea les yeux dans ceux, couleur d'ambre, du duc une flèche parut la transpercer. Elle aurait dû y être habituée, pourtant cette sensation la prenait invariablement au dépourvu.

Elle espérait toujours qu'il ne lui ferait plus aucun effet. Qu'un jour, ces moments de trouble intense appartiendraient au passé.

Pour l'heure, en tout cas, ils ne servaient qu'à lui rappeler qu'elle n'était pas à sa place dans le monde des aristocrates.

Pivotant sur ses talons, elle fonça vers les grandes portes vitrées, les franchit et, sans hésiter, descendit sur la terrasse dallée. Elle savait pourtant qu'elle n'aurait pas dû quitter la salle. Son frère

– et le Tout-Londres avec lui – désapprouverait sa conduite. Les terrasses n'étaient à leurs yeux que des lieux propices au péché.

Ce qui était ridicule. Quel mal y avait-il à passer quelques minutes sur la terrasse ? Ce qu'il fallait absolument éviter, c'était le jardin.

L'air était vif, nota-t-elle tandis qu'elle levait les yeux pour contempler les étoiles. Celles-ci, au moins, étaient les mêmes qu'en Italie.

— Vous ne devriez pas être là.

Juliana ne se retourna même pas. Le duc l'avait rejointe, ce qui ne l'étonnait pas vraiment.

— Pourquoi ?

— Il pourrait vous arriver n'importe quoi.

— Mon père disait que les femmes ont douze vies, rétorqua-t-elle en haussant les épaules. Comme les chats.

— Les chats n'en ont que neuf.

Elle lui jeta un coup d'œil oblique.

— Et les femmes ?

— Encore moins. Ce n'est pas raisonnable de rester seule ici.

— Ça l'était jusqu'à ce que vous arriviez.

— C'est pour cela que...

— C'est pour cela que j'ai toujours des ennuis ?

— Oui.

— Alors, que faites-vous là, Votre Grâce ? Ne mettez-vous pas votre réputation en péril en m'approchant ?

Elle se retourna et, voyant qu'il s'était écarté de quelques pas, laissa fuser un rire.

— Eh bien, il me semble qu'à cette distance vous ne risquez plus rien.

— J'ai promis à votre frère de vous protéger du scandale.

— Quelle ironie ! Il fut un temps où vous représentiez la plus grande menace pour ma réputation. Vous l'avez oublié, peut-être ?

Malgré la pénombre, elle vit ses traits se durcir.

— Ce n'est ni le lieu ni le moment pour en discuter.

— Ce n'est jamais le bon moment, n'est-ce pas ?

— Vous avez de la chance que ce soit moi qui vous aie trouvée.

— De la chance ? répéta-t-elle, cherchant dans ses yeux la flamme qu'elle y avait vue brûler un jour.

En vain.

Comment pouvait-il être aussi différent ?

— Je crois qu'il vaut mieux que vous partiez, lâcha-t-elle, sentant la colère poindre.

— Et il vaudrait mieux pour vous que vous regagniez la salle de bal.

— Pourquoi ? Si je me mets à danser, vous croyez qu'ils m'ouvriront les bras et m'accepteront parmi eux ?

— Ils ne vous accepteront jamais si vous n'essayez pas.

— Et vous pensez que je veux l'être ? questionna-t-elle en soutenant son regard.

— Vous devriez le souhaiter.

Juliana redressa les épaules.

— Pourquoi ? Vous formez un groupe rigide, sans passion, plus soucieux de la distance qui sépare deux partenaires en train de danser que du monde dans lequel vous vivez. Vous croyez que vos traditions, vos manières, et vos règles stupides rendent votre vie désirable ? Vous vous trompez. Vous n'êtes que des snobs.

— Et vous, vous êtes une enfant qui ignore tout du jeu auquel elle joue.

Ses paroles la blessèrent, mais elle n'en montra rien. Elle s'approcha de lui.

— Vous croyez que je considère tout cela comme un jeu ?

— Il est impossible qu'il en soit autrement. Regardez-vous. Toute la société est à quelques pas de vous, et vous restez là, à deux doigts de voir sombrer votre réputation, articula-t-il d'une voix froide et coupante.

— Je vous l'ai dit, je me moque de ce qu'ils pensent.

— C'est faux. Si vous vous en moquiez vraiment, vous ne seriez pas encore là. Vous seriez retournée en Italie.

Un long silence s'ensuivit. Leighton se trompait, elle se moquait bel et bien de ce que pensaient les autres. Tout ce qui comptait, c'était ce qu'il pensait, *lui*.

Agacée, elle se tourna vers les jardins, et agrippa la rambarde en se demandant ce qu'il se passerait si elle courait se cacher dans l'obscurité.

On la retrouverait sans doute.

— J'espère que vos mains ont guéri, reprit-il poliment.

— Oui, merci. Vous semblez aimer danser.

Il ne répondit pas tout de suite, comme s'il réfléchissait.

— C'était tolérable, lâcha-t-il finalement.

— Votre partenaire appréciait visiblement votre compagnie.

— Lady Pénélope danse très bien.

Le raisin avait donc un nom.

— J'ai eu la chance de faire sa connaissance un peu plus tôt dans la soirée. Je peux vous dire qu'elle choisit très mal ses amies.

— Je ne tolérerai pas que vous l'insultiez.

— Vous n'êtes pas en position de m'imposer quoi que ce soit.

— Je suis sérieux. Lady Pénélope va devenir ma femme, et vous devez la traiter avec le respect qui lui est dû.

Seigneur, il allait épouser cette petite créature ordinaire ?

— Vous êtes fiancés ?

— Pas encore. Mais ce n'est plus qu'une formalité.

Après tout, quoi de plus naturel pour lui que de choisir pour fiancée une jeune Anglaise aussi parfaite ? Et pourtant, ils étaient si mal assortis...

— J'avoue que je n'avais jamais entendu quelqu'un parler mariage avec autant de froideur.

Le duc croisa les bras, le mouvement soulignant la largeur de ses épaules.

— Que dire de plus ? Nous allons bien ensemble.

— Vous allez bien ensemble ? répéta-t-elle en cillant. Quelle passion dans ces paroles !

— Il n'y a pas de place pour la passion dans un bon mariage anglais.

Ce devait être une plaisanterie. Forcément.

— Vous trouvez normal de vivre une vie sans passion ?

— Ce sentiment est très surestimé, observa-t-il avec un reniflement hautain.

Juliana ne put réprimer un petit rire moqueur.

— Eh bien, c'est la réflexion la plus britannique que j'aie jamais entendue !

— Et c'est mal d'être britannique ?

— C'est vous qui le dites. Nous avons tous besoin de passion. Il en faut, dans tous les domaines de la vie.

Leighton arqua les sourcils.

— C'est un conseil que vous me donnez ? Que les choses soient claires, reprit-il comme elle acquiesçait. Vous pensez qu'il faut de la passion dans ma vie. Un sentiment qui vous pousse à courir dans les jardins, à grimper dans les voitures d'inconnus, à vous aventurer sur les terrasses, et qui met votre réputation en danger à tout bout de champ ?

— Absolument, confirma-t-elle en levant le menton.

— C'est peut-être valable pour vous, mademoiselle Fiori, mais je suis différent. J'ai un titre, une famille, une réputation à protéger. Sans compter que je suis bien au-dessus de ces désirs vils et... communs.

Son arrogance était insupportable.

— Vous êtes duc, répliqua-t-elle, sarcastique.

— Précisément. Et vous êtes...

— Bien moins que cela.

— C'est vous qui le dites, remarqua-t-il à son tour.

Juliana eut l'impression d'avoir été souffletée. Cet homme méritait d'être remis à sa place. Par une femme.

— Vous n'êtes qu'un... *asino*.

Il pinça les lèvres, et elle esquissa une profonde révérence.

— Je vous demande pardon d'avoir utilisé un langage aussi vil, Votre Grâce. Permettez-moi de répéter dans cette langue supérieure qu'est l'anglais : Vous n'êtes qu'un âne.

— Relevez-vous, ordonna-t-il entre ses dents.

Ravalant sa colère, elle obéit. Il lui saisit le bras, enfonçant les doigts dans sa chair, pour la ramener vers la salle de bal.

— Vous croyez que votre passion vous place au-dessus de nous ? lui grommela-t-il à l'oreille.

Tout ce qu'elle prouve, c'est votre égoïsme. Votre famille s'évertue à vous faire accepter dans la bonne société, et vous ne pensez qu'à vous amuser.

— C'est faux. Je les aime profondément. Je ne ferais jamais rien pour...

Rien pour leur nuire. Vraiment ? Après tout, elle était là, sur une terrasse sombre, avec lui. Leighton parut lire dans ses pensées.

— Votre audace causera votre perte. Et probablement la leur. Si vous teniez à eux, vous vous comporteriez comme une dame, et non comme une...

Il se tut avant d'avoir prononcé une insulte.

Juliana entendit pourtant le mot qui lui brûlait les lèvres.

Elle voulait faire tomber à genoux cet homme prétentieux, arrogant. Puisqu'il la trouvait audacieuse, elle le serait. Elle se libéra.

— Vous vous croyez au-dessus de la passion ? Selon vous, votre monde parfait n'a besoin que de règles rigides et d'expériences dénuées de sentiments ?

— Je ne le crois pas, riposta-t-il en reculant. J'en suis sûr.

— Prouvez-le.

Il fronça les sourcils, intrigué, mais garda le silence.

— Je vous montrerai que même un duc glacial ne peut pas vivre sans le feu de la passion.

— Non.

— Vous avez peur ?

— Cela ne m'intéresse pas.

— J'en doute.

— Vous ne vous souciez pas de la réputation, n'est-ce pas ? Vous n'y pensez même pas.

— Si vous craignez pour votre réputation, Votre Grâce, prenez un chaperon.

— Et si je résiste à votre passion ?

— Alors, vous épouserez le grain de raisin et tout ira bien.

— Le grain de raisin ? fit-il, interloqué.

— Lady Pénélope. En revanche, si vous ne résistez pas...

Elle fit un pas vers lui, attirée par la chaleur qui émanait de son corps.

— Alors, quoi ?

— Alors, votre précieuse réputation sera en danger, l'avertit-elle en souriant.

Il ne dit pas un mot, mais un muscle se mit à tressauter sur sa joue. Elle crut qu'il allait la planter là.

— Je vous donne deux semaines, lâcha-t-il. Toutefois, ajouta-t-il sans lui laisser le temps de crier victoire, la leçon sera pour vous, mademoiselle Fiori.

— Quelle leçon ?

— La réputation triomphe toujours.

4

Il faut aller au pas ou au trot.
Les dames raffinées ne vont jamais au galop.

Traité des dames raffinées

Les promenades dans Hyde Park sont de plus en plus matinales...

Journal des potins, 1823

Le lendemain, le duc de Leighton se leva à l'aube.

Il se lava, revêtit sa chemise de lin et ses culottes de daim, enfila ses bottes de cavalier, noua sa cravate et demanda son cheval.

Un quart d'heure plus tard, il traversa le hall de la maison, prit les gants et la cravache que lui tendait Boggs, son majordome, et sortit.

Inspirant l'air automnal, le duc se hissa en selle, comme il le faisait chaque matin depuis qu'il avait hérité du titre, quinze ans auparavant.

Qu'il soit en ville ou à la campagne, qu'il pleuve, qu'il vente ou que le soleil brille, c'était un rituel sacro-saint.

Hyde Park était pratiquement désert à cette heure, les gens de la bonne société ne voyant pas l'intérêt de se promener s'il n'y avait personne pour les admirer. La plupart n'avaient de toute façon pas envie de sortir de leur lit à une heure aussi matinale. C'était précisément pour cette raison que Leighton aimait ces promenades, durant lesquelles il n'entendait que le bruit des sabots de son cheval se mêlant à son propre souffle. Il galopait ainsi le long des allées désertes, qui se rempliraient quelques heures plus tard de nobles désœuvrés en quête des derniers potins.

La bonne société se nourrissait de ragots, et par beau temps, Hyde Park était le lieu idéal pour en échanger.

Dans quelques heures, sa propre famille serait au centre de tous les commérages.

Leighton se pencha en avant et éperonna sa monture comme si cela pouvait lui permettre d'échapper aux rumeurs.

Quand des bruits filtreraient au sujet de sa sœur, les ragots se répandraient et la réputation de sa famille serait en danger. Les ducs de Leighton se succédaient depuis onze générations. Ils avaient combattu au côté de Guillaume le Conquérant. Tous ceux qui avaient porté ce titre et occupé cette position vénérable au sommet de la société avaient obéi à une règle absolue : Rien ne devait souiller le nom.

Pendant onze générations, cette loi avait été respectée. Jusqu'à maintenant.

Leighton avait fait son possible pour ne pas être atteint. Il avait renvoyé sa maîtresse, s'était immergé dans son travail au Parlement, et avait assisté à d'innombrables réceptions au sein de la haute société. Il avait dansé. Pris le thé. S'était montré à l'Almack's. Avait rendu visite aux familles les plus respectées de l'aristocratie.

Il en avait profité pour faire savoir que sa sœur passait l'été à la campagne. Puis l'automne. Bientôt, elle y passerait l'hiver. Mais cela ne suffisait pas. Rien ne suffirait.

L'idée qu'il ne pourrait jamais protéger sa famille mettait à mal sa tranquillité.

Il ne lui restait plus qu'une solution.

Prendre une épouse irréprochable, qui deviendrait la coqueluche de la bonne société.

Il avait rendez-vous le jour même avec le père de lady Pénélope. Le marquis de Needham and Dolby était venu le trouver la veille pour lui suggérer de se rencontrer, afin de « parler de l'avenir ». Leighton ne voyait aucune raison d'attendre davantage. Plus vite il aurait l'accord du marquis, plus vite il serait en position d'affronter les ragots.

Un vague sourire lui incurva les lèvres. Ce rendez-vous n'était qu'une formalité. Du reste, c'était tout juste si le marquis ne l'avait pas lui-même demandé en mariage pour sa fille !

Cela n'aurait pas été la seule demande reçue dans la soirée. Ni la plus tentante.

Simon se redressa et tira sur les rênes pour ralentir sa monture. Une vision l'assaillit. Juliana sur la terrasse de Weston House, lui lançant un défi comme si ce n'était qu'un jeu.

Je vous montrerai que même un duc glacial ne peut pas vivre sans le feu de la passion.

Les mots teintés d'un fort accent italien résonnèrent comme si elle était là et les lui murmurait à l'oreille. Il ferma brièvement les yeux pour chasser cette impression, et relâcha de nouveau les rênes.

Elle l'avait appâté. Et il avait été si irrité par son arrogance, son mépris des valeurs sur lesquelles il avait bâti sa vie, qu'il n'avait plus qu'une envie : lui démontrer qu'elle avait tort. Il voulait lui prouver que son opinion était ridicule, son défi stupide.

Donc, il lui avait accordé deux semaines.

Au bout de ce laps de temps, il lui montrerait que la réputation prévalait sur tout le reste. Il enverrait l'annonce de son mariage au *Times*, et Juliana apprendrait que la passion était une voie tentante, mais pas épanouissante.

S'il n'avait pas relevé son défi ridicule, elle aurait trouvé quelqu'un d'autre. Un homme qui n'était pas en dette envers Ralston, et qui n'avait pas d'intérêt particulier à la protéger du scandale.

En réalité, il lui avait fait une faveur.

Une vision lui traversa l'esprit. Juliana en tentatrice, ses longues jambes fuselées se détachant sur les draps de lin, ses cheveux répandus sur l'oreiller, ses yeux couleur saphir lui promettant monts et merveilles, tandis qu'elle lui tendait les bras en murmurant son nom.

L'espace d'un instant il s'abandonna à ce fantasme, imagina qu'il s'allongeait sur son corps pulpeux, se noyait dans sa chaleur et donnait libre cours à la passion.

Ce serait le paradis.

Il l'avait désirée au premier regard. Jeune, fraîche, et si différente des poupées de porcelaine que les matrones de la bonne société poussaient désespérément devant lui. Durant quelque temps, il avait cru qu'il pourrait l'épouser. Tel un bijou exotique, elle aurait parfaitement convenu au duc de Leighton.

Puis il avait découvert sa véritable identité. Elle n'avait pas du tout les origines requises pour être duchesse.

Ce qui ne l'avait pas empêché d'envisager de la posséder. Ralston n'aurait toutefois pas apprécié que sa sœur devienne la maîtresse d'un duc. Encore moins d'un duc qu'il détestait.

Le fil de ses réflexions fut interrompu par un martèlement de sabots. Leighton ralentit l'allure ; un cavalier traversait la prairie, se dirigeant vers lui au grand galop. Il s'arrêta pour le regarder, impressionné par l'harmonie parfaite entre l'homme et de l'animal. Le cavalier était penché sur sa monture, lui murmurant sans doute des paroles d'encouragement.

Simon chercha le regard de l'inconnu pour lui adresser un hochement de tête appréciateur. De cavalier à cavalier. Il se figea.

Les yeux qu'il croisa étaient d'un bleu limpide, brillants de défi et de satisfaction.

Avait-il fait surgir un fantôme par la seule force de ses pensées ?

Il était absolument impossible que Juliana Fiori se trouve à Hyde Park, à l'aube, vêtue d'un costume d'homme, chevauchant à bride abattue comme si elle était à Ascot.

Simon demeura cloué sur place, incapable de détacher les yeux de la jeune femme, la fureur le disputant à l'incrédulité. Juliana le rejoignit, et s'arrêta si promptement qu'il devina que ce n'était pas la première fois qu'elle montait ce cheval et le menait à une telle allure. Ôtant un gant de cuir noir, elle flatta l'encolure de sa monture en lui murmurant des paroles de félicitations en italien.

Puis, une fois le cheval amplement félicité, elle daigna enfin se tourner vers lui, comme si cette rencontre n'avait rien d'extraordinaire.

— Bonjour, Votre Grâce.

— Êtes-vous folle ? articula-t-il, d'une voix si dure qu'il ne la reconnut pas lui-même.

— J'ai décidé que puisque tout Londres était convaincu, ainsi que vous-même, que mon comportement était critiquable, il n'y avait aucune raison d'essayer de les persuader du contraire. Lucrezia n'avait pas encore eu droit à une telle course depuis notre arrivée. Et elle adore cela, n'est-ce pas, *carina* ?

Elle se pencha de nouveau, chuchotant des mots doux tandis que la jument soufflait de plaisir.

Et il la comprenait...

— Que faites-vous ici ? Savez-vous ce qui risque d'arriver si on vous voit ? Pourquoi êtes-vous habillée ainsi ? Qu'est-ce qu'il vous a pris de...

— À laquelle de ces questions voulez-vous que je réponde en premier ? le coupa-t-elle.

— Ne me poussez pas à bout.

— Je vous l'ai dit, Lucrezia avait besoin de courir un peu. Vous savez aussi bien que moi que nous avons très peu de chances d'être vues à une heure pareille. Le soleil vient à peine de se lever. Quant à mes vêtements, vous ne trouvez pas que c'est une bonne idée de m'être habillée comme un gentleman ? Ainsi, si par un improbable hasard quelqu'un nous apercevait, cela ne prêterait pas à conséquence. Ce qui ne serait pas le cas si je portais une tenue de cavalière. Sans compter que c'est beaucoup moins drôle de monter en amazone, comme vous vous en doutez.

Elle fit glisser sa main nue sur sa cuisse, désignant la culotte qui lui moulait les jambes.

— Vous comprenez, Votre Grâce ?

— Quoi donc ? rétorqua-t-il, irrité par son air satisfait.

— Vous comprenez que c'est beaucoup moins drôle de monter en amazone ? C'est si raisonnable, si... traditionnel.

Il perdit à la fois son calme et la raison. Balayant la prairie du regard, il constata qu'ils étaient seuls. Dieu merci.

— Que vous est-il passé par la tête pour prendre un tel risque ?

Un lent sourire incurva sa bouche pulpeuse.

— C'est juste que... les sensations sont merveilleuses. Rien d'autre.

— Vous ne devriez pas dire des choses pareilles.

— Pourquoi ?

— Ce n'est pas convenable.

C'était une réponse stupide, il s'en rendit compte à l'instant où les mots franchirent ses lèvres. Juliana laissa échapper un profond soupir.

— Nous avons dépassé ce stade, non ? Allons, Votre Grâce, vous n'êtes pas venu ici, à cheval, au point du jour, juste parce que la promenade est agréable. Vous êtes là parce que cela vous procure des sensations merveilleuses.

Le duc pinça les lèvres, et elle laissa fuser un petit rire entendu qui le fit frissonner. Elle remit son gant et il suivit le mouvement des yeux, fasciné.

— Vous aurez beau nier, j'ai tout vu.

— Vu quoi ?

— L'envie, dans votre regard, dit-elle en pointant un doigt insolent vers lui. Avant de m'avoir reconnue, vous aviez envie d'être à ma place. Vous souhaitiez lâcher la bride à votre monture et chevaucher avec... passion.

D'un léger mouvement des rênes, elle orienta son cheval vers la vaste prairie. Elle vibrait d'énergie. Simon devina ce qui allait suivre.

Il était prêt.

— Le premier arrivé à la Serpentine !

À peine eut-elle prononcé ces mots que son cheval s'élança. Elle le distança en quelques secondes.

Sans réfléchir, il la suivit.

Son cheval était plus fort et plus rapide que la jument, pourtant il le retint sans lâcher Juliana des yeux. Elle montait à la perfection, couchée sur le cou de l'animal. Il ne pouvait l'entendre, mais il savait qu'elle lui parlait, l'encourageait, le félicitait, le récompensait en lui offrant la liberté de galoper tout son soûl.

À quelques mètres derrière elle, il voyait son dos, les courbes sensuelles de ses hanches, ses cuisses serrées sur les flancs de l'animal.

Une flèche de désir le transperça. Il lutta contre la sensation. Ce n'était pas à cause d'elle. C'était la situation.

Puis elle lança un coup d'œil par-dessus son épaule, et ses prunelles bleues étincelèrent quand elle l'aperçut. Elle s'esclaffa, et le vent mordant transporta son rire jusqu'à lui.

Il lâcha alors la bride à son cheval. En quelques secondes il la dépassa, longea le bois qui descendait jusqu'à la Serpentine.

Elle avait raison. C'était merveilleux.

Il ne put résister à la tentation de la chercher du regard. Elle avait plusieurs longueurs de retard sur lui. Puis soudain elle quitta l'allée sur laquelle il se trouvait et, presque sans ralentir, dirigea sa jument vers les bois, dans lesquels elles disparurent.

Où diable allait-elle ?

Il tira sur les rênes. Son cheval se cabra et pivota dans la foulée. Simon fonça dans les bois à la poursuite de la jeune femme. Le soleil n'avait pas encore traversé les branches, mais malgré le manque de lumière, Simon s'engagea dans l'allée qui n'était même pas visible de la prairie. La gorge nouée par une émotion confuse, il suivit l'allée sinueuse, apercevant de temps à autre la jument de Juliana.

Il s'arrêta enfin à l'extrémité d'un long chemin ombragé. Loin devant lui, la jeune femme poussait sa monture vers un arbre immense tombé en travers du sentier. En une fraction de seconde, il comprit qu'elle allait franchir l'obstacle.

Simon l'appela d'une voix dure, mais elle ne ralentit pas, ne se retourna pas non plus.

Naturellement.

Le cœur battant, il vit le cheval et sa cavalière décoller du sol, passer au-dessus du tronc d'arbre en décrivant un arc parfait. Un instant plus tard, ils disparaissaient dans un chemin de traverse. Furieux, Simon lâcha un juron avant de se lancer à leurs trousses.

Il fallait vraiment que quelqu'un la reprenne en main.

Son cheval sauta l'obstacle à son tour, et il se demanda combien de temps elle allait continuer cette course effrénée. À son tour, il tourna dans le sentier et tira sur les rênes.

La jument se tenait au beau milieu du chemin. Calme. Et seule.

Avant même que son cheval se soit complètement arrêté, il mit pied à terre et l'appela. Puis il la vit sur le côté, adossée à un arbre, les mains sur les genoux, essayant de reprendre son souffle. Ses joues étaient rouges, ses yeux brillants d'excitation et... d'autre chose, qu'il n'avait pas envie d'identifier pour le moment.

— Vous êtes folle ! Vous auriez pu vous tuer !

Nullement démontée, elle sourit.

— Jamais de la vie. Lucrezia a déjà franchi des obstacles bien plus hauts et plus dangereux.

Il s'immobilisa devant elle, les poings serrés.

— Cet animal est un démon. Et vous bravez le danger !

— Je ne suis pas blessée, protesta-t-elle en écartant les bras.

— Je vois, grommela-t-il.

Elle esquissa un sourire que certains auraient trouvé attendrissant, mais qui ne réussit qu'à l'agacer.

— Non seulement je ne suis pas blessée, mais je suis euphorique. Je vous avais bien dit que nous avions douze vies.

— Possible, toutefois vous ne survivrez pas à douze scandales. N'importe qui aurait pu vous voir.

Il détesta son ton grincheux. Juliana, elle, laissa échapper un rire insouciant, qui résonna dans le bois.

— Cela n'a duré que deux minutes.

— Si je ne vous avais pas suivie, vous auriez pu être attaquée par des voleurs.

— À une heure aussi matinale ?

— Pour eux, il est tard.

— Il n'empêche que vous m'avez suivie, fit-elle remarquer en faisant un pas vers lui.

— Vous n'étiez pas certaine que je le ferais.

Elle s'approcha davantage, avec précaution, comme elle l'aurait fait avec un animal sauvage.

Il se sentait comme un animal. Incontrôlable.

— Bien sûr que si.

— Pourquoi ?

— Parce que vous en aviez envie, répondit-elle avec un haussement d'épaules.

Elle était à présent si près qu'il aurait pu la toucher. Ses doigts se crispèrent malgré lui.

— Vous vous trompez. Je vous ai suivie pour vous éviter de nouveaux ennuis. Votre impulsivité est un danger pour vous et pour les autres.

— Vous croyez ?

— Oui. Je n'ai pas le temps de jouer à vos petits jeux, mademoiselle Fiori. J'ai rendez-vous avec le père de lady Pénélope aujourd'hui.

Elle détourna les yeux une fraction de seconde.

— Vous devriez partir, dans ce cas. Il ne faut pas manquer un rendez-vous aussi important.

« Pars ! » s'ordonna-t-il. Il le voulait. Il allait partir sur-le-champ.

Une longue mèche brune s'était échappée de son chapeau, et il tendit spontanément la main. Une fois qu'il tint ladite mèche entre ses doigts, il ne put résister à l'envie de l'enrouler autour de son poing. Les cheveux noirs se détachaient sur le daim clair de son gant. Il aurait aimé sentir la mèche soyeuse sur sa peau.

Le souffle de Juliana s'accéléra, et sa poitrine se souleva sous sa veste. Une vague de désir le traversa. Il ne lui faudrait que quelques secondes pour faire sauter les boutons de son habit, repousser sa chemise, accéder à son corps... Ses yeux remontèrent jusqu'à son visage, et il lut dans ses prunelles un désir au moins égal au sien.

— J'ai cru que vous vouliez que je vous suive.

— Je...

Sa voix se brisa. Simon éprouva une impression de triomphe, tel un chasseur repérant sa proie.

— Cela m'était égal, reprit-elle dans un murmure.

— Menteuse.

Il tira sur la mèche brune, l'obligeant à s'approcher de lui. Juliana entrouvrit les lèvres, et il ne put résister. Il n'essaya même pas.

Ses lèvres avaient le goût du printemps.

Cette pensée le traversa lorsqu'il s'empara de sa bouche. Il encadra son visage de ses mains pour l'orienter vers lui. Il aurait juré qu'elle avait murmuré son nom... Il l'attira davantage contre lui et elle ne lui opposa aucune résistance. Comme si elle savait avant lui ce qu'il voulait.

Il fit courir sa langue le long de ses lèvres, s'introduisit dans la chaleur de sa bouche. Alors, elle lui rendit son baiser. Avec une lenteur exaspérante, elle fit remonter ses mains sur ses bras, sa nuque, puis enfouit les doigts dans ses cheveux en poussant un doux gémissement.

Elle plaqua ses seins ronds contre son torse, et le plaisir jaillit, fulgurant. Simon approfondit son baiser, posa les mains au creux de ses reins pour la serrer contre lui. Le costume masculin lui offrait une liberté de mouvements qu'elle n'aurait pas eue avec une robe. Il agrippa l'une de ses cuisses, la souleva et se pressa contre sa féminité.

Il interrompit leur baiser avec un grognement, et elle se frotta contre lui. Ses reins s'embrasèrent de plus belle.

— Vous êtes une sorcière.

S'il avait pu, il aurait aimé la tenir nue dans ses bras, ici même, dans cette allée, au cœur de Hyde Park. Il ne se serait même pas soucié d'être vu.

Saisissant le lobe de son oreille entre ses dents, il le mordilla délicatement, lui arrachant un cri de protestation.

— Simon !

Il retomba brutalement sur terre en entendant son prénom résonner dans le silence de l'aube. Il recula, le souffle court, la lâcha comme s'il s'était brûlé. Juliana chancela et il tendit la main pour la soutenir. Elle s'en saisit.

Dès qu'elle eut recouvré son équilibre, elle s'écarta. Son regard se ferma, le tourbillon d'émotions disparut. Il eut envie de l'embrasser de nouveau pour faire renaître son désir.

Mais avant qu'il ait pu esquisser un geste, elle lui tourna le dos et se dirigea vers sa jument qui attendait paisiblement sur le chemin. Elle se hissa en selle avec une facilité déconcertante, et le toisa. Aussi digne et sûre d'elle qu'une reine.

Il aurait dû lui demander pardon.

Il l'avait caressée au beau milieu de Hyde Park. Si quelqu'un les avait vus...

— Il semblerait que vous ne soyez pas aussi immunisé contre la passion que vous le pensiez, Votre Grâce.

Une imperceptible torsion du poignet, et la jument partit au galop.

Simon la suivit des yeux jusqu'à ce qu'elle disparaisse au détour du sentier. Il entendit le bruit des sabots quand l'animal franchit de nouveau l'obstacle.

Le silence retomba, mais l'écho de la voix de Juliana résonnait toujours dans sa tête.

5

On ne sait jamais où se cachent les brigands.

Les dames raffinées ne sortent pas seules de chez elles.

Traité des dames raffinées

Il arrive que des décisions remarquables soient prises alors que le canon du pistolet est encore fumant.

Journal des potins, 1823

Le marquis de Needham and Dolby visa soigneusement un lagopède des saules, et appuya sur la détente. La détonation brisa le silence.

— Diable ! Je l'ai manqué.

Simon s'abstint de faire remarquer au marquis qu'il avait manqué les cinq créatures qu'il avait visées depuis qu'il lui avait suggéré d'aller bavarder dehors « entre hommes ».

Le corpulent aristocrate visa et tira une fois encore, et le bruit fit frémir Simon. Personne ne chassait l'après-midi. Encore moins les mauvais tireurs.

— Bigre !

Encore raté. Simon commençait à craindre pour sa sécurité. Si le marquis voulait réduire en poussière les jardins de son vaste domaine sur les berges de la Tamise, loin de lui l'idée de l'en dissuader. Il regrettait toutefois sa proximité avec ce maladroit.

Apparemment, le marquis lui-même avait atteint ses limites. Marmottant un juron, il passa le fusil à un valet, puis, les mains nouées derrière le dos, il s'engagea dans une longue allée sinueuse.

— Bien, Leighton, venons-en au fait. Vous voulez épouser ma fille aînée.

S'il était mauvais tireur, le marquis était loin d'être idiot.

— Je pense que cette union profiterait à nos deux familles, déclara Simon en lui emboîtant le pas.

— Sans doute, sans doute.

Ils cheminèrent un moment en silence, puis le marquis reprit :

— Pénélope ferait une magnifique duchesse. Elle n'est pas laide, et elle connaît sa place. Elle n'aura pas d'exigences ridicules.

Ces mots plurent à Simon. Ils confirmaient qu'il avait fait le bon choix.

Alors, pourquoi le mettaient-ils mal à l'aise ?

— C'est une fille raisonnable, disposée à accomplir son devoir, poursuivit le marquis. De bonnes origines anglaises, elle ne devrait avoir aucun problème pour vous donner de beaux enfants. Elle n'a pas d'illusions sur le mariage, pas de rêves comme certaines écervelées.

Pas de passion.

Le visage de Juliana surgit devant ses yeux, et il crut l'entendre. *Même un duc aussi froid que vous ne peut vivre sans passion.*

Balivernes. La passion n'avait pas sa place dans un bon mariage anglais. Lady Pénélope serait de son avis.

Ce qui faisait d'elle la candidate idéale. Celle dont il avait besoin.

Nous avons tous besoin de passion.

Il crut entendre Juliana chuchoter ces mots d'un ton moqueur, avec son accent italien. Il serra les dents. Elle ignorait ce dont il avait besoin.

— Je suis heureux de savoir que vous approuvez ce mariage, dit-il à voix haute.

— Naturellement. Deux grandes lignées de l'aristocratie britannique. Les mêmes origines, la même réputation, répliqua le marquis en ôtant son gant pour tendre la main à Simon.

Ce dernier serra la main de son futur beau-père. Le marquis serait-il toujours du même avis quand les secrets de Leighton House seraient dévoilés ?

La réputation des Leighton ne serait plus aussi impeccable.

Simon espéra que ce mariage prestigieux leur permettrait de survivre au scandale.

Ils regagnèrent Dolby House, et il poussa un profond soupir. Il ne lui restait plus qu'à faire sa demande à la jeune femme. Le marquis lui coula un regard de biais.

— Pénélope est à la maison. Vous pouvez lui parler, si vous le souhaitez.

De toute évidence, le marquis voulait que le mariage soit annoncé officiellement. Ce n'était pas tous les jours qu'un duc cherchait une épouse. Simon considéra la suggestion de Needham. Il n'y avait aucune raison de repousser l'inévitable.

Deux semaines.

Il avait accordé deux semaines à Juliana.

C'était une idée ridicule, alors qu'il aurait pu occuper ces deux semaines à préparer son mariage. Et l'union aurait pu être scellée avant même que ce laps de temps soit écoulé s'il avait insisté.

Au lieu de quoi, il avait offert ces quinze jours à Juliana, pour jouer à ses jeux stupides. Comme s'il avait du temps à consacrer à ses fantaisies et à...

Ses étreintes irrésistibles.

Non. Ce matin, il avait commis une erreur qu'il ne devrait pas répéter. Quelle que soit l'envie qu'il en avait.

Il secoua la tête.

— Vous n'êtes pas d'accord ?

Tiré de sa rêverie, Simon se racla la gorge.

— Si vous le permettez, j'aimerais courtiser lady Pénélope comme il convient.

— Vous savez bien que c'est inutile. Après tout, ce n'est pas un mariage d'amour.

Cette idée sembla amuser le marquis, qui rit à gorge déployée, tandis que Simon faisait un effort considérable pour ne pas laisser voir son irritation.

— Tout le monde sait que vous n'êtes pas un sentimental. Pénélope ne s'attend pas à être courtisée.

— Tout de même, répondit Simon en inclinant la tête de côté.

— Pour moi, cela ne fait aucune différence, Leighton. Si j'ai un conseil à vous donner, c'est de ne pas lui offrir une fausse image de vous. Les épouses sont bien plus faciles à diriger quand elles savent à quoi s'attendre.

La marquise de Needham and Dolby avait décidément beaucoup de chance, songea Simon, narquois.

— Je suivrai ce conseil.

— Que diriez-vous d'un cognac ? proposa le marquis. Afin de célébrer cette excellente union ?

Simon n'avait nulle envie de passer davantage de temps avec son futur beau-père. Il n'était cependant pas assez fou pour décliner son offre. Il ne pouvait plus se permettre de rester au-dessus de la mêlée.

— Volontiers, répondit-il.

Deux heures plus tard, installé dans son fauteuil préféré avec son chien couché à ses pieds, Simon se découvrait beaucoup moins triomphant que prévu. Le rendez-vous n'aurait pourtant pu mieux se dérouler. Il allait s'allier à une famille respectée, dont la réputation était sans tache. Il n'avait pas vu lady Pénélope, et pour être franc il n'en avait pas eu envie. Mais tout se passait bien, et il ne restait plus qu'à obtenir son accord pour que les fiançailles deviennent officielles.

— Je suppose que ta visite s'est conclue de manière satisfaisante.

Il se raidit, tourna la tête et rencontra le regard froid de sa mère, qu'il n'avait pas entendue entrer. Il se leva.

— Très satisfaisante.

— Le marquis a donné son consentement ?

— Oui, répondit Simon en se dirigeant vers la desserte.

— Il est un peu tôt pour boire, Leighton.

— Considérez que je célèbre l'événement.

Sa mère ne dit rien, mais elle ne le quitta pas des yeux. Il se demanda ce qu'elle pensait. Non qu'il eût jamais su ce qui se cachait sous l'apparence glaciale de la femme qui l'avait mis au monde.

— Vous serez bientôt belle-mère et duchesse douairière, ajouta-t-il.

Elle ne mordit pas à l'hameçon. D'aussi loin qu'il s'en souvienne, elle ne l'avait jamais fait. Elle se contenta de hocher brièvement la tête, comme si tout était réglé. Comme si c'était simple.

— Quand envisages-tu de te procurer une dispense de bans ?

Deux semaines.

Simon ferma les yeux pour garder cette pensée à distance et avala une gorgée de scotch, histoire de dissimuler son hésitation.

— Vous ne croyez pas que je devrais d'abord parler à lady Pénélope ?

La duchesse renifla, hautaine, comme si la question la heurtait.

— Les ducs en âge de se marier ne courent pas les rues, Leighton. Elle est sur le point de faire le meilleur mariage de la décennie. Ne traîne pas.

Il décela dans ces trois mots l'exigence habituelle. L'assurance qu'un homme comme lui ferait ce qu'il fallait pour préserver l'honneur de leur nom.

Simon regagna son fauteuil et s'y affala, feignant une suprême nonchalance. Un exploit, vu son agacement. L'imperceptible haut-le-corps de sa mère lui procura une infime satisfaction.

— Je n'ai pas à me comporter comme une brute, mère. Je vais courtiser cette jeune fille. Elle mérite qu'on manifeste quelques sentiments, vous ne croyez pas ?

La duchesse ne broncha pas, et son regard demeura impénétrable. Simon se rendit compte qu'elle ne lui avait jamais fait le moindre compliment. En était-elle seulement capable ? se demanda-t-il fugitivement. Probablement pas. Les aristocrates ne manifestaient jamais leurs émotions, et encore moins avec leurs enfants.

Les sentiments, c'était bon pour le peuple.

Il n'avait jamais vu sa mère exprimer un sentiment. Elle n'était jamais heureuse, triste, en colère, amusée. Une fois, il l'avait entendue déclarer que les amusements étaient destinés aux gens d'un rang inférieur. Quand Georgiana était enfant, elle était toujours d'humeur joyeuse et aimait rire. La duchesse la tolérait difficilement.

— Ne sois pas aussi ordinaire, mon enfant, disait-elle avec une moue à la limite du dégoût. Ton père est le duc de Leighton.

Georgiana cessait aussitôt de sourire, et peu à peu sa joie de vivre avait disparu. Rien d'étonnant que sa sœur se soit enfuie quand elle avait découvert son état, songea Simon. Leur mère n'avait jamais fait montre du moindre amour maternel.

Il ne valait guère mieux.

— *Tu es la sœur du duc de Leighton !*

— *Simon... c'était une erreur.*

— *Les Pearson ne commettent pas d'erreur !*

Et il l'avait abandonnée là, dans le Yorkshire. Seule.

Quand il avait informé sa mère du scandale qui les menaçait, elle n'avait pas bougé, le rythme de sa respiration n'avait pas changé. Elle avait dardé sur lui son regard gris, et déclaré :

— Il faut te marier.

Ils n'avaient jamais reparlé de Georgiana. Une bouffée de regret l'assaillit. Il l'ignora.

— Le plus vite possible, Leighton. Avant.

Quelqu'un qui ne connaissait pas la duchesse aurait pu croire qu'elle n'avait pas réussi à terminer sa phrase. Simon savait à quoi s'en tenir. Sa mère économisait ses paroles. Et il savait parfaitement ce qu'elle voulait dire.

Elle n'attendit pas sa réponse, car elle était certaine qu'il tiendrait compte de sa demande. Tournant les talons, elle quitta la pièce, sûre que son fils ferait ce qu'il fallait.

Avant.

Avant que leur secret soit découvert et leur nom traîné dans la boue. Avant que leur réputation soit souillée.

Si on lui avait dit quatre mois plus tôt qu'il se marierait pour sauver l'honneur de la famille, il aurait ri au nez de l'insolent osant faire cette prédiction, et l'aurait envoyé promener.

Bien sûr, quatre mois plus tôt tout était différent.

Simon était encore le meilleur parti d'Angleterre, et cela ne semblait pas devoir changer.

Quatre mois plus tôt, rien ne pouvait l'atteindre.

Marmonnant un juron, il renversa la tête contre le dossier de son fauteuil. La porte de la bibliothèque s'ouvrit de nouveau, mais il garda les yeux fermés. Il ne voulait pas la voir.

Un toussotement poli, puis une voix familière :

— Votre Grâce ?

— Oui, Boggs ? répondit Simon en se redressant.

Le majordome s'avança et lui présenta un plateau d'argent.

— Pardonnez-moi, un message urgent vient d'arriver.

Simon s'empara de l'épaisse enveloppe écrue, et la retourna. En voyant le sceau de Ralston, il éprouva une vive appréhension. Il ne pouvait y avoir qu'une seule raison pour que Ralston lui envoie un message en urgence.

Georgiana.

— Vous pouvez disposer.

Le majordome se retira. Dès la porte refermée, Simon glissa le doigt sous le cachet de cire. Résigné, il déplia le feuillet et lut les deux lignes qu'il contenait.

Respirant de nouveau – il avait manifestement retenu son souffle –, il froissa le papier avec colère.

17 heures, près de la Serpentine.
Cette fois je serai habillée convenablement.

— *Expecto, Expectas, Expectat...*

Juliana murmura les mots latins tout en faisant des ricochets à la surface de la Serpentine. Le soleil commençait à sombrer à l'horizon.

Elle n'aurait pas dû envoyer ce message.

— *Expectamus, Expectatis, Expectant...*

Il était plus de 17 heures. S'il avait décidé de venir, il serait déjà là. Assise à quelques pas sur une couverture de laine, Carla, sa servante, poussa un soupir d'impatience.

— J'attends, tu attends, elle attend...

S'il montrait la lettre à Ralston, elle ne pourrait plus jamais mettre le nez dehors sans être accompagnée d'un bataillon de servantes et de chaperons. Et sans doute de Ralston lui-même.

— Nous attendons, vous attendez, elles attendent...

Elle fit un nouvel essai, rata son ricochet, et regarda la pierre disparaître sous la surface.

— Il ne viendra pas, lança Carla en italien.

Juliana se retourna et croisa le regard sombre et impassible de la servante. Celle-ci serrait étroitement son châle pour se protéger de la bise automnale.

— Tu dis cela parce que tu as envie de rentrer.

Carla haussa les épaules.

— N'empêche que c'est vrai.

— Tu n'es pas obligée de rester, rétorqua Juliana en se rembrunissant.

— En fait, si. Je suis obligée. Et cela ne me dérangerait pas s'il ne faisait pas aussi froid dans ce pays. Pas étonnant que votre duc ait besoin d'un peu de chaleur.

Comme pour ponctuer ces paroles, le vent reprit de la force et manqua d'emporter le chapeau de Juliana. Elle le retint, grimaçant quand les rubans lui fouettèrent le visage. Puis le vent retomba, et elle se risqua à relâcher les bords du chapeau.

— Ce n'est pas mon duc.

— Ah, non ? Alors pourquoi l'attendons-nous ici, dans ce vent glacial ?

Juliana regarda la jeune femme en fronçant les sourcils.

— Tu sais, on m'a dit que les femmes de chambre anglaises étaient beaucoup plus obéissantes. J'envisage d'en changer.

— Je vous le recommande. Je pourrai enfin retourner à la civilisation. Et retrouver la chaleur.

— Encore dix minutes, décréta Juliana en se penchant pour ramasser une pierre.

Carla soupira bruyamment, et Juliana sourit malgré elle. Si contrariante et rétive que soit Carla, sa présence la réconfortait. C'était un personnage familier dans ce monde étrange et inconnu.

Un monde bizarre, plein de frères, de sœurs, de règles immuables, de bals, de chapeaux, et d'hommes incroyablement irritants.

Des hommes auxquels on n'envoyait pas d'invitations au milieu de la journée, écrites sur le papier à lettres de son frère. Elle ferma les yeux, en proie à une gêne soudaine.

Ç'avait été la pire des idées. Ce matin, elle avait regagné sa chambre avant que les autres occupants de Ralston House soient levés, portée par l'excitation de sa rencontre avec Leighton, grisée à l'idée d'avoir troublé cet homme en apparence inébranlable.

Il l'avait embrassée.

Rien à voir avec les baisers hésitants des garçons qu'elle avait connus en Italie. Des baisers volés, alors qu'ils l'aidaient à descendre du navire marchand de son père et la déposaient sur le quai. Non ce baiser-là... c'était celui d'un homme.

Un homme qui savait ce qu'il voulait, et qui n'avait jamais eu besoin de demander. Ses lèvres avaient le même goût que quelques semaines auparavant. Le goût de la force, du pouvoir, et d'autre chose d'absolument irrésistible.

La passion.

Elle l'avait mis au défi de découvrir ce sentiment, mais ne s'était pas préparée à l'éprouver elle-même. Elle avait dû faire appel à toute son énergie pour remonter à cheval et le laisser là, seul, dans la lumière douce du petit matin.

En rentrant chez elle, enivrée par le succès de leur rencontre, aux anges à l'idée de l'avoir déstabilisé, elle n'avait pas pu résister à la tentation d'aller encore plus loin. Elle s'était glissée dans le bureau de Ralston alors que celui-ci dormait encore, et avait écrit un message pour Leighton.

Une brusque rafale de vent balaya la prairie, et la surface de l'eau ondula. Juliana se plaça dos au vent, agrippant les revers de sa cape, tandis que Carla ronchonnait en italien.

Elle n'aurait pas dû envoyer ce message.

Elle lança un caillou dans l'eau.

C'était une très mauvaise idée.

Puis un autre.

Comment avait-elle pu croire qu'il viendrait ? Il n'était pas idiot.

Pourquoi n'était-il pas venu ?

— Cela suffit, *idiota*. Il ne vient pas parce qu'il a de la jugeote. Contrairement à toi, marmonna-t-elle.

Elle était lasse d'attendre. Le froid la transperçait, la nuit tombait, elle allait rentrer. Tout de suite.

Elle réfléchirait demain à la suite à donner aux événements. Pas question de renoncer. Elle disposait encore d'une semaine et cinq jours pour faire plier cet arrogant. Qu'il l'ait ignorée aujourd'hui ne faisait que renforcer sa détermination.

Ayant pris cette décision, Juliana regagna l'arbre sous lequel était assise sa domestique.

— *Andiamo*. Rentrons.

— Ah, *finalmente*, commenta la servante en se levant. J'ai bien cru que vous n'abandonneriez jamais.

Abandonner ? Il n'en était pas question. Elle rassemblait juste ses forces pour la prochaine bataille.

Juste à ce moment, une nouvelle bourrasque emporta son chapeau. Poussant un cri, elle le regarda s'envoler et tomber en rebondissant à la surface du lac telles les pierres qu'elle avait lancées un peu plus tôt. Il finit par s'accrocher à une grosse branche qui flottait le long de la berge, les longs rubans s'agitant au-dessus de l'eau comme pour la narguer.

Carla ricana, et Juliana lui jeta un regard furieux.

— Tu as de la chance que je ne t'envoie pas le chercher.

— Je trouve cette suggestion amusante, rétorqua Carla en arquant un sourcil.

Ignorant sa remarque impertinente, Juliana reporta son attention sur le chapeau. Elle n'allait quand même pas laisser un couvre-chef avoir le dessus ! Il fallait qu'elle gagne la partie de temps en temps.

Quand bien même elle devrait entrer dans l'eau jusqu'à la taille.

Après avoir ôté sa cape, Juliana posa avec précaution un pied sur le tronc d'arbre qui dépassait à la surface, les bras écartés pour garder l'équilibre.

— *State attenta,* recommanda Carla.

Juliana ignora le conseil et se concentra sur le chapeau. Le vent souleva la garniture de dentelle bleue, et elle se figea, craignant qu'il ne l'emporte de nouveau.

Le vent retomba. Le chapeau resta à sa place.

Bien. Juliana continua d'avancer avant que le chapeau ne soit sacrifié aux dieux de la Serpentine.

Encore quelques pas.

Elle y était presque.

Elle se pencha prudemment, la main tendue. Ses doigts effleurèrent un bout de satin.

Et soudain, un coup de vent agita le couvre-chef. Agacée, Juliana en oublia son équilibre précaire et se lança en avant pour le retenir.

L'eau de la Serpentine était encore plus froide et plus profonde qu'elle ne l'imaginait.

Elle remonta à la surface en crachotant et en jurant comme un docker, tandis que Carla riait à gorge déployée. Instinctivement, elle se tourna vers la rive. Mais ses jupons s'enroulèrent autour de ses jambes, l'entraînant vers le fond de la rivière.

Décontenancée, elle donna un coup de pied, remonta brièvement à la surface et inspira une goulée d'air. Que lui arrivait-il ?

Quelque chose clochait. Elle était une excellente nageuse, pourquoi ne parvenait-elle pas à se maintenir à la surface ?

Elle donna un nouveau coup de pied, et comprit que ses jupes gorgées d'eau l'entraînaient vers le bas.

La panique la gagna.

Elle tendit les bras, battit des jambes désespérément. En vain. Ses poumons étaient en feu, l'air commençait à lui manquer.

Je vais me noyer.

Ces mots lui traversèrent l'esprit et elle cessa de lutter.

Puis quelque chose lui agrippa la main, la tira vers le haut. Et... elle put respirer.

Dieu soit loué.

Elle se concentra sur sa respiration tandis qu'on la hissait sur ses pieds qui touchèrent une surface solide.

Mais ses jambes se dérobèrent sous elle.

Elle s'effondra contre son sauveteur, plongé dans l'eau jusqu'à la poitrine, noua les bras autour de son cou, s'accrochant à lui comme à un rocher.

Il lui fallut un certain temps pour revenir à la réalité, pour entendre Carla gémir comme une grand-mère sicilienne, pour sentir la morsure du vent sur son visage et ses épaules, et prendre conscience des mouvements de l'homme qui la soutenait tandis qu'elle tremblait de peur et de froid.

L'homme lui murmurait des paroles apaisantes. En italien.

— Respirez... je vous tiens... tout va bien.

Elle sentit son torse se soulever comme il inspirait profondément.

— Vous êtes en sécurité, répéta-t-il. Petite sotte... je vous tiens.

Ses mains glissèrent le long de ses bras, sur son dos.

— Que diable faisiez-vous dans le lac ? Et si je n'avais pas été là ? Chut... Je vous tiens. *Sei al sicura*. Vous n'avez rien à craindre.

Juliana mit un moment avant de reconnaître la voix. Puis elle le regarda.

Simon.

Décoiffé, trempé, ses cheveux blonds que l'eau assombrissait lui retombant sur le visage, il n'avait plus rien de commun avec le duc digne et hautain qu'elle connaissait.

Et il était merveilleux.

Juliana dit la première chose qui lui passa par la tête.

— Vous êtes venu.

Et il lui avait sauvé la vie.

— Juste à temps, apparemment, répondit-il en italien.

Une quinte de toux la secoua et elle se cramponna à lui. Quand elle eut recouvré son souffle, elle croisa son regard. Ses pupilles avaient la couleur du cognac.

Il lui avait sauvé la vie.

Elle frissonna à cette pensée.

— Vous avez froid.

Il la souleva et l'emporta sur la berge, où Carla était au bord de la crise de nerfs.

— *Madonna !* J'ai cru que vous étiez morte ! s'exclama la servante en italien. Noyée ! J'ai hurlé pour appeler à l'aide ! Je ne sais pas nager, expliqua-t-elle à Simon. Si seulement j'avais appris quand j'étais plus jeune ! *Mi Julianina !* Si j'avais su... je n'aurais pas dû vous laisser marcher sur ce tronc d'arbre ! Grâce à Dieu, vous étiez là, monsieur ! Vous êtes venu... un peu tard, ajouta-t-elle avec un zeste de mépris.

Si Juliana n'avait pas eu aussi froid, le dédain de Carla l'aurait fait rire. En effet, il était en retard. Mais il était venu. Elle lui glissa un regard en coin. La réflexion de Carla n'était pas passée inaperçue. Il s'était figé, ses traits semblaient sculptés dans le marbre, comme ceux d'une statue romaine.

Il n'avait pas pris le temps d'enlever sa veste avant d'entrer dans l'eau. Curieusement, ses vêtements trempés le faisaient paraître plus grand, plus dangereux, plus intraitable. Une goutte roula sur son front, et elle fut tentée de l'essuyer du bout des doigts.

Ou de ses lèvres.

Elle chassa cette pensée, certainement due à sa rencontre avec la mort, et reporta son attention sur la bouche ferme du duc. Elle eut aussitôt envie de l'embrasser.

Un nerf tressauta sur sa mâchoire, trahissant sa colère. Peut-être même sa fureur.

Juliana frissonna et essaya de se persuader que c'était à cause du froid et du vent. Croisant les bras sur sa poitrine, elle remercia Carla qui lui drapa sa cape sur les épaules. Cela ne la réchauffa pas, et elle frissonna de nouveau sous le regard glacial de Leighton.

De tous les hommes qui vivaient à Londres, pourquoi fallait-il que ce soit lui qui se soit porté à son secours ?

Quelques personnes s'étaient regroupées autour d'eux et les observaient. Elle était certaine qu'ils savaient parfaitement qui elle était.

Dès le lendemain, tout Londres serait au courant de cette histoire.

L'émotion la submergea. Un mélange d'épuisement, de peur, de gratitude et de gêne. Son estomac se contracta et elle craignit de vomir sur les bottes du duc que ce séjour dans l'eau avait définitivement ruinées.

Tout ce qu'elle voulait, à présent, c'était être seule.

— Mer... ci... Votre... Grâce... balbutia-t-elle.

Elle venait de frôler la mort, mais elle parvenait tout de même à se montrer polie. Et en anglais, qui plus est ! Soutenue par Carla, elle prononça les mots qu'elle aurait voulu ne jamais avoir à articuler :

— Je vous suis redevable.

Elle commençait à pivoter sur ses talons, pressée de rentrer chez elle pour prendre un bain chaud, lorsque la voix du duc l'arrêta dans son élan.

— Ne me remerciez pas, dit-il dans un italien parfait. Je n'ai jamais été aussi furieux de ma vie.

6

L'eau sert à se laver, jamais à s'amuser. Les dames raffinées ne s'éclaboussent pas dans leur bain.

Traité des dames raffinées

Nous apprenons qu'il se fait des découvertes extraordinaires dans notre vieille Serpentine...

Journal des potins, octobre 1823

Simon avait du mal à contenir sa colère.

Cette fille avait failli se tuer et elle croyait pouvoir en rester là ?

De toute évidence elle était épuisée, frigorifiée et sous le choc. Mais elle était encore plus écervelée qu'il ne le pensait si elle croyait qu'il allait la laisser rentrer chez elle sans un mot d'explication sur sa conduite ahurissante. La peur et le désespoir se mêlaient dans son regard. Bien. Elle y réfléchirait sans doute à deux fois avant de recommencer.

— Vous n'allez pas le dire à Ralston, n'est-ce pas ?

— Bien sûr que si.

Elle fit un pas vers lui et passa à l'anglais.

— Mais pourquoi ? Cela ne servira qu'à l'inquiéter inutilement.

— Inutilement ? Au contraire, mademoiselle Fiori. Il faut que votre frère sache que vous avez besoin d'un chaperon pour vous empêcher de vous comporter avec imprudence.

— Je n'étais pas imprudente, se défendit-elle.

— Ah non ? Comment expliquez-vous ce qui s'est passé ?

Il y eut un silence, pendant lequel Juliana réfléchit manifestement. Elle se mordilla la lèvre, et il ne put s'empêcher d'en être troublé. Le désir le transperça, violent, brutal, et il se raidit. Il ne voulait pas cette femme. Elle était folle.

Une folle divinement belle.

— Mon comportement était tout à fait raisonnable, déclara-t-elle finalement.

— Vous avez grimpé sur un tronc d'arbre !

— Il me paraissait solide.

— Vous êtes tombée dans un lac, lui rappela-t-il d'une voix grondante.

— Je ne pensais pas qu'il était aussi profond. Ce lac ne ressemble à aucun autre.

— Parce que ce n'est pas un vrai lac. Il est artificiel, creusé par la main de l'homme.

— Pourquoi ? s'exclama-t-elle en écarquillant les yeux.

— Comme je n'étais pas encore né à l'époque, je ne saurais hasarder une réponse.

— Il faut être anglais pour avoir l'idée farfelue de fabriquer un lac, lança-t-elle à Carla, qui pouffa.

— Et italienne pour tomber dedans ! rétorqua Simon.

— J'essayais de récupérer mon chapeau !

— Ah… voilà qui rend votre comportement plus logique ! Savez-vous seulement nager ?

— Nager ? répéta-t-elle, outrée. Je suis née sur les berges de l'Adige ! Et sachez que c'est une vraie rivière.

— Impressionnant, dit-il avec flegme. Et vous avez déjà nagé dans cette rivière ?

— Bien sûr ! Mais je ne portais pas tous ces jupons !

— Pourquoi ?

— Parce qu'on ne peut pas nager avec des jupons. On se noierait.

— Ah ! fit-il en se balançant sur ses talons. Vous avez au moins appris une chose aujourd'hui !

Elle étrécit les yeux, et il eut la nette impression qu'elle avait envie de lui décocher un coup de pied. Tant mieux. Qu'elle soit furieuse l'aidait à recouvrer son sang-froid.

Seigneur, elle avait failli se noyer !

Il n'avait jamais eu aussi peur de sa vie. Il était arrivé au bord du lac, se reprochant d'avoir laissé cette Italienne décider de la façon dont il allait passer l'après-midi. N'aurait-il pas été mieux chez lui, à mener sa vie habituelle et bien rangée ? Et soudain, il avait été confronté à cet horrible tableau. La servante qui hurlait en appelant à l'aide, les remous à la surface de l'eau, et les tourbillons de soie bleue à l'endroit où Juliana était en train de suffoquer.

Arrivait-il trop tard ?

— Je vous l'ai dit, j'avais une très bonne raison d'aller au bord du lac, reprit-elle, le tirant de ses réflexions. Sans ce vent et ces maudits vêtements, tout se serait très bien passé.

Comme pour souligner cette déclaration, le vent prit de la force, et elle se mit à claquer des dents. Elle croisa les bras pour se protéger du froid, et tout à coup elle eut l'air... petite. Et fragile. À l'opposé de l'image qu'il avait d'elle, audacieuse et indestructible. Sa colère s'évanouit et il n'eut plus qu'une envie : l'envelopper de ses bras pour la réchauffer.

Ce qui, bien entendu, était impossible.

Il y avait du monde autour d'eux – et les bavardages seraient suffisamment conséquents sans qu'il ait besoin de les alimenter.

Il jura à mi-voix tandis qu'il franchissait la distance qui les séparait. Il se tourna de manière à la protéger du vent.

Si seulement il pouvait se protéger d'elle !

— Pourquoi faut-il toujours que vous me mettiez à l'épreuve ? lança-t-il d'un ton hargneux.

— Parce que vous vous attendez toujours à me prendre en défaut. Que je me montre imprudente, que je ruine ma réputation.

— Prouvez-moi que j'ai tort.

— C'est ce que je fais ! Puisque je choisis délibérément d'être audacieuse.

— Vous êtes gelée, dit-il, agacé.

— Pas… pas vous ? murmura-t-elle, les lèvres tremblantes de froid.

Froid, lui ? Il était en feu. Les vêtements de Juliana étaient trempés, ses cheveux défaits, elle aurait dû paraître pitoyable. Or elle était splendide. Ses habits moulaient son corps pulpeux, et l'eau mettait en valeur ses traits magnifiques – pommettes hautes, yeux d'un bleu pur soulignés par d'immenses cils noirs, teint de porcelaine. Il suivit des yeux une goutte qui roulait dans son cou, et éprouva une envie folle de l'arrêter du bout de la langue.

Elle était vivante. Et il la désirait.

Dieu merci, elle frémit de nouveau, ce qui lui permit de se ressaisir.

Il fallait qu'il la ramène chez elle avant qu'elle n'attrape une pneumonie.

Et avant qu'il ne devienne complètement fou.

— Vous êtes venues en voiture ? demanda-t-il à la servante en italien.

— Non, Votre Grâce.

— Je vais ramener votre maîtresse dans mon cabriolet. Retrouvez-nous à Ralston House, ordonna-t-il en prenant Juliana par le coude pour l'entraîner dans le chemin.

— Vous... vous croyez qu'elle va vous obéir ? questionna cette dernière, comme si elle trouvait cette possibilité ridicule.

Ignorant sa remarque, Simon garda les yeux fixés sur Carla.

— Oui, Votre Grâce, dit la servante, qui s'inclina avant de s'éloigner.

Il baissa les yeux sur Juliana, qui le considérait avec irritation. Cela raviva sa propre colère. La veille et ce matin, elle avait mis sa réputation en danger. Cet après-midi, elle avait risqué sa vie. C'était intolérable.

Ils firent quelques pas en silence, puis :

— Vous auriez pu mourir.

Elle eut l'ombre d'une hésitation, et il crut qu'elle allait encore lui demander pardon.

— Mais je ne suis pas morte, répliqua-t-elle en esquissant une moue. J'ai douze vies, vous avez oublié ?

S'il n'avait pas été aussi furieux, il aurait peut-être admiré sa ténacité. Pour l'heure, il avait juste envie de la secouer.

Il résista à la tentation. À peine.

Ils atteignirent son cabriolet, et il la hissa toute frissonnante dans le véhicule, avant de grimper à ses côtés.

— Je vais abîmer vos sièges.

La remarque était si futile, au regard de ce qui s'était passé, qu'il se tourna vers elle, stupéfait.

— Je m'étonne que vous vous inquiétiez pour mes fauteuils, quand vous accordez si peu d'importance à votre propre vie.

Comme pour ponctuer ces paroles, elle éternua. Simon jura entre ses dents et attrapa une couverture de voyage derrière lui.

— Et maintenant, vous allez tomber malade. Prenez cela.

— Merci, dit-elle d'une voix ferme, avant de détourner les yeux.

Sans doute aurait-il dû se montrer plus courtois, songea-t-il. Mais il n'était pas d'humeur. Ils sortirent de Hyde Park. Les sabots des chevaux claquaient sur les pavés et c'est à peine s'il l'entendit déclarer :

— Vous n'êtes pas obligé de me parler comme si j'étais une demeurée. Je n'avais pas l'intention de me noyer.

Simon éprouva un pincement au cœur. Il n'aurait pas dû être aussi dur avec elle. Mais il ne pouvait s'en empêcher.

— Quoi qu'il en soit, si je n'étais pas arrivé, vous vous seriez noyée.

— Vous êtes venu, dit-elle simplement.

Il avait essayé de résister.

Il avait jeté sa lettre dans la corbeille à papier de son bureau. Puis il avait fait semblant de l'oublier pendant qu'il dépouillait son courrier. Et aussi pendant qu'il discutait avec son secrétaire.

Ensuite, il avait ouvert le paquet que sa mère lui avait envoyé moins d'une heure après l'avoir quitté. Le colis contenait le saphir des Leighton, la bague de fiançailles portée par des générations de duchesses de Leighton.

Il avait posé la bague bien en vue sur son bureau. Pourtant la feuille froissée semblait le narguer dans la corbeille, comme si Juliana avait semé le désordre dans sa maison si bien rangée. Où qu'il posât les yeux, il croyait voir la missive. Que ferait-elle s'il ne répondait pas ?

Elle n'hésiterait pas à utiliser une méthode plus scandaleuse, devinait-il. Il imaginait ses boucles noires, ses yeux bleus lançant des éclairs...

Puis il avait demandé son cabriolet, et l'avait lancé à une allure un peu trop vive pour un homme déterminé à éviter cette friponne.

Il avait été à deux doigts d'arriver trop tard.

À cette pensée, ses mains se crispèrent sur les rênes, et les chevaux s'agitèrent, décontenancés. Il s'obligea à se calmer.

— Vous avez eu de la chance, car j'ai failli ne pas venir. M'envoyer ce message était à la fois déraisonnable et puéril. Et quelle mouche vous a piquée de plonger dans ce lac ?

— Je n'ai pas plongé, je suis tombée. C'était un accident. Je suppose que vous ne faites jamais ce genre d'erreurs.

— Non, pas si elles peuvent me coûter la vie.

— Bien. Tout le monde ne peut pas être aussi parfait que vous.

— Vous n'avez pas répondu à ma question, s'entêta-t-il.

— Vous vouliez savoir quelque chose ? J'ai cru que vous prononciez un jugement.

— Le lac, reprit-il en lui lançant un regard en coin. Que faisiez-vous dans le lac ?

— Je vous l'ai dit, j'ai suivi mon chapeau.

— Votre chapeau ?

— C'est un de mes préférés, je ne voulais pas le perdre.

— Votre frère vous en aurait acheté un autre. Je vous en aurais offert une douzaine, si cela avait pu me dispenser de...

Il s'interrompit. *De vous voir vous noyer sous mes yeux.*

— Je voulais celui-ci, déclara-t-elle sans se départir de son calme. Je suis désolée de vous avoir obligé à me sauver... Vous allez devoir faire retapisser les sièges de votre cabriolet, acheter de nouvelles bottes... et tout le reste.

— Je n'ai pas dit...

— Non, parce que vous êtes trop poli. Vous m'offririez une douzaine de chapeaux, si cela avait pu vous dispenser de voler à mon secours ? Une fois de plus ?

Elle éternua de nouveau.

Elle aurait mérité d'être punie pour l'avoir tenté... et l'avoir terrifié. Il ne dit cependant rien. Il parvint à maîtriser sa colère et à arrêter le cabriolet devant Ralston House sans s'être emporté.

— Nous sommes arrivés. Vous allez pouvoir déléguer le rôle de protecteur à quelqu'un d'autre, dit-elle d'un ton maussade.

Il lâcha les rênes et sauta à terre, se mordant la langue pour ne pas répliquer. Il refusait de se laisser entraîner dans le maelström d'émotions que cette femme faisait naître dans son sillage.

La veille, elle lui avait reproché son absence de sentiments. C'était risible.

Il contourna la voiture pour l'aider à descendre, mais elle s'était débrouillée sans lui et se dirigeait déjà vers la porte.

Sur la dernière marche du perron, elle se retourna et le fixa avec l'aplomb d'une reine en dépit de ses vêtements trempés et de ses cheveux qui lui collaient aux épaules.

— Je suis désolée de vous avoir causé tant de dérangement, alors que votre journée était sans doute parfaitement organisée. Je m'efforcerai de ne pas recommencer à l'avenir.

Elle croyait l'avoir dérangé ?

Le mot était faible pour décrire tous les sentiments par lesquels il était passé au cours de l'après-midi. Il avait été furieux, terrifié, complètement déstabilisé. Il avait eu envie de casser quelque chose.

Et la conversation qu'il allait avoir avec le frère de Juliana ne ferait rien pour le calmer.

Mais qu'il soit maudit s'il lui laissait voir à quel point elle le troublait !

— S'il vous plaît, répliqua-t-il de son ton le plus hautain.

Il était tenté de l'abandonner là, sur le pas de la porte, et de s'en aller sans demander son reste. Il s'en abstint et décida de la raccompagner. Ensuite seulement, il s'en irait.

— Comme je vous le disais hier, je n'ai pas de temps à perdre avec vos petits jeux, ajouta-t-il.

Simon était là. Dans la maison. Avec son frère.

Au moins depuis trois quarts d'heure.

Et ils ne l'avaient pas encore fait appeler.

Juliana fit le tour de la bibliothèque, ses jupes tournoyant autour de ses chevilles.

Elle n'arrivait pas à croire qu'aucun des deux hommes n'ait seulement songé qu'elle aimerait se joindre à eux pour discuter de ses aventures de la journée. Avec un reniflement agacé, elle alla à la fenêtre qui donnait sur Park Lane. Les silhouettes sombres des arbres de Hyde Park se détachaient au loin.

Bien sûr qu'ils ne l'avaient pas fait appeler ! Il ne devait pas exister homme plus autoritaire, irritant, exaspérant dans toute l'Europe.

Une énorme voiture était garée devant la maison, toutes lanternes allumées. Les armoiries de Leighton, représentant un faucon, étaient gravées sur les portières. Un faucon ! Cela lui allait à merveille. Un rapace froid et solitaire.

Tout en calculs et dénué de passion.

Il l'avait sauvée et ramenée chez elle, sans même s'émouvoir à l'idée qu'elle avait failli mourir.

Enfin, ce n'était pas tout à fait vrai.

À un moment, dans le parc, il avait paru s'inquiéter de sa santé. Juste un moment.

Puis tout à coup, il n'avait plus pensé qu'à se débarrasser d'elle. Et de tous les soucis qu'elle créait.

Il l'avait déposée sans plus de cérémonie dans le hall de Ralston House, la laissant affronter seule son frère.

— Dites à Ralston que je reviendrai ce soir. Allez vous sécher.

Il avait tenu parole, bien sûr. Elle aurait parié qu'ils étaient en train de se moquer d'elle tout en buvant un cognac, ou un scotch, ou quelque autre boisson de prédilection de ces maudits aristocrates. Elle aurait aimé leur verser le contenu de leur verre sur la tête !

Avec une moue dégoûtée, elle contempla sa robe. Elle l'avait choisie tout spécialement pour lui, parce que le violet lui allait bien. Elle voulait qu'il la remarque.

Et pas seulement à cause de leur pari.

Non, cette fois, elle voulait lui faire regretter ses paroles.

Je n'ai pas de temps à perdre avec vos petits jeux.

Au début ç'avait été un jeu – la lettre, l'invitation à venir la retrouver... –, mais lorsqu'il était venu à son secours, le jeu avait sombré corps et âme au fond de la Serpentine. Comme son chapeau.

Et lorsqu'il l'avait tenue dans ses bras en lui murmurant des paroles apaisantes en italien... rien ne lui avait jamais paru plus sérieux. Mais il l'avait aussi réprimandée, comme si cette mésaventure lui avait fait perdre son temps et son énergie.

Comme si elle n'était rien d'autre qu'une source d'ennuis.

Et elle n'avait plus eu envie de jouer.

Bien sûr, elle ne le lui avouerait jamais. Cela ne servirait à rien sinon lui donner l'occasion de plaquer sur ses lèvres cet insupportable sourire supérieur, et de reprendre la main – comme d'habitude. Et de cela, il n'était pas question.

Elle attendait donc patiemment dans la bibliothèque, résistant à l'envie de se ruer dans le bureau de son frère pour savoir ce que Leighton lui avait raconté, et dans quel pétrin elle se trouvait à présent.

De la fenêtre, elle vit le cocher descendre de son siège et aller ouvrir la portière. Juliana savait qu'elle aurait dû s'écarter de la fenêtre, mais Leighton apparut. Ses cheveux blonds brillèrent un instant à la lueur des lanternes avant qu'il coiffe son chapeau.

Il s'arrêta devant la portière ouverte, et elle ne put détourner les yeux. Il adressa quelques mots au cocher tandis que le vent faisait tournoyer les feuilles mortes et soulevait les pans de son pardessus. Confronté à une bourrasque aussi violente, n'importe quel autre homme aurait réagi. Pas le grand-duc de Leighton. La nature elle-même ne pouvait le détourner de son objectif.

Elle se demanda ce qu'il disait, quelle adresse il donnait au cocher. Elle se pencha, son front touchant presque la vitre, comme si cela pouvait lui permettre de l'entendre.

Le cocher hocha la tête et recula pour tenir la portière.

Il partait.

Le duc n'avait pas besoin de marchepied pour monter dans sa voiture. Il posa la main sur la poignée. Elle aurait aimé que, pour une fois, il trébuche, qu'il ait l'air un peu moins parfait que d'ordinaire.

Il marqua une pause, et elle retint son souffle. C'est alors qu'il tourna la tête et la regarda.

Étouffant un petit cri, elle s'écarta vivement de la fenêtre, les joues en feu. Puis l'irritation prit le dessus sur l'embarras.

C'était lui qui aurait dû être gêné.

C'était lui qui l'avait insultée cet après-midi, qui était venu voir son frère ce soir, et qui n'avait même pas demandé à lui parler.

Après tout, elle aurait pu avoir attrapé froid, être malade. Il ne se souciait donc pas de sa santé ?

Apparemment non.

Elle ne se laisserait pas intimider. Elle était chez elle et elle avait le droit de regarder par la fenêtre. Ce qui était grossier, c'était de regarder à l'intérieur de la maison.

En outre, elle avait un pari à gagner.

Inspirant lentement, elle reprit sa place derrière la vitre. Simon n'avait pas bougé.

Leurs regards se croisèrent et il arqua un sourcil impérieux, comme pour revendiquer la victoire dans cette bataille silencieuse.

Non, elle ne le laisserait pas gagner.

Elle croisa les bras dans une attitude très inconvenante pour une dame et haussa un sourcil à son tour. Elle s'attendait qu'il soit surpris. Elle avait tort. Une lueur vaguement amusée vacilla dans ses prunelles, puis il se détourna et grimpa dans la voiture.

Le cocher referma la portière, et Juliana éclata de rire, espérant qu'il la voyait par la fenêtre du véhicule.

C'était elle qui avait gagné. Et c'était merveilleux.

— Juliana ? Puis-je entrer ?

Le visage de sa belle-sœur apparut dans l'entrebâillement de la porte. Juliana pivota vivement et s'assit sur la banquette devant la fenêtre en arc de cercle.

— Bien sûr. Je... je ne faisais rien d'important. Qu'y a-t-il ?

Callie pénétra dans la pièce, le sourire aux lèvres.

— Je venais prendre de tes nouvelles et m'assurer que tu étais remise de ton aventure. Je suis tellement heureuse que tout se soit bien terminé. Je n'aurais jamais imaginé dire cela un jour mais, Dieu merci, le duc de Leighton était là.

— Vous ne l'aimez pas ?

— Le duc ? Je ne le connais pas. Pas vraiment.

— Mais... ?

Callie réfléchit, l'air de chercher ses mots, puis :

— Je dirais que sa mère et lui ont toujours été arrogants, autoritaires et intraitables. Au point de paraître insensibles. Il ne s'intéresse qu'à une chose, sa réputation. Je n'ai jamais aimé les gens aussi rigides. Disons plutôt que je ne l'aimais pas, jusqu'à aujourd'hui. Maintenant qu'il vous a sauvée de la noyade, je vais devoir réviser mon opinion à son sujet.

Le cœur battant, Juliana réfléchit aux paroles de sa belle-sœur. *Il ne s'intéresse qu'à une chose, sa réputation.*

— Je crois que je vais organiser un grand dîner, décréta Callie.

Comme Juliana gardait le silence, elle reprit :

— Vous ne voulez pas savoir pourquoi ?

— Nous sommes à Londres, et nous avons une grande salle à manger. Il y a une autre raison ?

— Je crois que nous devons remercier le duc, répondit Callie avec un sourire indulgent. Et nous pourrions étendre la liste d'invités à quelques partis intéressants...

— Oh, Callie, je vous en prie ! marmonna Juliana. C'est très embarrassant.

— Allons donc ! Pendant que nous parlons, l'histoire de votre sauvetage se répand probablement dans tout Londres. Il est de notre devoir d'empêcher les exagérations en nous chargeant d'imposer la vérité. En outre, je pense qu'il est important de témoigner au duc un minimum de gratitude, vous ne croyez pas ?

— Faut-il le faire devant la moitié de Londres ?

— Pas la moitié, rectifia Callie en riant. Tout au plus une douzaine d'invités.

Juliana connaissait suffisamment sa belle-sœur pour savoir qu'il était inutile de discuter.

— Et cela ne nous fera pas de mal d'avoir le duc de notre côté. Son amitié vous rendra plus intéressante aux yeux des autres messieurs.

— Et si je n'ai pas envie de plaire aux autres messieurs ?

Callie sourit.

— Êtes-vous en train de dire que vous voulez plaire uniquement au duc ?

Callie la taquinait, mais Juliana se sentit tout de même rougir.

— Non, dit-elle d'un air accablé, en espérant que sa belle-sœur ne remarquerait rien.

— Juliana, nous ne vous obligeons pas à vous marier, toutefois ce serait bien que vous rencontriez un homme ou deux. Qui vous voudrez. Des gens de bonne compagnie.

— Cela fait des mois que vous me présentez des hommes. Sans succès.

— Un jour ou l'autre vous finirez par rencontrer quelqu'un qui vous plaira.

— Possible. Mais je ne lui plairai vraisemblablement pas.

Il me trouvera trop difficile.

— Quelle idée ! Vous êtes belle, amusante, merveilleuse. Je vais inviter aussi Benedick.

Le comte d'Allendale était le frère aîné de Callie. Juliana ne cacha pas sa surprise.

— Pourquoi dites-vous cela sur ce ton ?

— Sans raison particulière. Vous ne l'aimez pas ?

— Si, mais… Callie, je vous en supplie, ne jouez pas les marieuses. Je ne conviens pas aux hommes dans le genre de Benedick. Ni aux autres, d'ailleurs.

— Je ne joue pas la marieuse, protesta Callie un peu trop fort. Je me disais juste que vous seriez heureuse de voir un ou deux visages familiers.

— Oui, je suppose que ce serait bien.

— Juliana, est-ce que quelqu'un a été grossier avec vous ?

— Non. Tout le monde est extrêmement poli. Ils sont très courtois, très anglais. Mais il est clair que je ne corresponds pas à… ce qu'ils recherchent. Chez une compagne.

— Une épouse, corrigea Callie. C'est très différent.

Tout Londres, en dehors bien sûr de sa famille, voyait en elle une compagne. Elle était bien trop scandaleuse pour devenir une épouse. De toute façon, ce mot ne plaisait pas à Juliana.

— Callie, j'ai dit dès le début… dès mon arrivée en Angleterre… que le mariage n'était pas pour moi.

— Fadaises ! déclara Callie. Pourquoi pensez-vous une chose pareille ?

Parce que la fille de la marquise de Ralston n'est pas exactement l'épouse rêvée.

Bien entendu, elle ne pouvait dire cela. Par chance, la porte de la bibliothèque s'ouvrit, ce qui la dispensa de répondre. Ralston entra, son expression s'adoucit lorsqu'il vit sa femme, qu'il dévora du regard.

Juliana ne niait pas qu'être aimée ainsi devait être merveilleux. Mais à quoi bon perdre son temps à espérer ?

Son frère les rejoignit, prit la main de Callie et la porta à ses lèvres.

— Je vous cherchais, dit-il. Toutes les deux.

— Dites à votre sœur qu'elle est belle.

Ralston eut l'air surpris.

— Naturellement, qu'elle est belle ! Si elle était un tout petit peu plus grande, elle serait parfaite.

La plaisanterie fit rire Juliana. Elle était plus grande que la plupart des hommes, à Londres.

— Gabriel, je suis sérieuse ! Elle est persuadée qu'elle ne peut pas trouver un mari.

— Pourquoi ? interrogea Ralston en fronçant les sourcils.

— Je ne sais pas ! Peut-être parce que vous êtes une famille d'entêtés ?

— C'est possible. Je ne pense pas non plus pouvoir trouver de mari.

— Parce que tu es trop grand, déclara Juliana.

— Sans doute.

— Oh, vous êtes impossibles, tous les deux ! s'exclama Callie. Il faut que j'aille superviser le dîner. Essayez de faire entendre raison à votre sœur.

Dès que la porte se fut refermée derrière Callie, Ralston se tourna vers Juliana.

— Elle ne renoncera pas. Soit tu trouves une excellente raison pour expliquer ton refus de te marier, soit tu te prépares à avoir ce genre de conversation avec elle toute ta vie.

— J'ai une bonne raison.

— Je ne doute pas que tu en sois persuadée. Tu seras heureuse d'apprendre que j'ai décidé de ne pas t'enfermer au grenier pour le restant de tes jours afin d'éviter de nouvelles aventures loufoques. Mais tu n'es pas complètement à l'abri. Sois prudente, Juliana. Il se trouve que j'aime bien avoir une sœur.

— Je ne veux pas causer de problèmes, soufflat-elle, réconfortée par les paroles de son frère.

Ce dernier alla se servir un scotch, puis alla s'asseoir devant la cheminée. Il lui fit signe de prendre le fauteuil face à lui.

— Non, mais tu bouleverses la bonne société. Inutile de nier, Juliana. Tu crois que tout ce que nous avons en commun, ce sont nos yeux bleus et nos cheveux noirs ? Tu crois que j'ignore ce que c'est que d'être épié par les commères ? De savoir qu'elles attendent que tu prouves que tu es bien comme elles le croient ?

— C'est différent pour toi. Elles ne se disaient pas que tu allais être comme « elle ».

Ralston ne fit pas mine de ne pas comprendre.

— Tu n'es pas du tout comme elle.

Comment pouvait-il le savoir ?

Il se pencha en avant, posa les coudes sur ses genoux.

— Je le sais. Je sais comment elle était. Indifférente. Insensible. Elle trompait son mari, elle a abandonné ses enfants… deux fois. Tu n'es pas comme cela.

Juliana voulait le croire.

— Elle était aussi scandaleuse, dit-elle.

— Cela n'a rien à voir ! Tu es imprévisible, charmante, désarmante. Certes. Volontaire, et diablement irritante quand tu t'y mets. Mais tu n'es pas scandaleuse.

Pourtant, elle l'avait été ce matin, à Hyde Park. Et la veille sur la terrasse. Si Ralston apprenait qu'elle avait fait un pari avec le duc, il aurait une crise de nerfs.

Si, elle était bel et bien scandaleuse.

Sauf que son frère ne le savait pas.

— Je suis tombée dans la Serpentine aujourd'hui.

— Oui, bon, cela arrive rarement aux dames de Londres. Cela dit, ce n'est pas vraiment un scandale. Et si tu cessais de mettre ta vie en danger…

Les mots moururent sur ses lèvres.

— Elle était un scandale ambulant, reprit-il après un silence. Le genre dont une famille ne peut pas se remettre. Tu n'es pas comme elle. Pas du tout.

— Leighton le pense.

Le regard de Ralston s'assombrit.

— Leighton t'a comparée à notre mère ?

— Pas ouvertement. Mais il croit que je représente un danger pour la réputation des gens qui m'entourent.

Ralston balaya cet argument d'un geste de la main.

— Pour commencer, Leighton est un crétin. Il l'est depuis l'époque où nous étions en culottes courtes.

Juliana ne put réprimer un gloussement amusé, ce qui fit sourire son frère.

— Ensuite, il est trop conformiste. Et enfin, ajouta Ralston avec un sourire narquois, ma propre réputation a été mise à mal plus souvent qu'à son tour. Et pourtant nous sommes toujours invités dans les réceptions mondaines, non ?

— Ils attendent peut-être que nous nous donnions en spectacle ?

— C'est possible, admit-il en se calant dans son fauteuil.

— Pourquoi est-il aussi prudent ?

La question franchit ses lèvres presque malgré elle, et elle la regretta aussitôt. Elle ne voulait surtout pas que Ralston devine qu'elle s'intéressait au duc.

Après tout, ce n'était qu'un intérêt passager.

Rien de plus.

Mais Ralston ne remarqua rien, apparemment.

— Il a toujours été ainsi. À l'école, il ne pouvait pas ouvrir la bouche sans rappeler qu'un jour il serait duc. Toujours guindé, convenable. Seul son titre comptait. Je trouvais son comportement ridicule. Pourquoi assumer les multiples responsabilités d'un titre si tu ne peux pas profiter des avantages ?

Il soutint le regard de Juliana, l'air profondément déconcerté, et elle ne put s'empêcher de sourire. Un débauché vivait dans le cœur de son frère. Un débauché repenti, surtout depuis qu'il était marié, mais un débauché quand même.

Un silence suivit, et Juliana dut se faire violence pour ne pas presser son frère de questions.

— Callie veut l'inviter à dîner afin de le remercier. Publiquement.

— Cela me paraît logique.

— Elle veut aussi inviter une demi-douzaine d'autres célibataires.

Ralston lui offrit un regard compatissant.

— Tu ne t'attends quand même pas que je la fasse changer d'avis ?

— Non, je suppose que non. Elle pense que l'amitié du duc protégera ma réputation.

— Elle a sans doute raison. Je ne peux pas dire que j'aime cet homme, mais je reconnais qu'il a une certaine influence sur la bonne société. Ce qui n'est pas mon cas, ajouta-t-il avec une moue narquoise.

Chacun se perdit dans ses pensées, puis Ralston reprit :

— Je n'irai pas jusqu'à prétendre que leur opinion ne compte pas, Juliana. Toutefois je t'assure que tu n'as rien de commun avec elle.

Juliana ferma les yeux.

— Je voudrais te croire.

— Tu les crois, eux.

Elle arrondit les yeux, déroutée. Comment le savait-il ?

— Tu oublies que j'ai été à ta place, petite sœur, sourit-il. J'ai voulu leur montrer que j'étais au-dessus d'eux, tout en craignant d'être exactement celui qu'ils pensaient que j'étais.

C'était tout à fait ce qu'elle ressentait.

— Pour toi, c'est différent, répondit-elle d'un ton boudeur.

— En effet. Ça l'est maintenant.

Parce qu'il était marquis. Parce qu'il était anglais. Parce qu'il était un homme.

— Parce que tu es devenu l'un d'entre eux.

— Quelle insulte ! Retire ces mots immédiatement.

Juliana ne trouva pas cela amusant. Bien au contraire.

— Juliana, reprit-il en soupirant, c'est différent parce que maintenant je sais ce que c'est d'avoir quelqu'un qui croit en moi. Et je veux être mieux que ce que je suis.

— Tu parles de Callie ?

Il acquiesça d'un signe de tête.

— Je ne me soucie plus que d'elle, et pas de ce que pensent les autres.

— Le marquis de Ralston, libertin invétéré, transformé par l'amour, commenta Juliana, qui ne put s'empêcher de sourire.

— Je ne dis pas que tu dois te marier, Juliana. Loin de là. Si tu préfères être libre, tu disposes d'une fortune suffisante pour vivre à ta guise. Mais il faut que tu te demandes quelle vie tu souhaites.

Elle ouvrit la bouche pour répondre, et se rendit compte qu'elle n'avait pas de réponse. Elle n'avait jamais réfléchi à la question. Du moins pas depuis que son père était mort et que sa vie avait basculé. En Italie, le mariage et la famille étaient des perspectives si lointaines qu'elle n'y avait pas vraiment pensé. En revanche ici, en Angleterre...

Qui voudrait d'elle ?

Ralston se leva, mettant fin à la conversation.

— Je n'aurais jamais cru dire cela un jour, mais l'amour n'est pas une aussi mauvaise chose que je le pensais. Si tu devais le rencontrer, j'espère que tu ne le repousseras pas.

— J'espère que cela ne m'arrivera pas, répliqua-t-elle.

— J'ai déjà entendu cela, figure-toi. Dans ma propre bouche... Et dans celle de Nick. Alors fais attention. Visiblement les St. John ne parviennent pas à l'éviter.

Mais je ne suis pas une St. John. Pas vraiment.

Elle s'abstint de prononcer ces mots à voix haute. Elle préférait garder ses illusions.

7

L'amusement s'exprime par un sourire délicat.

Le rire est trop grossier pour une dame raffinée.

Traité des dames raffinées

Nous tenons enfin la réponse à une question vieille comme le monde : Dans la bataille, le marbre l'emporte sur l'or.

Journal des potins, octobre 1823

Installée dans la loge du duc de Rivington, au Théâtre Royal, Juliana considéra l'abondance de soie et de satin qui s'étalait dans les fauteuils d'orchestre. La moitié de la ville assistait à cette représentation exceptionnelle de *La Dame de Livourne*, tandis que l'autre moitié se lamentait sans doute de ne pas avoir pu obtenir de billet.

— Ciel ! s'exclama Mariana en contemplant le tableau coloré formé par les somptueuses toilettes. Je croyais que l'automne était réservé aux parties de chasse à la campagne.

— Oui, eh bien, la personne qui l'a décidé a apparemment oublié d'en informer la bonne société londonienne.

— Voilà le résultat quand il y a des sessions spéciales au Parlement. Mon Dieu, qu'est-ce que lady Davis a mis dans ses cheveux ?

Mariana porta ses jumelles de théâtre à ses yeux pour inspecter l'infortunée coiffure, et secoua la tête. Puis elle balaya chaque loge du regard avant que le spectacle commence et qu'elle soit obligée de feindre de s'intéresser au jeu des acteurs.

— Densmore est avec une femme que je n'ai jamais vue. Probablement une Marie-couche-toi-là.

— Mariana ! s'exclama Juliana, choquée.

Elle avait beau ne pas vivre à Londres depuis longtemps, elle savait qu'on ne parlait pas des courtisanes en public.

— Eh bien, c'est la vérité, se défendit Mariana, le regard malicieux.

— Qu'est-ce qui est la vérité ? s'enquit le duc de Rivington, qui venait de regagner sa loge.

Il fit courir le bout de son doigt sur le bras de Mariana. Juliana éprouva un pincement d'envie en le voyant accomplir ce geste affectueux presque machinalement. Mariana lui sourit.

— Je disais que Densmore est avec une compagne d'un soir, sans doute une courtisane, car je ne l'ai jamais vue.

Rivington était habitué au franc-parler de son épouse. Au lieu de la réprimander, il chercha des yeux la loge de Densmore, et examina la femme qui l'accompagnait.

— Je pense que vous avez raison, ma douce.

— Vous voyez ? se rengorgea Mariana. Je suis un excellent juge de caractère.

— Ou une excellente commère, hasarda Juliana, pince-sans-rire.

Rivington éclata d'un rire sonore.

— La deuxième hypothèse est plus vraisemblable ! Mademoiselle Fiori, je crains de devoir vous enlever Mariana un moment. Mariana, enchaîna-t-il, cela ne vous ennuie pas de venir saluer lady Allen ? J'ai besoin que vous l'occupiez pendant que je discute d'une affaire avec son mari.

Mariana leva les yeux au ciel, puis tendit ses jumelles à Juliana.

— Essayez de découvrir des choses intéressantes pendant mon absence. Je veux un rapport complet à mon retour.

Sur ce, elle disparut dans la foule pour faire son devoir d'épouse d'un des hommes les plus respectés du royaume. Juliana la regarda s'approcher de lady Allen, qui sourit, visiblement ravie d'être en sa compagnie.

Les gens parlaient beaucoup de Mariana, car elle avait eu la chance de faire un mariage d'amour, ce qui était fort rare. Il était cependant indéniable que leur couple était également fondé sur une sorte de partenariat. Mariana était une duchesse idéale. Le fait que le duc soit absolument fou d'elle n'était qu'une heureuse coïncidence.

Juliana ne croyait pas à l'amour éternel. Elle-même était le résultat d'un des coups de foudre de sa mère. D'après ce qu'elle avait compris, celle-ci avait ensorcelé son père, puis, s'étant lassée de la vie de famille, les avait abandonnés tous les deux. Le père de Juliana ne s'était pas remarié bien qu'il en ait eu l'occasion à plusieurs reprises. Il avait fait le bon choix, selon elle. Après tout, pourquoi prendre le risque d'aimer de nouveau quand on savait d'expérience que cela pouvait ne vous valoir que chagrin et rancœur ?

Ces derniers mois, Juliana avait toutefois pu constater que l'amour n'était pas un mythe, puisque ses deux demi-frères l'avaient découvert. À son arrivée en Angleterre, il venait juste de naître entre Gabriel et Callie, et ceux-ci s'efforçaient, futilement, d'y résister. Quand enfin ils avaient succombé, tout Londres avait été surpris. Juliana avait juste espéré que leur amour ne se termine pas tristement. Quelques mois plus tard, Nick avait rencontré Isabel, et ils étaient de toute évidence terriblement attachés l'un à l'autre.

Mais toutes les histoires d'amour commençaient de manière similaire. Que se passait-il quand la flamme faiblissait et que l'attachement devenait pesant ?

À l'autre bout de la loge, Callie se pencha pour murmurer quelque chose à l'oreille de Ralston. Son frère sourit, posa la main au creux des reins de son épouse et lui répondit à mi-voix. À en juger par la rougeur qui envahit les joues de Callie, ses propos n'étaient pas de ceux qu'on tient au théâtre.

Ce que Juliana ressentit à cet instant ressemblait à de l'envie. Mais pourquoi envier leur amour ? Ce n'était qu'une émotion éphémère. Dans quelques mois, quelques années s'ils avaient de la chance, il n'en resterait rien.

Non, elle ne voulait pas connaître l'amour.

La passion, en revanche… elle n'était pas contre.

Elle se revit deux jours plus tôt, à Hyde Park, quand le duc de Leighton était descendu de son cheval, les yeux étincelants de colère, et qu'il l'avait embrassée.

Passionnément.

Elle voulait connaître ce qu'il lui avait laissé entrevoir. Le désir. La sensualité. Et même le conflit.

Mais pas lui. Lui, elle ne voulait pas le désirer.

Prenant les jumelles, elle examina le théâtre, cherchant à se distraire de ses pensées. Le vicomte de Densmore lorgnait sur le décolleté vertigineux de sa compagne. Apparemment, Mariana avait vu juste à son sujet. Un peu plus loin, lady Davis et lady Sparrow se penchaient par-dessus la rambarde de leur loge, au risque de basculer dans le vide, puis se cachaient derrière leur éventail pour échanger leurs odieux commérages. Juliana détestait ces horribles femmes, toutefois, sachant qu'elles étaient expertes en colportage de ragots, elle suivit la direction de leurs regards dans l'espoir de trouver une distraction bienvenue.

Quand elle vit ce qui avait retenu leur attention, elle se promit de ne plus jamais s'intéresser aux médisances.

Car dans la loge située juste en face d'elle se trouvait le duc de Leighton, en grande conversation avec... le *raisin*. Au vu et au su de tout le gratin londonien.

À quelques pas de ce couple parfait qui symbolisait le summum de la félicité aristocratique, elle repéra la duchesse de Leighton, en compagnie d'une dame rondelette et d'un gentleman corpulent qui ne pouvaient être que les parents du raisin.

Lady Pénélope.

Il valait mieux l'appeler par son nom, lady Pénélope.

Pourquoi ? Puisque, sous peu, elle deviendrait la duchesse de Leighton.

À cette pensée, une vague de dégoût submergea Juliana ; elle parvint à l'ignorer. Leighton pouvait bien épouser qui il voulait, elle s'en moquait.

Quelle importance, qu'il ait arrêté son choix sur une femme qui était tout le contraire d'elle ? Assurée, pas le moindre souci, aucun scandale.

Cela ne lui faisait absolument rien.

Alors pourquoi ne posait-elle pas ces satanées jumelles ?

D'ailleurs, elle allait les reposer immédiatement.

Le duc leva les yeux et la regarda.

Elle baissa vivement les jumelles comme si elles lui avaient brûlé les doigts. Celles-ci heurtèrent la balustrade de marbre avec un bruit sec et tombèrent sur le tapis.

Le silence se fit soudain dans la loge et tout le monde se tourna vers Juliana qui demeura interdite, la poignée à la main.

Terriblement gênée, elle s'agenouilla pour récupérer les jumelles, qui avaient dû glisser sous un fauteuil car elles n'étaient nulle part visibles.

Il lui fallut un moment pour se rendre compte qu'elle n'arrangeait absolument pas la situation en rampant à quatre pattes dans la loge du duc de Rivington. C'était sûrement elle que lady Davis et lady Sparrow épiaient à présent, attendant de voir comment elle allait se tirer de cette situation affreusement embarrassante.

Et elle n'osait même pas imaginer ce qu'il pensait, *lui*.

Il avait certainement tout vu. Il devait arquer les sourcils, avec cette expression exaspérée, qui signifiait : « Dieu merci, c'est Ralston qui doit s'occuper d'elle, pas moi. »

Juliana jura tout bas, décidant que quelques mots bien choisis en italien ne pouvaient aggraver la situation.

Ses doigts effleurèrent un objet froid et lisse, et elle agrippa les fameuses jumelles. Quand elle releva la tête, elle vit les mollets du comte d'Allendale, le frère de Callie, qui s'était sans doute avancé pour l'aider à se relever.

Elle n'était pas encore prête à affronter les regards.

Il dut le deviner, car il s'accroupit à côté d'elle.

— Je vais faire semblant de vous aider jusqu'à ce que vous trouviez le courage de vous redresser, chuchota-t-il.

Son ton amusé l'aida à se ressaisir. Elle croisa son regard clair, si semblable à celui de Callie, et demanda :

— Vous croyez que je peux rester là ?

— Combien de temps ?

— L'éternité.

— Eh bien, en tant que gentleman, je me sentirais obligé de rester à côté de vous... or j'avais très envie de voir le spectacle.

Juliana sourit, et il lui offrit sa main, ainsi qu'un conseil judicieux :

— Souriez. Si vous leur montrez que vous êtes gênée, vous le regretterez.

Elle inspira à fond, puis se releva. Des centaines de regards étaient braqués sur elle, qu'elle se força à ignorer. Et elle refusa de vérifier si l'un de ces regards appartenait au duc arrogant.

— Je me suis donnée en spectacle, n'est-ce pas ? murmura-t-elle avec un sourire contraint.

— Oui. Mais nous sommes au théâtre. Si cela peut vous consoler, vous n'êtes pas la première à le faire dans cette salle.

— Normalement, le spectacle est sur scène.

Il se pencha et lui confia à mi-voix :

— Ne croyez pas cela. Un jour, une vicomtesse a perdu sa perruque en se penchant par-dessus la rambarde. C'était horrible, ajouta-t-il en feignant de frissonner.

Juliana se mit à rire, soulagée et amusée à la fois. Benedick était beau, charmant, et tellement plus gentil que...

Personne.

— D'abord la Serpentine, et maintenant ceci.

— Il semble que vous soyez une aventurière. Au moins ce soir, vous ne courez aucun danger.

— Vraiment ? Pourquoi cela me paraît-il encore plus terrifiant ?

— Voulez-vous saluer le public ? suggéra Benedick.

Elle songea à la tête que ferait Leighton, et sourit de bon cœur cette fois.

— Je crois que j'en ai assez fait pour ce soir, déclara-t-elle avant de se tourner vers les autres occupants de la loge et de proclamer, triomphante : Je les ai retrouvées !

Mariana s'esclaffa et applaudit. Ralston esquissa une moue. Son irritation était atténuée par la fierté que sa sœur ait su réagir avec à-propos. Il ne portait pas la bonne société dans son cœur, et cela jouait en faveur de Juliana.

Quant aux invités, ils essayaient sans doute de se rappeler ce que l'étiquette recommandait de faire quand la sœur d'un marquis réapparaissait après avoir passé plusieurs secondes à quatre pattes dans une loge de théâtre à chercher des jumelles. Mais à ce moment, les lumières diminuèrent, indiquant que le vrai spectacle était sur le point de commencer.

Dieu soit loué !

Juliana s'assit à côté de Mariana, et la scène s'illumina. Elle eut un mal fou à se concentrer sur la pièce. C'était une comédie, excellente à en juger par les rires des spectateurs. Toutefois ses nerfs étaient encore à vif, et elle était partagée entre le désir de fuir le théâtre et l'envie irrésistible de regarder du côté de la loge du duc de Leighton.

Elle finit par céder à la tentation et risqua un coup d'œil dans sa direction.

Il était fasciné par le spectacle.

Les doigts de Juliana se crispèrent sur les élégantes jumelles dorées. Qui lui permettaient de le voir clairement.

Il semblait parfaitement raisonnable de vérifier l'état de ces jumelles. Si la poignée était cassée, il serait tragique que les verres se soient brisés. Une véritable amie devrait les remplacer, si elle les avait cassées.

Donc, il fallait qu'elle les essaie. C'était indispensable.

Elle leva les jumelles et étudia la scène. Les verres étaient intacts. Elle voyait les détails de la robe rouge de la comédienne et distinguait presque les poils de la moustache postiche du comédien principal.

Les jumelles étaient en parfait état.

Néanmoins, il était possible qu'elles aient été endommagées autrement. Il valait mieux qu'elle s'assure que ce n'était pas le cas.

Elle orienta les jumelles de part et d'autre de la scène, ne s'arrêtant que lorsqu'elle rencontra les cheveux blonds de Leighton. Quelque chose, sur la scène, fit rire le public. Le duc ne rit pas... il ne sourit même pas. Le raisin se tourna vers lui, comme pour s'assurer que tout allait bien. Il eut alors un sourire crispé et se pencha pour lui parler à l'oreille. Le sourire de la jeune femme s'élargit, devint plus naturel, et tout à coup elle ressembla moins à un grain de raisin.

Elle était même jolie.

Juliana se sentit mal.

— Vous voyez quelque chose d'intéressant ?

Elle tressaillit et faillit lâcher les jumelles une fois de plus. Elle se tourna vers Mariana.

— Je... j'essayais simplement les jumelles, pour m'assurer qu'elles fonctionnaient encore.

— Ah. J'aurais juré que vous regardiez le duc de Leighton.

— Pourquoi le regarderais-je ? répliqua Juliana d'une voix aiguë. Tenez. Elles ne sont pas cassées, dit-elle en déposant les jumelles sur les genoux de son amie.

Mariana s'en empara et ne chercha même pas à cacher qu'elle regardait le duc de Leighton.

— Je me demande ce qu'il fait avec Pénélope Marbury ?

— Il va l'épouser, marmonna Juliana.

— Vraiment ? Eh bien. Elle va faire le mariage du siècle.

Le poisson que Juliana avait mangé à midi ne devait pas être frais. Raison pour laquelle elle se sentait soudain... nauséeuse.

— Callie m'a dit que vous aviez eu plusieurs prises de bec avec lui ?

— Je ne vois pas de quoi elle veut parler, chuchota Juliana. Nous sommes tombés nez à nez à Hyde Park, mais j'ignorais que Callie était au courant... Qu'est-ce que c'est que cette histoire de becs ?

Elle se tut en s'apercevant que Mariana la dévisageait, l'air ahuri.

— Je crois que j'ai mal compris, balbutia-t-elle.

— En effet. Vous ne maîtrisez pas encore tout à fait notre langue.

— Mariana, vous ne devez pas répéter ce que je vous ai dit ! supplia-t-elle en prenant la main de son amie.

— D'accord, mais à une condition. Vous devez tout me raconter. Comment vous êtes-vous retrouvés « nez à nez » ?

Juliana ne répondit pas et reporta son attention sur la scène, s'efforçant de suivre la pièce. L'intrigue, où il était question de deux amoureux essayant de garder leur histoire secrète, avait cependant quelque chose d'un peu trop familier. Elle croyait se retrouver dans sa comédie personnelle, avec des jumelles de théâtre brisées, des rencontres clandestines, des amies qui perçaient les secrets à jour.

Et ce n'était pas amusant.

— Il vous regarde, chuchota Mariana.

Juliana ne put s'empêcher de tourner la tête. Non, il ne la regardait pas.

Elle parvint à ne plus le regarder pendant tout le premier acte. Les amoureux de la pièce entraient et sortaient, et les spectateurs riaient à gorge déployée. Elle ne le regarda pas non plus quand le rideau tomba et que les lumières s'allumèrent dans le théâtre. Ni lorsque les visiteurs affluèrent dans la loge des Rivington, alors même qu'elle aurait eu la possibilité de le faire en toute discrétion.

Elle continua d'ignorer le duc pendant l'entracte, tandis que le comte d'Allendale discutait avec elle. Mariana lui suggéra de l'accompagner dans les vestiaires pour se refaire une beauté, une ruse à peine déguisée pour l'attirer à l'écart et la faire parler. Juliana déclina son offre, et Mariana dut se rendre seule dans les vestiaires.

Juliana ne s'autorisa pas un seul regard en direction de Leighton jusqu'à ce que les lumières s'éteignent de nouveau, signalant le début du deuxième acte.

Et elle le regretta aussitôt. Leighton ramenait le grain de raisin à son fauteuil, et sa main glissa de son coude sur son bras tandis qu'il s'asseyait à côté d'elle.

Juliana ne pouvait détacher les yeux du couple qu'ils formaient.

La caresse s'acheva prestement – quand bien même Juliana la trouva interminable – et lady Pénélope, nullement troublée, se tourna vers la scène et fut aussitôt absorbée par le spectacle.

Leighton, lui, regarda Juliana droit dans les yeux. Elle s'en rendit compte malgré la distance et l'obscurité. Du moins le frisson qui la parcourut le lui confirma-t-il.

Il savait qu'elle avait vu son geste. Il *voulait* qu'elle le voie.

Tout à coup, elle manqua d'air. Elle se leva brusquement. Ralston lui lança un coup d'œil interrogateur.

— J'ai mal à la tête, lui murmura-t-elle à l'oreille. Je vais dans le hall respirer un peu.

— Veux-tu que je te ramène à la maison ?

— Non, non. J'ai juste besoin de respirer. Je reviens dans deux minutes.

Ralston hésita. Devait-il l'autoriser à sortir ?

— Ne va pas trop loin. Je n'ai pas envie de te savoir en train de déambuler dans le théâtre.

— Ne t'inquiète pas.

— Je suis sérieux, petite sœur, dit-il en la retenant par le poignet comme elle se détournait. Je ne connais que trop les dangers qui te guettent dans un théâtre pendant un spectacle.

Juliana haussa un sourcil, une expression qui leur était commune à tous les deux.

— J'espère que tu m'en diras davantage de retour à la maison.

— Tu demanderas à Callie, chuchota-t-il.

— Je n'y manquerai pas.

Le hall était désert à l'exception de quelques valets. De l'air frais s'engouffrait dans le corridor par une grande fenêtre située au fond du théâtre, apparemment au-dessus de la scène. Un fauteuil sous la fenêtre semblait lui tendre les bras. Son frère aurait sans doute trouvé qu'il était trop éloigné de la loge, mais il était bien en vue.

Juliana alla s'y asseoir et s'accouda à l'appui de la fenêtre pour contempler les toits de Londres. Des bougies clignotaient derrière les vitres des bâtiments. Elle repéra une jeune femme qui cousait, quelques étages plus bas, et se demanda si elle était déjà allée au théâtre... si elle en avait seulement rêvé.

Juliana n'avait jamais imaginé s'y rendre un jour. Du moins, pas dans les circonstances présentes, avec une famille d'aristocrates dont elle ignorait l'existence un an plus tôt. Pas avec des bijoux, des robes de soie et de satin, des marquis, des comtes et... des ducs.

Un duc en particulier, qui la mettait hors d'elle, occupait toutes ses pensées et l'embrassait comme si elle était la dernière femme sur terre.

Elle soupira. Les pâles rayons de lune se reflétaient sur les toits d'ardoise mouillés par une ondée.

Elle avait commencé quelque chose qu'elle ne pourrait finir.

Elle avait voulu l'envoûter par sa passion, le punir de son arrogance en le mettant à genoux. Mais après sa chute lamentable dans la Serpentine, il lui avait bien fait comprendre qu'elle ne le tentait pas du tout.

Selon les termes de leur contrat, il lui restait dix jours. Or, il courtisait lady Pénélope et projetait de passer sa vie avec cette femme, qui avait été élevée pour devenir duchesse.

Juliana avait la nette impression qu'elle allait perdre la partie.

— Pourquoi n'êtes-vous pas à votre place ?

Elle tressaillit.

Il l'avait suivie.

Elle n'aurait pas dû y attacher d'importance. Elle se tourna vers lui, s'efforçant de paraître calme.

— Et vous, pourquoi n'y êtes-vous pas ?

— Je vous ai vue sortir de la loge sans escorte.

— Mon frère sait où je suis.

— Votre frère n'a jamais assumé la moindre responsabilité dans sa vie. Il pourrait vous arriver n'importe quoi, ici.

Juliana balaya du regard le hall désert et silencieux.

— En effet. Le danger rôde.

— Quelqu'un devrait veiller sur votre réputation. Vous pourriez être accostée.

— Par qui ?

— N'importe qui ! Un comédien, un valet !

— Ou un duc ?

Leighton marqua une pause et se rembrunit.

— Je suppose que je l'ai mérité.

Juliana se retourna vers la fenêtre.

— Je ne vous ai pas demandé de me suivre.

Il y eut un long silence. Juliana crut qu'il allait repartir, mais il dit doucement :

— Non, en effet.

— Alors que faites-vous ici ? répliqua-t-elle en tournant vivement la tête.

Leighton se passa la main dans les cheveux – un geste qui lui ressemblait si peu et trahissait sa nervosité.

— C'était une erreur.

Juliana s'efforça de ne pas laisser voir sa déception.

— Une erreur facile à corriger, Votre Grâce. Il me semble que votre loge se trouve de l'autre côté du théâtre. Voulez-vous que je demande à un valet de vous raccompagner ?

Il pinça les lèvres.

— Je ne parlais pas seulement de maintenant. Mais de toutes nos rencontres. Le pari, les deux semaines, la promenade matinale à Hyde Park...

— L'après-midi à Hyde Park, ajouta-t-elle dans un murmure.

— J'aurais préféré ne pas donner de grain à moudre aux commères. Bien entendu, je ne regrette pas de vous avoir sauvé la vie.

Quelque chose dans sa voix se mêlait à l'irritation. Un sentiment que Juliana ne parvenait pas à identifier. Et qui avait disparu lorsqu'il reprit :

— Le reste ne peut pas continuer. Je n'aurais jamais dû accepter, pour commencer. C'était cela l'erreur. Je commence à me rendre compte que vous êtes totalement incapable de respecter la bienséance. Je n'aurais jamais dû vous faire plaisir.

Lui faire plaisir ?

Qu'essayait-il de dire en réalité ? Qu'elle n'était pas assez bien pour lui.

Elle ne l'avait jamais été. Et elle ne serait jamais assez bien pour le monde dans lequel il vivait.

Elle s'était promis de le faire changer d'avis sur elle. De lui prouver qu'il avait tort. Mais la façon dont il lui parlait la fit réfléchir.

Pas question de se laisser rabaisser, cela lui donnerait trop de pouvoir sur elle. D'autres ne la regardaient pas de haut juste parce qu'elle était née en Italie, parce qu'elle n'avait pas grandi dans une famille d'aristocrates, ou parce que les règles qui régissaient leur monde lui étaient inconnues.

Non, elle ne se laisserait pas humilier. Elle se mettrait en colère. Au moins la colère était-elle un sentiment qu'elle pouvait maîtriser. Et tant qu'elle serait en colère, le duc ne gagnerait pas la partie.

— Me faire plaisir ? répéta-t-elle en se levant. Vous avez peut-être l'habitude que les autres acceptent votre point de vue sans discuter, Votre Grâce, mais je ne suis pas un de vos laquais en adoration devant vous.

Il crispa les mâchoires, et elle enchaîna :

— Vous ne m'avez pas donné l'impression de vouloir juste me faire plaisir quand vous avez accepté ces deux semaines de délai. Ni quand nous nous sommes vus à Hyde Park à l'aube. Vous m'avez accordé deux semaines. Si je compte bien, il me reste encore dix jours.

Elle s'approcha de lui presque à le toucher, et le sentit se tendre.

— Et j'ai l'intention de les utiliser, articula-t-elle, consciente de tenter le sort.

D'un seul mot, il pouvait mettre un terme à leur accord.

L'instant parut s'étirer indéfiniment. Incapable de soutenir plus longtemps son regard, elle reporta son attention sur ses lèvres.

Une erreur.

En dépit de la fenêtre ouverte, l'atmosphère lui parut soudain oppressante. Dans la pénombre du hall, le souvenir de ses baisers resurgit avec force… le désir la submergea.

Elle leva les yeux, croisa les prunelles d'ambre qui s'étaient dangereusement assombries. Il la désirait aussi.

Cette pensée lui arracha un frisson.

Leighton fit un pas en avant. Ils se touchaient à présent, son torse puissant effleurait ses seins. Elle en eut le souffle coupé.

— Vous n'avez pas besoin de moi pour vous comporter de manière scandaleuse. Vous avez un comte qui vous mange dans la main.

— Un comte ?

— Je vous ai vue rire avec Allendale. Vous sembliez... intimes, rétorqua-t-il d'une voix rauque.

— Allendale ? répéta-t-elle, éberluée. Oh, vous voulez dire Benedick !

Une lueur inquiétante s'alluma dans ses yeux.

— Vous ne devriez pas parler de lui avec une telle familiarité.

Juliana éprouva un frisson d'excitation. Le duc était en colère. Non... il était furibond. Il avait l'air jaloux.

Son expression changea avant qu'elle ait eu le temps de la savourer, et le regard impassible réapparut. Elle s'autorisa néanmoins un petit sourire taquin.

— Je ne devrais pas l'appeler par son prénom ?

— Non, pas par celui-là.

— Vous ne m'avez pas soumise à des règles aussi strictes quand nous nous sommes rencontrés... Simon.

Il inspira brièvement.

— J'aurais dû.

— Mais vous vouliez que je vous prenne pour ce que vous n'étiez pas.

— Nous avons tous deux dissimulé notre véritable identité.

— Je ne vous ai rien caché, rétorqua-t-elle avec un mélange de tristesse et de rancœur.

— Non ? Alors pourquoi ai-je cru que vous étiez...

D'un rang plus élevé. S'il ne prononça pas les mots, elle les entendit tout de même.

— Vous aviez l'air de me trouver à votre convenance, pourtant, dit-elle en levant le menton.

Elle croyait voir le désir irradier de sa personne. Il avait beau vouloir ne pas la désirer, il ne pouvait s'en empêcher. Il se pencha, et elle retint son souffle, attendant désespérément le contact de ces lèvres fermes.

Le monde s'effaça. Ils étaient seuls dans la pénombre silencieuse. La bouche de Leighton hésita, elle sentit son souffle sur sa peau et faillit laisser échapper un cri d'impatience.

— Vous êtes un scandale en puissance, lui assena-t-il.

Sur ces mots, il recula, la laissant désemparée.

— Un scandale que je ne peux me permettre, ajouta-t-il.

— Vous me désirez !

Le désespoir dans sa voix la fit tressaillir, et elle regretta aussitôt ses paroles. Leighton demeura de marbre.

— Naturellement. Il faudrait que je sois mort pour ne pas vous désirer. Vous êtes belle, brillante, et vous vous comportez de telle sorte que je n'ai qu'une envie : vous faire plier à ma volonté. Mais les actes ont des conséquences, mademoiselle Fiori. Vous feriez bien d'y penser avant de vous lancer tête baissée dans vos jeux puérils.

— Je ne suis pas une enfant, lui rappela-t-elle, les yeux étrécis.

— Non ? Pourtant vous n'avez aucune idée de ce que vous faites. Que se passerait-il si vous deviez exprimer avec moi votre précieuse passion, Juliana ? Qu'y aurait-il, ensuite ?

La question la prit au dépourvu, elle ne sut que répondre.

— Vous n'avez jamais, de votre vie, songé à l'avenir, n'est-ce pas ? Vous ne vous êtes jamais demandé ce qui se passerait après ce que vous vivez ici et maintenant ? Si cela ne révèle pas votre puérilité, rien ne le fera.

À cet instant, Juliana le détesta. Elle détestait qu'il connaisse ses défauts et ses faiblesses mieux qu'elle-même.

— Je renonce à ce pari stupide que je n'aurais jamais dû accepter. Vous êtes un danger pour vous-même, poursuivit-il. Et pour moi. Et je ne peux m'offrir le luxe de vous donner la leçon que vous méritez.

Elle était consciente qu'elle devait accepter. Les libérer tous les deux de cet accord stupide qui menaçait leur réputation, leurs sentiments, leur raison.

Elle était toutefois tellement en colère qu'elle ne pouvait le laisser gagner.

— Vous manquez à votre parole, lâcha-t-elle.

Un nerf tressauta sur la joue de Leighton.

— Je devrais tout avouer à Ralston.

— Vous croyez que cela aidera votre cause ? répliqua-t-elle en haussant les sourcils.

Ils se faisaient face dans le corridor mal éclairé, et Juliana percevait la fureur qui irradiait de lui. Elle ne put résister à la tentation de le provoquer davantage.

— Courage. Il ne me faudra pas si longtemps pour vous mettre à genoux.

Son regard s'assombrit, et elle comprit qu'elle était allée trop loin. Consciente de la colère qu'il contenait à peine, elle crut qu'il allait la secouer.

— J'ai surmonté des menaces plus dangereuses pour ma réputation, mademoiselle Fiori. N'imaginez pas une seconde que vous l'emporterez. La tentation n'est pas de taille face à la réputation. Vous voulez vos dix jours ? Gardez-les. Faites de votre mieux.

— J'en ai bien l'intention.

— Ne croyez pas que je vous faciliterai les choses, articula-t-il avant de tourner les talons.

Juliana aurait dû être ravie d'avoir fait tomber son masque d'impassibilité. Mais alors qu'il regagnait sa loge et l'épouse parfaite qu'il s'était choisie, elle n'éprouva aucune sensation de triomphe.

Juste quelque chose qui ressemblait de manière suspecte à de la nostalgie.

8

L'impolitesse est le test ultime de la perfection.
Une vraie dame sait tenir sa langue.

Traité des dames raffinées

Chez la modiste, les trouvailles les plus excitantes ne sont pas les brins de soie, mais les bribes de scandales...

Journal des potins, octobre 1823

— Les Anglaises passent plus de temps à acheter des vêtements que toutes les autres femmes d'Europe.

Juliana s'adossa au canapé du salon d'essayage. Elle avait passé plus d'heures qu'elle ne voulait l'admettre dans ce fauteuil tapissé de brocart écarlate, juste assez luxueux pour flatter la vanité de la propriétaire de la boutique.

— Vous ne devez pas connaître les boutiques françaises, répliqua Mme Hebert avec flegme tout en ajustant la taille de la charmante robe de sergé rose que Callie essayait.

Mariana, qui examinait un velours vert, éclata de rire.

— Nous ne pouvons pas laisser les Françaises avoir le dessus dans une activité aussi importante, n'est-ce pas ? Après tout, nous leur avons déjà enlevé leur meilleure couturière.

Juliana sourit. Son amie venait d'éviter de justesse un incident diplomatique.

— En outre, continua Mariana, Callie a été trop longtemps mal fagotée, elle doit se rattraper. Nous ne sommes là que pour la conseiller... Et peut-être choisir un manteau d'hiver dans ce velours vert ?

— Cela vous irait à la perfection, Votre Grâce, confirma Hebert sans lever les yeux. Puis-je vous suggérer une robe en doupion de soie pour aller avec ? Vous serez la reine du bal.

Le regard pétillant, Mariana examina la soie chatoyante que Valérie déroula devant elle.

— Oh, oui ! Excellente suggestion.

— Et nous voilà reparties pour une heure, commenta Juliana en riant, tandis que Mariana passait derrière un paravent.

— Pas trop serré, dit doucement Callie à la couturière, avant de se tourner vers Juliana. Si l'automne se poursuit comme il a commencé, je me demande ce que sera l'hiver. Vous aussi, vous allez avoir besoin de nouvelles robes, vous savez. Au fait, nous n'avons pas parlé de ce que vous alliez porter pour votre dîner.

— Ce n'est pas mon dîner. Et je suis sûre d'avoir la tenue qui conviendra dans ma garde-robe.

— Callie a fait une excellente sélection de gentlemen, Juliana, lança Mariana, derrière le paravent. Les meilleurs partis de Londres.

— C'est ce que j'ai cru comprendre.

Callie inspecta sa taille dans le miroir.

— À part Leighton, ils ont tous accepté l'invitation, dit-elle en croisant le regard de sa belle-sœur dans le miroir. Benedick inclus.

Juliana ignora l'allusion au comte d'Allendale.

— Leighton ne viendra pas ?

— Ce n'est pas clair. En fait, il n'a pas répondu.

Juliana n'insista pas. S'il ne désirait pas assister au dîner, grand bien lui fasse.

— J'essaye de lui trouver de bons côtés, mais ce n'est pas facile, avoua Callie. Cela dit, nous passerons une très bonne soirée sans lui.

— Voulez-vous que Valérie vous montre quelques tissus, mademoiselle Fiori ? suggéra Hebert, qui était aussi une excellente femme d'affaires.

— Non, j'ai déjà beaucoup de robes. Je ne voudrais pas que mon frère fasse faillite aujourd'hui.

— Ne crois pas que je ne connais pas vos petits secrets, à Gabriel et à toi, remarqua Callie. Il adore t'acheter des vêtements et tout ce qui te fait envie. Et je sais d'où viennent ses nouveaux livres et ses partitions de musique.

Juliana sourit. Elle était arrivée en Angleterre convaincue que ses demi-frères allaient la détester, car elle leur rappelait la mère qui les avait abandonnés quand ils étaient petits. Et qu'elle l'ait abandonnée elle aussi importait peu, croyait-elle.

À tort. Gabriel et Nick l'avaient acceptée sans poser de questions. Et Juliana apprenait ce que c'était d'être une petite sœur. Son frère aîné et elle avaient entamé une sorte de jeu qui consistait à échanger de petits cadeaux.

— Pas de cadeau aujourd'hui, dit-elle à sa belle-sœur. J'espère encore que la saison se terminera avant que j'aie besoin d'une garde-robe complète pour l'hiver.

— Ne dites pas cela ! s'écria Mariana. Je veux avoir l'occasion de porter cette robe !

Les jeunes femmes s'esclaffèrent, et Juliana regarda Mme Herbert draper la soie autour de la taille de Callie.

— C'est parfait, dit celle-ci en observant son reflet dans le miroir.

L'effet était réussi, et Callie était adorable. Gabriel ne la quitterait pas des yeux, songea Juliana.

— Pas trop serré.

C'était la deuxième fois que Callie disait cela. La lumière se fit dans l'esprit de Juliana.

— Callie ?

Elles se regardèrent dans le miroir, et Callie répondit d'un grand sourire à la question silencieuse de Juliana.

Elle attendait un enfant.

— *Meraviglioso* ! s'exclama Juliana en bondissant sur ses pieds pour aller serrer sa belle-sœur dans ses bras. Voilà pourquoi nous acheter autant de nouvelles robes !

Leurs rires attirèrent l'attention de Mariana, qui tendit le cou sur le côté du paravent.

— Qu'est-ce qui est *maraviglioso* ? s'enquit-elle. Pourquoi riez-vous ? Callie, pourquoi pleures-tu ?

Elle disparut une seconde, puis sortit en tenant devant elle un métrage de soie verte que la pauvre Valérie tentait en vain d'épingler.

— J'ai manqué quelque chose ? Je rate toujours tout !

— Callie, vous allez devoir lui dire.

— Me dire quoi ?

Les joues de Callie étaient en feu. Elle aurait certainement préféré être ailleurs que dans un salon d'essayage, à deux pas de la plus célèbre couturière de Londres. Ce fut Juliana qui répondit à sa place :

— Apparemment, mon frère a accompli son devoir.

— Juliana ! chuchota Callie, scandalisée.

— Quoi ? C'est la vérité, répliqua Juliana avec un haussement d'épaules désinvolte.

— Vous êtes bien comme lui, vous savez.

Mariana n'avait toujours pas compris.

— Il a fait son… Oh ? Oh, mon Dieu ! Oh, Callie !

Elle se mit à sautiller sur place, et la pauvre Valérie dut courir chercher un mouchoir pour protéger la soie des larmes de la duchesse.

Hebert quitta la pièce, ne souhaitant sans doute pas être prise dans ce tourbillon d'émotions, tandis que les deux sœurs s'étreignaient en pleurant et en riant.

Juliana les contempla en souriant, quand bien même elle se rendait compte qu'il n'y avait pas de place pour elle dans ce moment de célébration.

Elle se glissa dans la boutique, où elle retrouva Mme Hebert. La couturière se tenait devant la porte d'une petite antichambre, masquant à la vue une autre cliente. Juliana se dirigea donc vers le comptoir où étaient exposés les rubans et les dentelles. Songeuse, elle effleura du bout des doigts les tissus soyeux et les boutons de nacre.

Au printemps, la famille compterait deux nouveaux membres puisque Isabel, la femme de Nick, attendait aussi un enfant.

Ses frères avaient surmonté leur passé et leur crainte de reproduire les péchés de leurs parents, et s'étaient mariés par amour. Désormais, ils avaient une famille, et leurs enfants grandiraient heureux et entourés.

Vous n'avez jamais, de votre vie, songé à l'avenir, n'est-ce pas ?

Les mots de Leighton lui revinrent en mémoire.

Juliana sentit sa gorge se nouer. Elle ne pouvait se permettre de penser à l'avenir. Son père était mort, et elle avait été expédiée en Angleterre, dans une famille qu'elle ne connaissait pas, une culture qui lui était étrangère, parmi des gens qui ne l'acceptaient pas. Il n'y avait pas d'avenir pour elle dans ce pays. Et il était plus facile, moins douloureux, de ne pas essayer d'en imaginer un.

Mais quand elle voyait Mariana et Callie contemplant leur futur idyllique rempli d'amour, d'enfants et d'amis, elle ne pouvait s'empêcher de les envier.

Elles avaient ce qu'elle n'aurait jamais. Ce qu'on ne lui offrirait pas.

Parce que leur vie était ici, dans ce monde aristocratique, où l'argent, le titre, les origines et l'éducation comptaient plus que tout.

Elle prit une longue plume dans un vase. Elle avait dû être teintée, car elle n'avait jamais vu de plume aussi grande, d'un noir aussi uniforme. Quel oiseau pouvait avoir un tel plumage ? Mais quand elle la caressa, la plume scintilla sous le soleil qui pénétrait dans la boutique, et elle vit d'emblée que la couleur était naturelle. En fait, elle n'était pas noire, c'était un mélange de bleus et de pourpres si sombres qu'ils donnaient l'illusion d'un noir de jais.

— Aigrette.

La voix de la couturière tira Juliana de sa contemplation.

— Je vous demande pardon ?

— La plume que vous tenez est une aigrette.

— Les couleurs sont somptueuses.

— La beauté est une chose rare, répondit Hebert en soulevant un panneau de bois chargé de dentelles. Pardonnez-moi. Il y a là une duchesse qui désire inspecter mes dentelles.

Juliana fut déconcertée par la pointe de mépris qu'elle perçut dans la voix de la couturière. Cette femme n'oserait sûrement pas parler ainsi de Mariana devant elle...

— Si les Français avaient été plus rapides, Napoléon aurait peut-être gagné la guerre, lança une voix dédaigneuse.

Juliana se retourna. La duchesse de Leighton se tenait à quelques pas.

Il était difficile d'imaginer que cette petite femme au teint pâle avait engendré le géant blond qu'était Leighton. Juliana chercha une ressemblance entre la mère et le fils. La duchesse avait la peau fine, presque translucide, et des yeux gris, couleur de l'océan en hiver.

Des yeux qui semblaient tout voir. Juliana retint son souffle tandis que la duchesse la parcourait de la tête aux pieds. Et soudain, elle vit les similitudes entre le duc et elle. Le menton volontaire, la posture hautaine, le regard glacial, la capacité à faire frémir la personne qu'elle toisait.

Elle était bien sa mère – dans ce qu'il avait de pire.

Mais elle n'avait pas sa chaleur.

Juliana ne décelait en elle qu'un stoïcisme inébranlable, trahissant une vie entièrement dénuée d'émotion et de sentiment.

Qu'est-ce qui avait pu transformer cette femme en statue de marbre ?

Pas étonnant que son fils ne croie pas à la passion.

La duchesse attendait que Juliana détourne les yeux. Comme son fils, elle voulait prouver que son nom et ses traits aristocratiques faisaient d'elle un être supérieur aux autres. Et certainement supérieur à Juliana.

Ignorant ses nerfs à vif, Juliana demeura impassible.

— Votre Grâce, intervint Mme Hebert, qui n'avait rien senti de la bataille silencieuse qui se livrait dans sa boutique, pardonnez-moi de vous avoir fait attendre. Voulez-vous examiner les dentelles à présent ?

La duchesse ne quitta pas Juliana des yeux.

— Nous n'avons pas été présentées, dit-elle sèchement.

Les mots étaient destinés à souligner l'impertinence de Juliana. À la remettre à sa place. La jeune femme ne répondit pas, ne bougea pas et refusa de baisser les yeux.

— Votre Grâce ? dit Mme Hebert, dont le regard passa de l'une à l'autre. Puis-je vous présenter Mlle Fiori ?

Il y eut un long silence.

— Non, répondit enfin la duchesse. Je ne peux tolérer qu'un minimum de surprises à la fois, Hebert. Il fut un temps où votre clientèle était moins... ordinaire.

Ordinaire.

Si Juliana n'avait été aussi bouleversée, elle aurait admiré la duchesse qui avait su choisir le mot parfait pour traduire ses sentiments. Le mot le plus bref et le plus violent.

La pire insulte, venant d'une personne de son rang.

Le mot résonna dans sa tête. Mais ce n'était plus la duchesse de Leighton qu'elle entendait. C'était son fils.

Elle ne put s'empêcher de répondre.

— Et moi, j'ai toujours cru que la clientèle de Mme Hebert était plus civilisée.

Les mots lui avaient échappé presque malgré elle.

La duchesse se raidit davantage, si une telle chose était possible.

— Ce que l'on dit est donc vrai, lâcha-t-elle d'un air de profond ennui. Bon sang ne saurait mentir.

Sur ces mots, la duchesse de Leighton quitta la boutique. La clochette de la porte tinta comme pour souligner ironiquement sa sortie.

— Cette femme est une mégère.

Juliana se retourna. Mariana, qui arborait une expression furieuse, se tenait sur le seuil de la porte donnant dans l'atelier.

— Il semblerait que les duchesses aient le droit de se conduire comme elles veulent, observa Juliana en secouant la tête.

— Elle pourrait être la reine, je m'en moque. Elle n'a pas le droit de vous parler ainsi.

— Si elle était la reine, elle pourrait vraiment me parler comme elle le veut, murmura Juliana d'une voix tremblante.

Pourquoi diable avait-elle provoqué la duchesse ?

Le problème, c'était qu'elle n'avait pas pensé à la duchesse, mais à quelqu'un d'autre. Un homme intraitable aux yeux d'ambre et aux cheveux blonds, qu'elle voulait absolument faire plier.

Et elle avait dit la première chose qui lui était passée par la tête.

— Je n'aurais pas dû lui parler comme je l'ai fait. Si cela se sait… cela fera un scandale. Mais je ne peux pas m'empêcher de penser qu'elle le méritait. C'est mal ?

— Pas du tout ! s'exclama Mariana. Elle le méritait, et bien plus encore. Je méprise cette femme. Pas étonnant que Leighton soit aussi rigide. Vous imaginez ce que ce doit être d'être élevé par une mère pareille ?

Juliana trouva ces paroles revigorantes. La duchesse de Leighton se croyait peut-être supérieure au reste du monde, mais elle ne l'était pas. Le lui prouver était sans grand intérêt, en revanche elle pouvait montrer au duc à côté de quoi il passait en vivant dans sa tour d'ivoire.

— Juliana ? fit Mariana. Tout va bien ?

Juliana s'ébroua et se tourna vers la couturière, qui avait assisté à la scène avec effroi.

— Je suis désolée, madame Hebert. Je vous ai sans doute fait perdre une cliente importante.

Juliana savait que Mme Hebert n'avait pas le choix. Elle devrait tout faire pour regagner sa cliente, qui se trouvait être l'une des femmes les plus influentes de la capitale. Les conséquences de cette altercation dans sa boutique pouvaient être dramatiques pour elle.

— La duchesse, reprit Juliana en désignant Mariana, et la marquise de Ralston pourront sans doute aider à réparer le tort que je vous ai causé.

— Comme si j'allais m'abaisser à parler à cette... commença Mariana.

Elle s'interrompit, se rappelant soudain les bonnes manières, puis reprit d'une voix douce :

— Mais bien sûr, madame Hebert, je serai ravie de vous aider.

— Il n'y a aucun tort à réparer, déclara la Française. J'ai beaucoup de travail, et je ne demande pas à la duchesse de supporter ma clientèle. La duchesse de Rivington se trouve dans mon atelier en ce moment, ainsi que l'épouse et la sœur du marquis de Ralston. Je peux me passer de cette vieille dame. Elle n'en a plus pour longtemps, après tout, poursuivit-elle d'un ton de conspirateur. Quelques années sans elle ne me ruineront pas.

Les mots furent prononcés avec tant de naturel que les jeunes femmes mirent quelques secondes à comprendre. Puis elles éclatèrent de rire.

— Vous ai-je dit que j'adorais les Français ? s'écria Juliana.

La couturière lui adressa un clin d'œil complice.

— Entre étrangères, il faut se serrer les coudes, non ?

— Certes !

— Bon. Et pour le duc ?

— Le duc ? répéta Juliana, feignant de ne pas comprendre.

— Celui qui vous a sauvé la vie, mademoiselle. Cet homme est un défi, non ?

Juliana fit tourner l'aigrette entre ses doigts, en admirant les couleurs changeantes, avant de se décider à croiser le regard de Mme Hebert.

— Si. Quoique pas dans le sens où vous le pensez. Je veux simplement le...

Le troubler profondément.

Impossible de dire cela.

Mme Hebert lui prit la plume des mains, s'approcha du mur où étaient exposés les tissus, et tira des mètres de soie chatoyante.

— Vous devriez laisser votre frère vous offrir une nouvelle robe, conseilla-t-elle à Juliana.

Elle déposa l'aigrette sur le satin. Le résultat était éblouissant. Mariana gloussa.

— Oh, c'est parfait !

Cela le mettrait à genoux.

— Combien de temps vous faut-il pour confectionner une robe ?

— Quand vous la faut-il ?

— Il vient dîner dans deux jours.

— Mais Callie a dit qu'il n'avait pas accepté l'invitation, lui rappela Mariana.

Juliana croisa le regard de sa belle-sœur. Elle était plus que jamais sûre d'être sur la bonne voie.

— Il viendra.

— Je ne dis pas que notre armée ne doit pas être correctement approvisionnée, Leighton. Je fais simplement remarquer que ce débat aurait pu attendre jusqu'à la prochaine session. J'ai une récolte à superviser.

Simon jeta une carte sur la table et lança un regard nonchalant à son adversaire, qui mordillait son cigare comme un homme qui se sait sur le point de perdre.

— Je pense que ce que vous craignez de manquer, Fallon, c'est moins la récolte que la chasse au renard.

— Cela aussi, je ne le nie pas. J'ai mieux à faire que de passer l'automne à Londres. Et je ne vois pas pourquoi vous voulez rester, ajouta le comte de Fallon avec irritation.

— Le problème, ce n'est pas ce que je veux.

C'était un mensonge. Ce qu'il voulait était bel et bien au cœur du problème. Il aurait provoqué une session spéciale au Parlement pour discuter des lois sur la cartographie si cela avait permis d'éviter que des visiteurs débarquent dans son manoir de campagne et entrevoient ses secrets.

Il découvrit ses cartes et les étala sur la table.

— Vous feriez mieux de réfléchir à votre jeu au lieu de chercher des moyens d'échapper à votre devoir de pair du royaume.

Simon récolta ses gains, se leva, et quitta la petite salle de jeu en ignorant le juron que lâcha le comte.

Il avait le choix entre des invitations au théâtre et une demi-douzaine de bals pour passer la soirée.

Il aurait dû rentrer chez lui, prendre un bain, s'habiller et sortir. Chaque soir où il serait vu comme l'incarnation de la noblesse et de la bienséance serait un soir qui l'aiderait à consolider la réputation des Leighton.

Et peu importait qu'il commence à se lasser des rituels de la bonne société.

C'était ainsi qu'il devait agir.

— Leighton.

Le marquis de Needham and Dolby gravissait en soufflant le majestueux escalier du club. Il était hors d'haleine lorsqu'il atteignit la dernière marche. La main sur la rampe de chêne, il rejeta la tête en arrière et bomba le torse pour respirer. Les boutons de son gilet jaune semblaient sur le point de craquer. Simon se demanda si le vieil homme allait avoir besoin d'un médecin.

— Vous êtes précisément l'homme que je cherchais ! déclara le marquis quand il eut recouvré son souffle. Dites-moi, quand allez-vous vous décider à parler à ma fille ?

Simon se figea. Le club n'était pas le lieu idéal pour avoir ce genre de conversation. Il aurait préféré plus de discrétion.

— Voulez-vous m'accompagner dans un salon privé, Needham ?

Le marquis ne saisit pas l'allusion.

— À quoi bon ? Nous n'allons pas tenir ce mariage secret.

— Je ne suis pas de votre avis, riposta Simon, dont les mâchoires se contractèrent de contrariété. Tant que la dame n'a pas accepté…

— Balivernes ! coupa le marquis.

— Je vous assure, Needham, que peu de gens considèrent mes paroles comme des balivernes. J'aimerais que nous restions discrets, tant que je n'ai pas eu l'occasion de m'entretenir en tête à tête avec lady Pénélope.

Needham étrécit les yeux.

— Dans ce cas, vous feriez mieux de vous décider, Leighton.

Simon serra les dents. Il n'aimait pas recevoir des ordres. Surtout de la part de cet imbécile, qui était de surcroît un tireur lamentable.

Mais il n'avait pas vraiment le choix. Aussi inclina-t-il brièvement la tête.

— Sur-le-champ.

— C'est bien, c'est bien. Fallon ! cria le marquis, alors que l'adversaire malheureux de Leighton sortait de la salle de jeu. Vous n'irez pas plus loin, mon vieux ! J'ai l'intention de vous vider les poches.

La porte de la salle de jeu se referma sur le marquis, et Simon espéra pour Fallon que l'homme était aussi mauvais aux cartes qu'à la chasse à la grouse. Il n'y avait aucune raison que le marquis passe un bon après-midi alors qu'il venait de lui gâcher le sien.

Simon s'immobilisa devant l'immense fenêtre en arc de cercle qui donnait sur la rue et observa les voitures qui passaient en cahotant sur les pavés. Que faire ?

Se rendre directement à Dolby House et parler à lady Pénélope.

Chaque jour qui passait le rapprochait de l'inévitable.

Ce n'était pas comme s'il n'avait jamais songé à se marier. Après tout, c'était le cours naturel des choses. Un moyen de parvenir à ses fins. Il lui fallait des héritiers. Une épouse.

Mais il n'avait pas envie de se marier maintenant. Ni pour cette raison.

Un éclair coloré de l'autre côté de la rue accrocha son regard. Du rouge, qui tranchait sur les couleurs ternes dont étaient vêtus les autres piétons de St. James's Street. La couleur était tellement déplacée que Simon s'approcha de la fenêtre pour s'assurer qu'il avait bien vu. Un manteau écarlate avec un chapeau assorti. Une femme dans un monde d'hommes. Dans une rue d'hommes.

Dans sa rue. Devant son club.

Quelle femme porterait un manteau rouge vif en plein jour, dans St. James's Street ?

Il n'y avait qu'une seule réponse possible, et elle lui fut confirmée lorsque la foule s'éclaircit, lui permettant de voir son visage.

Et quand elle leva les yeux vers la fenêtre – elle ne pouvait pourtant pas le voir, encore moins savoir qu'il était là –, il en demeura incrédule.

La veille encore ne l'avait-il pas mise en garde contre un comportement aussi téméraire ? Ne lui avait-il pas fait la leçon, en soulignant sa puérilité ? N'avait-il pas fait amplement allusion aux conséquences de son insouciance ?

Certes, il avait fait tout cela. Juste avant de lui dire de faire de son mieux pour gagner leur pari.

Et voilà le résultat. Il ne parvenait pas à le croire.

Cette femme méritait une bonne correction. Et c'était lui qui allait s'en charger !

Aussitôt, il dévala l'escalier. Ignorant les saluts des autres membres du club, il demanda son manteau, son chapeau et ses gants. Puis il se précipita vers la porte afin de la rattraper.

Sauf qu'elle était toujours là. Elle attendait patiemment, de l'autre côté de la rue, en bavardant avec sa petite servante italienne, comme si la situation était tout à fait normale. Comme si elle ne contrevenait pas à toutes les règles de l'étiquette. Simon se promit de renvoyer sa dame de compagnie en Italie par le premier bateau.

Et il fonça droit sur elle sans savoir très bien ce qu'il allait faire. Juliana se retourna au moment où il les rejoignait.

— Vous devriez être plus prudent en traversant la rue, Votre Grâce. Un accident est si vite arrivé.

Elle parlait avec calme et aplomb, comme s'ils se trouvaient dans un salon, et non dans la rue qui abritait tous les clubs masculins de la haute société.

— Que faites-vous là ?

Il s'attendait à un mensonge. Elle allait dire qu'elle faisait des courses et s'était égarée. Ou qu'elle avait envie de voir St. James's Palace. Ou encore qu'elle cherchait un fiacre.

— Je vous attendais, naturellement.

— Moi ? fit-il, décontenancé.

Ce n'était pas possible. Quelqu'un au club avait dû le droguer. Ceci ne pouvait pas réellement se produire.

— Oui, vous.

— Est-ce que vous vous rendez compte que ce que vous faites est totalement inconvenant ? M'attendre ici ? Dans la rue ?

Elle inclina la tête, une lueur espiègle dans le regard.

— Aurait-il été moins inconvenant que je frappe à la porte du White pour demander à vous voir ? Ou plus ?

Elle se moquait de lui. Forcément.

— Plus, répondit-il néanmoins. Bien entendu.

— Donc, vous préférez que je vous attende ici.

— Je ne préfère rien ! s'écria-t-il, sortant de ses gonds.

Puis, se rappelant qu'ils étaient toujours dans la rue, en face de son club, il lui prit le coude et l'orienta dans la direction de Ralston House.

— Marchez, ordonna-t-il.

— Pourquoi ?

— Nous ne pouvons pas rester là. Cela ne se fait pas.

— Il faut vraiment être anglais, pour interdire aux gens de rester dans la rue, commenta-t-elle en soupirant.

Simon résista Dieu sait comment à l'envie de l'étrangler.

— Comment saviez-vous que j'étais là ?

— Les aristocrates n'ont pas grand-chose d'autre à faire que de passer du temps à leur club. Je voudrais discuter de quelque chose avec vous, Votre Grâce.

— Vous ne pouvez pas décider de me parler et venir me chercher, répliqua-t-il, furieux.

— Pourquoi ?

— Cela ne se fait pas !

— Je me moque des convenances, je croyais que c'était un fait établi. D'autre part, si vous avez quelque chose à me dire, je vous autorise quant à moi à venir me voir quand vous voulez.

— Bien sûr que je peux venir quand je veux.

— Parce que vous êtes duc ?

— Non. Parce que je suis un homme.

— Ah ! C'est une bien meilleure raison.

Était-ce du sarcasme qu'il percevait dans son ton ? Peut-être, mais il s'en moquait.

Il voulait juste la ramener chez elle.

— De toute façon, vous n'aviez pas prévu de me rendre visite, reprit-elle.

— Non, en effet.

— Il fallait donc bien que je prenne les choses dans ma main.

Non, il ne se laisserait pas attendrir par ses charmantes erreurs de langage.

— En main, corrigea-t-il.

Cette femme était un scandale ambulant, et par un curieux hasard il était devenu son accompagnateur. Il n'avait vraiment pas besoin de cela. En moins de temps qu'il n'en faut pour le dire, ils traversèrent la rue et se retrouvèrent sur le chemin de Ralston House.

— J'ai mieux à faire aujourd'hui que de jouer à la nounou, Juliana. Que voulez-vous ?

Elle se figea, et ses paroles restèrent suspendues entre eux.

— Mademoiselle Fiori, rectifia-t-il trop tard.

Elle sourit, et ses beaux yeux bleus s'illuminèrent.

— Non, Votre Grâce. Une fois que les mots ont été prononcés, on ne peut plus les reprendre.

Sa voix, presque un chuchotement, contenait une promesse. Les mots l'atteignirent en plein cœur, et un désir vif et intense le transperça. Il rabattit le bord de son chapeau et se plaça face au vent. Il aurait aimé que les feuilles mortes qui tourbillonnaient autour d'eux emportent l'instant et le dispersent dans le vent.

— Que voulez-vous ?

— Qu'avez-vous à faire ?

— Cela ne vous regarde pas.

— Non, mais je suis curieuse. Qu'est-ce qu'un aristocrate peut bien avoir à faire de si urgent qu'il ne puisse même pas me raccompagner chez moi ?

— Vous essayez de me pousser à bout ?

— Peut-être.

Elle était belle. Exaspérante, et belle.

— Alors ? s'entêta-t-elle. Qu'avez-vous à faire aujourd'hui ?

Quelque chose l'empêcha d'avouer qu'il avait prévu de rendre visite à lady Pénélope. Pour lui demander sa main.

— Rien d'important, répondit-il d'un ton morose.

Elle laissa fuser un rire qui l'enveloppa de sa chaleur.

Il n'allait pas voir lady Pénélope aujourd'hui.

Ils marchèrent en silence un moment. Quand ils arrivèrent devant Ralston House, il se tourna enfin vers elle. Elle était vibrante et belle, avec ses joues colorées, ses yeux pétillants, ses vêtements rouge vif, tellement différents de ce que portaient les dames de la bonne société. Elle avait préféré affronter l'air glacé d'octobre plutôt que de rester au coin du feu avec son ouvrage et une tasse de thé.

Ce que faisait sans doute Pénélope en ce moment même.

Juliana, elle, était différente de toutes les femmes qu'il avait connues. Elle était le contraire de ce qu'il avait toujours voulu.

Sans doute était-elle un danger pour elle-même... mais elle l'était surtout pour lui. Un beau danger tentateur qu'il trouvait de plus en plus irrésistible.

— Que voulez-vous ? demanda-t-il d'une voix plus douce qu'il ne l'aurait souhaité.

— Je veux gagner notre pari.

C'était la seule chose qu'il ne pouvait se permettre de lui accorder.

— Cela n'arrivera pas.

— Peut-être pas, admit-elle en haussant une épaule. Surtout si nous ne nous voyons pas.

— Je vous avais prévenue que je ne vous faciliterais pas la tâche.

— Certes, mais je ne m'attendais pas que vous me fuyiez.

— Vous fuir ? Moi ? s'exclama-t-il, sidéré.

— Vous avez reçu unc invitation à dîner. Vous êtes le seul à ne pas avoir répondu. Pourquoi ?

— Certainement pas parce que je vous fuis.

— Alors, pourquoi ne pas répondre ?

— Savez-vous combien d'invitations je reçois chaque jour ? Je ne peux pas toutes les accepter.

— Donc, vous déclinez ? répliqua-t-elle avec un sourire dont il se méfia instantanément.

Non.

— Je n'ai pas encore décidé.

— Le dîner a lieu après-demain. Je n'aurais jamais cru que vous étiez aussi désinvolte avec votre correspondance vu l'importance que vous attachez à votre réputation. Vous êtes sûr que vous ne me fuyez pas ?

— Puisque je vous le dis.

— Vous ne craignez pas que je gagne notre pari, en fin de compte ?

— Pas du tout.

— Donc, vous viendrez ?

— Bien sûr.

Non !

— Parfait. J'avertirai lady Ralston.

Elle monta les marches du perron, l'abandonnant dans la lumière déclinante.

Simon regarda la porte se refermer sur elle. Conscient qu'il venait de se faire moucher par une insupportable sirène italienne.

9

L'heure de l'invitation doit être respectée. Une dame raffinée n'est jamais en retard.

Traité des dames raffinées

Aucun repas n'est plus somptueux que celui servi dans le but de sceller une union...

Journal des potins, octobre 1823

Simon arriva le dernier. À dessein.

Quand il gravit les marches de Ralston House, Simon était conscient de faire une grave entorse à l'étiquette. Mais comme Juliana l'avait manipulé pour l'obliger à assister à ce dîner, il prenait un plaisir pervers à être en retard. Il présenterait ses excuses, naturellement. Juliana comprendrait cependant qu'il ne se laissait pas diriger par une femme.

Il était le duc de Leighton. Elle ferait bien de ne pas l'oublier.

Une vague de triomphe le submergea quand la porte s'ouvrit, révélant le vaste hall de Ralston House, complètement désert. Comme prévu, ils avaient commencé le dîner sans lui.

Après avoir tendu son chapeau, son manteau et ses gants à un valet, il s'engagea dans le large escalier qui menait à la salle à manger, au deuxième étage. Les bruits de conversation s'amplifiaient à mesure qu'il approchait. Il entra dans la vaste pièce où les invités bavardaient en attendant que le repas soit servi.

Ils avaient retardé l'heure du dîner à cause de lui.

Il se sentit complètement idiot.

Personne ne semblait particulièrement agacé d'avoir dû attendre. En fait, tous les invités passaient un moment agréable. Surtout les messieurs qui étaient si nombreux à s'agglutiner autour de Juliana qu'il ne put distinguer d'elle que les boucles d'un noir de jais de son chignon.

Simon comprit d'emblée la raison de cette réception.

Lady Ralston voulait marier sa belle-sœur.

À cet instant tout le groupe s'esclaffa, et il distingua le rire de la jeune femme, délicieusement cristallin comparé à ceux, plus graves, des hommes autour d'elle. Il se sentit aussitôt à cran. Il ne s'attendait pas à cela.

— Content que vous ayez décidé de venir, Leighton.

Les paroles sarcastiques de Ralston arrachèrent Simon à ses réflexions. Ignorant le marquis, il s'adressa à lady Ralston.

— Je vous prie de m'excuser, milady.

— Je vous en prie, Votre Grâce, répondit aimablement la marquise. En fait, ces quelques minutes nous ont permis de bavarder.

Simon reporta son attention sur les gentlemen qui entouraient Juliana. Il les examina les uns après les autres tandis que le groupe se défaisait. Il ne resta plus que le comte d'Allendale, au bras duquel se trouvait Juliana.

Vêtue de la plus belle robe que Simon ait jamais vue.

Pas étonnant qu'elle les ait tous envoûtés.

La robe était un scandale en soi. L'étoffe couleur de nuit chatoyait à la lueur des chandelles, donnant l'illusion qu'elle était enveloppée d'un ciel d'orage. Le tissu était un mélange de rouges sombres, de bleus et de violets, qui se fondaient en une couleur somptueuse et indéfinissable. Le corsage, profondément décolleté, dévoilait une large portion de peau laiteuse, qu'il fut tenté de toucher.

Elle portait cette robe avec une assurance qu'aucune autre femme à Londres n'aurait pu afficher.

Elle savait que la soie noire provoquerait un scandale... et la métamorphoserait en déesse. Les hommes, lui inclus, n'auraient plus qu'une idée en tête : lui ôter cette robe splendide et la posséder.

Simon repoussa cette pensée inconvenante. Il éprouva le besoin irrépressible d'ôter sa veste et de la poser sur ses épaules pour la protéger des regards des autres hommes.

Ralston devait bien savoir que cette robe était indécente. Que sa sœur encourageait les plus bas instincts des hommes présents. Il jeta un regard au marquis, qui semblait ne pas s'en apercevoir.

Puis Juliana passa près de lui dans un froissement de soie, escortée par le comte d'Allendale. Elle prit place au milieu de la longue table, souriant aux messieurs qui concentrèrent immédiatement leur attention sur elle.

Il aurait aimé les provoquer les uns après les autres en combat singulier, histoire de leur apprendre les bonnes manières. Il aurait dû décliner cette invitation. Chaque fois qu'il se trouvait en présence de cette femme, son sang-froid le désertait.

Et cela ne lui plaisait pas du tout.

Il s'assit à côté de la marquise de Ralston, la place d'honneur lui étant réservée en tant que duc. Il passa le début du repas à faire poliment la conversation avec lady Ralston, Rivington, et la sœur de celui-ci, lady Margaret Talbott. Il s'efforça d'ignorer l'activité qui régnait au centre de la table, où les messieurs, en plus grand nombre que les dames, rivalisaient pour attirer l'attention de Juliana.

Il lui était néanmoins impossible d'ignorer la jeune femme, qui riait et plaisantait avec ses soupirants, les gratifiant de grands sourires et de regards aguicheurs. Tout en participant à la conversation avec ses voisins de table, Simon suivait chacun de ses mouvements. Elle se penchait vers Longwood, Brearley et West assis face à elle. Tous trois sans titre et ayant acquis leur fortune par eux-mêmes.

West, l'éditeur de la *Gazette,* lui racontait une anecdote stupide sur un journaliste et un carnaval de rues.

— Je dirai que, au moins, il a rendu le chapeau !

— Le chapeau du reporter ? s'enquit Longwood.

— Non, celui de l'ours !

Juliana éclata de rire, de même que les imbéciles qui l'entouraient.

Simon baissa les yeux sur son assiette.

Ils n'étaient donc pas capables de trouver des aristocrates dignes d'elle ? Elle n'allait tout de même pas s'abaisser à épouser un roturier ?

Quand le quatrième plat fut servi, l'attention de Juliana était monopolisée par lord Stanhope. Ce dernier, connu pour son amour du jeu et des femmes, ferait un mari lamentable. Pour être juste, il gagnait toujours aux cartes. Mais Ralston ne pouvait pas vouloir marier sa sœur à un pareil débauché ?

Jetant un regard en coin au marquis, qui paraissait trouver les propos de Stanhope amusants, Simon comprit où le bât blessait dans son raisonnement. Les débauchés aimaient la compagnie d'autres débauchés.

Simon fit son possible pour se concentrer sur le plat de veau qui suivit, feignant de ne pas voir le long cou gracieux de Juliana. Ignorant son désir de poser les lèvres au creux de son épaule.

Il n'aurait pas dû la regarder. Mais telle une sirène, elle lui faisait tourner la tête.

S'il ne faisait pas très attention, il se noierait en elle.

Un éclat de rire le ramena au moment présent. La conversation était passée de la saison d'automne à la politique, puis à l'art et à la musique. Les gentlemen étaient suspendus aux lèvres de Juliana. Le comte d'Allendale, pour sa part, régalait les invités d'anecdotes sur les fiançailles de lord et de lady Ralston.

Captivée, Juliana ne le quittait pas des yeux. Simon éprouva une intense contrariété. Quel effet cela faisait-il de provoquer une telle réaction chez une femme ? Une telle approbation ?

— Je n'avais jamais vu deux personnes à ce point faites l'une pour l'autre, déclara Allendale, dont le regard s'attarda un peu trop longtemps sur Juliana.

Celle-ci eut un sourire malicieux.

— Dommage que mon frère ait mis aussi longtemps à s'en rendre compte.

Le comte sourit, il y eut des rires joyeux autour d'eux. C'était la deuxième fois que Simon voyait Allendale s'intéresser à Juliana. Et le sujet de conversation était assez romantique pour susciter de tendres sentiments.

Il se renversa contre le dossier de sa chaise.

Allendale n'était pas du tout l'homme qu'il lui fallait. Trop indulgent. Trop gentil. Elle le piétinerait avant qu'il ait eu le temps de s'en rendre compte.

Il n'était pas assez viril pour elle.

Simon regarda Ralston, espérant que le marquis avait remarqué l'échange entre sa sœur et son beau-frère. Mais Ralston n'avait d'yeux que pour sa femme.

Simon détourna les yeux. L'affection évidente entre le marquis et son épouse le mettait mal à l'aise. Son attention se concentra de nouveau sur Juliana dont l'expression s'était adoucie quand elle avait surpris le regard de son frère.

Sa place n'était pas ici.

Pas avec elle, ni avec sa famille. Ils étaient tous parfaitement détendus, parlaient librement bien que le dîner soit protocolaire, mettant leurs invités à l'aise.

Tellement différents de sa propre famille.

Si fascinants.

Ce n'était pas pour lui.

Les joues enflammées, la marquise leva son verre.

— Puisque nous portons un toast, je pense que nous devrions féliciter le duc pour avoir sauvé notre Juliana de la noyade. N'est-ce pas, Ralston ?

Simon fut pris de court par cette déclaration. Avant son mariage, lady Calpurnia Heartwell était une jeune fille timide et effacée. Elle avait bien changé. Ralston leva son verre.

— Excellente idée, ma chère. À Leighton. Avec toute ma reconnaissance.

Les messieurs levèrent leur verre comme un seul homme pour boire à la santé de Simon. Ce dernier était partagé entre le respect que suscitait en lui la façon dont cette famille manipulait la société – en rendant leurs remerciements publics, en reconnaissant l'aventure malencontreuse de Juliana, ils coupaient l'herbe sous le pied des commères – et l'irritation à la pensée d'avoir été utilisé.

La duchesse de Rivington se pencha au-dessus de la table, interrompant le fil de ses pensées.

— Vous êtes prévenu, Votre Grâce. Maintenant que vous avez sauvé l'une d'entre nous, vous ne pourrez plus vous échapper !

Tout le monde rit, à l'exception de Simon qui se contenta d'un sourire poli en prenant son verre.

— Je suis désolée pour Sa Grâce, reprit Juliana d'un ton léger. Il devait espérer que son héroïsme lui rapporterait plus que notre compagnie !

Cette conversation lui plaisait de moins en moins. Affectant un air de profond ennui, il déclara :

— Je n'ai rien fait d'héroïque.

— Votre modestie nous fait honte, Leighton, déclara Stanhope d'un ton jovial. N'importe lequel d'entre nous serait incroyablement heureux d'accepter la gratitude d'une dame aussi resplendissante de beauté.

Une assiette fut posée devant lui à ce moment-là. Ignorant Stanhope, Simon entreprit de découper sa tranche d'agneau.

— Racontez-nous cette histoire ! intervint West.

— Je préférerais ne pas avoir à la ressasser, monsieur West, dit-il avec un sourire contraint. Surtout à un journaliste.

Cette déclaration ne fut pas approuvée par le reste de l'assemblée, qui réclama un récit détaillé.

Simon ne répondit pas.

— Je suis de l'avis du duc.

Le silence se fit autour de la table et Simon, surpris, croisa le regard de Juliana.

— Il m'a sauvé la vie, et il n'y a pas grand-chose de plus à raconter. Et sans lui...

Elle marqua une pause. Simon n'avait pas envie qu'elle achève sa phrase.

— Eh bien, disons que je suis heureuse que vous soyez venu au parc ce jour-là. Et encore plus heureuse que le duc sache nager, ajouta-t-elle à l'adresse des autres invités.

Ces paroles suscitèrent des rires qu'il entendit à peine. Car à cet instant précis, il aurait donné n'importe quoi pour être seul avec elle.

— Oyez, oyez ! fit Allendale en levant son verre. Au duc de Leighton.

Tout autour de la table, les verres se levèrent. Simon évita le regard de Juliana, de crainte de trahir ses pensées.

— Je vais être obligé de réviser mon opinion sur vous, Leighton, déclara Ralston, ironique. Merci.

— Et maintenant, non seulement vous avez été obligé d'accepter notre invitation, mais vous devez supporter notre gratitude, observa Juliana.

Les rires contrebalancèrent la gravité du moment. Seule Juliana, qui avait baissé les yeux sur son assiette, ne rit pas.

Simon songea à leur passé, aux choses qu'ils s'étaient dites, à la façon dont ils s'étaient affrontés. Il se rappela ses paroles, le ton cassant qu'il avait employé avec elle.

Elle l'avait affronté fièrement, avec panache.

Soudain, il eut envie de lui dire qu'il ne la trouvait ni ordinaire ni puérile.

En fait, c'était une femme remarquable

Il voulait tout recommencer depuis le début. Ne serait-ce que parce qu'elle ne méritait pas les critiques qu'il avait formulées à son encontre.

Mais il y avait peut-être plus que cela. Si seulement c'était si simple.

La porte de la salle à manger s'ouvrit. Un vieux serviteur entra, s'approcha discrètement de Ralston et lui chuchota quelques mots à l'oreille. Ce dernier se pétrifia, et reposa sa fourchette bruyamment.

Les conversations cessèrent.

Quelles que soient les nouvelles qu'apportait le valet, elles n'étaient, de toute évidence, pas bonnes.

Le marquis était blême.

Lady Ralston se leva instantanément et rejoignit son époux sans se soucier de ses invités ou du scandale.

— Que se passe-t-il ? C'est Nick ? demanda Juliana, inquiète.

— Gabriel ?

Toutes les têtes se tournèrent vers la porte, vers la femme qui venait de prononcer le prénom de Ralston.

— *Dio,* souffla Juliana.

— Qui est-ce ?

Simon n'aurait su dire qui avait posé la question. Il était concentré sur le visage de Juliana, où se lisait à la fois la peur, la colère et l'incrédulité.

— C'est notre mère, répondit-elle en italien.

Elle n'avait pas changé.

Grande, souple, aussi inaccessible que la dernière fois que Juliana l'avait vue.

Instantanément, elle eut de nouveau dix ans. Couverte de chocolat après avoir assisté au déchargement des marchandises sur le quai, courant après son chat dans le dédale de ruelles, entrant dans la cour de la maison baignée de soleil en appelant son père. Une porte s'ouvrait, sa mère apparaissait sur le balcon du premier étage, le portrait même de l'indifférence.

— *Silenzio*, Juliana ! Une dame ne crie pas.

— Je suis désolée, *mama*.

Louisa Fiori se pencha par-dessus la rambarde.

— J'espère bien, répliqua-t-elle. Tu es sale. J'ai l'impression d'avoir un garçon, pas une fille. Retourne te laver à la rivière avant d'entrer dans la maison.

Louisa tourna les talons et disparut entre les portes à double battant.

Ce fut la dernière fois que Juliana vit sa mère.

— Gabriel ? répéta celle-ci.

Elle pénétra dans la salle d'une démarche assurée, comme si vingt-cinq années ne s'étaient pas écoulées depuis l'époque où elle organisait des dîners à cette même table. Comme si tous les invités n'avaient pas les yeux braqués sur elle.

Cela dit elle avait toujours adoré attirer l'attention. Plus il y avait de scandale, plus elle était heureuse.

Et le scandale serait considérable. Dès le lendemain, l'aventure de Juliana dans la Serpentine serait oubliée.

— Gabriel, répéta-t-elle d'un ton satisfait. Seigneur, quel homme tu es devenu ! Le marquis !

Elle se tenait à présent derrière Juliana, mais ne s'était probablement pas rendu compte de sa présence. Juliana ferma les yeux. Bien sûr, sa mère ne l'avait pas remarquée. Elle ne s'attendait pas à la trouver ici.

Sinon, elle l'aurait cherchée du regard, elle aurait dit quelque chose.

N'est-ce pas ?

— Oh ! J'ai interrompu le dîner. J'aurais dû attendre demain matin, mais je ne supportais plus d'être loin de chez moi.

Chez moi ?

Juliana tressaillit.

Tous les hommes se levèrent, courtois, bien qu'avec un temps de retard.

— Je vous en prie, ne vous levez pas pour moi ! s'écria Louisa, et sous la politesse très anglaise de son ton perçait une sorte de fourberie féminine. Je vais me retirer dans un salon en attendant que Gabriel ait un peu de temps à me consacrer.

Juliana jeta un coup d'œil à son frère. Il avait les mâchoires serrées et le regard glacial. À sa gauche, Callie serrait les poings, l'air furieux. Si Juliana n'avait pas été sur le point de sortir de ses gonds, elle aurait été amusée de voir sa belle-sœur prête à terrasser des dragons pour défendre son époux.

Si les dragons existaient, leur mère en était un.

Un silence assourdissant s'était abattu sur la salle.

— Bennett, dit enfin Callie avec un calme olympien, voulez-vous accompagner *signora* Fiori dans le salon vert ? Le marquis la rejoindra dans une minute.

Le vieux majordome finit par comprendre qu'il avait été l'annonciateur du plus grand scandale de Londres depuis... eh bien, justement depuis la dernière apparition de Louisa Hathbourne St. John Fiori. Il s'empressa d'obéir aux ordres de sa maîtresse.

— *Signora* Fiori, répéta Louisa dans un éclat de rire. Personne ne m'a appelée ainsi depuis mon départ d'Italie. Je suis toujours la marquise de Ralston, il me semble, non ?

— Non, vous ne l'êtes plus, déclara Ralston, sans dissimuler sa colère.

— Tu es marié ? C'est merveilleux ! Je me contenterai donc d'être marquise douairière.

Juliana avait du mal à respirer. En quelques mots, sa mère venait de balayer dix années de mariage, son époux, sa vie en Italie.

Ainsi que sa propre fille.

Tout cela devant une douzaine d'invités qui se feraient un plaisir de raconter dès le lendemain cette histoire savoureuse.

Juliana ferma les paupières en s'exhortant au calme. En quelques mots, cette femme qu'elle avait presque oubliée venait de remettre en cause sa légitimité.

Quand elle rouvrit les yeux, elle croisa le seul regard qu'elle souhaitait éviter par-dessus tout.

Le duc de Leighton ne regardait pas sa mère, mais elle, Juliana. Et ce qu'elle lut dans ses prunelles ambre lui fit horreur.

De la pitié.

Ses joues s'empourprèrent, la nausée lui souleva l'estomac. Pas question de rester dans cette pièce une minute de plus. Il fallait qu'elle sorte avant de faire quelque chose d'inacceptable.

Elle se leva, repoussa sa chaise, brisant ainsi toutes les règles ridicules de l'étiquette de ce pays ridicule.

Et elle s'enfuit.

Les invités se dispersèrent tout de suite après l'arrivée de la marquise douairière, alias *signora* Fiori, afin de laisser à la famille le temps et l'espace nécessaires pour faire face à cette arrivée désastreuse. Mais aussi, et surtout, parce qu'ils espéraient être les premiers à répandre la nouvelle.

Simon ne pensait qu'à Juliana. Son visage tandis qu'elle écoutait le caquetage de sa mère, ses yeux quand celle-ci avait déclaré qu'elle n'était pas une Fiori mais une St. John, et enfin la façon dont elle avait quitté la salle, la tête haute, avec une dignité remarquable.

Tout en regardant les autres voitures s'éloigner dans la rue, il écoutait d'une oreille distraite le duc et la duchesse de Rivington se demander s'ils devaient rester ou laisser leur famille régler cette affaire en paix.

— Ne devrions-nous pas au moins prendre des nouvelles de Juliana ? risqua la duchesse en montant dans la voiture.

— Laissons-la tranquille pour ce soir, ma chérie.

Ce fut la réponse idiote que Rivington donna à sa femme avant de refermer la portière.

Simon serra les dents. Ils auraient dû soutenir Juliana, bien sûr. Quelqu'un devait s'assurer qu'elle ne fuirait pas pour l'Italie au beau milieu de la nuit.

Pas lui, naturellement, songea-t-il en grimpant dans sa propre voiture.

Juliana n'était pas sous sa responsabilité.

Il ne pouvait se permettre un scandale. Juliana allait bien, il devait se soucier de sa propre famille.

Et si elle n'allait pas bien ?

Ravalant un juron, il frappa au plafond et ordonna au cocher de faire demi-tour.

Il savait qu'il la trouverait dans l'écurie.

Les quelques palefreniers qui flânaient dans la cour se mirent au garde-à-vous en voyant le duc de Leighton. Ce dernier les congédia d'un geste et pénétra dans le bâtiment.

Il parcourut la longue rangée de stalles, se guidant aux chuchotements en italien et au doux froissement de soie de ses vêtements. Parvenu devant le box, il s'immobilisa, fasciné.

Le dos tourné, Juliana brossait sa monture avec des gestes fermes et précis. De temps à autre, la jument se penchait et l'effleurait de ses naseaux pour attirer son attention.

Simon ne pouvait en vouloir à l'animal, qui se rengorgeait sous les caresses.

— Elle ne savait même pas que j'étais là, chuchota-t-elle en italien. Et si je n'avais pas été là pour de bon, elle aurait fait comme si je n'avais jamais existé.

Il y eut un silence. Il n'entendait que le bruissement de sa robe, qui accompagnait le glissement de la brosse sur le pelage de l'animal. Son cœur se serra. Être abandonnée par sa mère, c'était une chose, mais que cette mère rejette les années passées ensemble devait être un choc insupportable.

— Non pas que je m'en soucie.

C'était un mensonge, bien sûr. Oppressé, il avait du mal à respirer soudain.

— Nous allons peut-être pouvoir retourner en Italie, Lucrezia, dit-elle en appuyant le front contre l'encolure de la jument. Gabriel va bien voir que ce n'était pas une bonne idée de me garder chez lui.

Il y avait dans ces paroles un tel chagrin et de tels regrets que Simon en eut le cœur brisé. Depuis le début, il avait cru qu'elle aimait créer du scandale partout où elle allait. À présent, tandis qu'il la regardait brosser l'immense cheval tout en cherchant désespérément comment échapper aux événements désastreux de la soirée, il comprit une chose capitale.

Juliana n'avait pas choisi le scandale. C'était un fardeau qu'on l'obligeait à porter.

Ses propos audacieux et son attitude provocante n'étaient que des leurres. Elle cherchait uniquement à se protéger. Tout comme lui, elle était victime des circonstances.

Mais cela ne changeait rien.

— À votre place, je ne m'attendrais pas trop que votre frère vous laisse partir, dit-il en italien.

Juliana fit volte-face. L'espace d'un instant, ses yeux bleus trahirent la peur et la nervosité, avant de laisser place à l'irritation.

— Depuis quand êtes-vous là ? demanda-t-elle en anglais.

Elle recula d'un pas, se pressant contre le flanc du cheval, qui s'agita en hennissant doucement.

Simon se figea de crainte qu'elle ne s'enfuie.

— Assez longtemps, admit-il.

Elle balaya le box du regard, comme si elle cherchait une issue. Comme s'il la terrifiait. Puis elle sembla se rappeler qu'elle n'avait peur de rien.

— Écouter aux portes est une vilaine habitude, déclara-t-elle.

Simon s'adossa au chambranle.

— Vous pouvez l'ajouter à la liste de mes défauts.

— Il n'y aura jamais assez de papier en Angleterre pour en écrire la liste.

— Vous m'offensez, dit-il en haussant un sourcil.

— Si seulement c'était vrai, rétorqua-t-elle en se retournant vers l'animal. Vous n'avez rien d'autre à faire ?

Donc, elle ne voulait pas parler des événements de la soirée. Il la regarda passer la brosse sur les flancs de sa jument.

— J'étais invité à dîner, mais la réception s'est terminée plus tôt que prévu.

— Ce devait être une soirée très ennuyeuse. Ne devriez-vous pas être à votre club ? Afin de raconter à vos amis aristocrates le coup dévastateur qui vient d'être porté à la réputation de ma famille, tout cela dans un nuage de fumée de cigares et en buvant du whisky volé dans le Nord ?

— Que connaissez-vous de la fumée de cigares ?

— En Italie, les règles ne sont pas aussi strictes qu'ici.

— Vraiment ? Je ne l'avais pas remarqué, rétorqua-t-il sèchement.

— Je suis sérieuse. Vous avez certainement mieux à faire que de rester dans mon écurie à me regarder brosser mon cheval.

— En robe de soirée.

La robe la plus extravagante qu'il eût jamais vue.

— Ne me dites pas qu'il existe aussi des règles pour cela aussi.

— Pas vraiment, non.

— Tant mieux, riposta-t-elle.

— Cela dit, je n'avais encore jamais vu une dame aussi bien habillée panser son cheval.

— Vous n'en avez toujours pas vu.

— Je vous demande pardon ?

— Après ce qui s'est passé ce soir, il est clair que je ne suis pas une dame, vous ne croyez pas ?

Elle se pencha pour examiner l'un des sabots de la jument.

— Je n'ai pas les ascendants requis pour accéder à ce titre.

Et cette seule phrase fit changer le ton de la conversation, l'air parut s'alourdir. Juliana pivota sur ses talons et le regarda avec gravité.

— Pourquoi m'avez-vous suivie jusqu'ici ?

Du diable s'il le savait.

— Vous avez pensé que, puisque ma mère était revenue, vous pouviez me rejoindre dans l'écurie, et que je me comporterais comme elle l'a toujours fait ?

Les mots demeurèrent suspendus entre eux. Simon eut envie de la prendre par les épaules et de la secouer pour les avoir prononcés. Pour avoir laissé entendre qu'elle ne valait pas mieux que sa mère.

— Ou peut-être n'avez-vous pu résister à l'envie d'énumérer mes divers manquements au bon goût, enchaîna-t-elle. Je vous assure qu'il n'y a rien que vous puissiez dire sans que j'y aie d'abord pensé moi-même.

Croyait-elle vraiment qu'il sauterait sur l'occasion pour la séduire ? Ce soir ?

— Juliana, je...

Il fit un pas vers elle, mais elle l'arrêta d'un geste.

— Ne me dites pas que cela a tout changé, Leighton.

Elle ne l'avait jamais appelé ainsi. Juste Votre Grâce, de ce ton moqueur qui le hérissait, ou Simon. Cela le déstabilisa.

Elle laissa échapper un rire froid, agacé, qui ne lui ressemblait pas.

— Cet événement n'a rien changé. Il a juste souligné ce que vous saviez depuis le début, à savoir que je suis un « scandale ambulant », comme vous dites. Cette femme, dans la salle à manger, en est la preuve, non ?

Il y eut un long silence, puis elle murmura en italien :

— Elle a tout gâché. Une fois de plus.

— Elle n'est pas vous, répondit-il en italien.

— *Sciochezze !*

Sottises ! Ses yeux étaient brillants de larmes de colère. Hors d'elle, elle lui tourna le dos, et c'est à peine s'il entendit la suite.

— Je viens d'elle. Donc, je deviendrai comme elle. N'est-ce pas le cours normal des choses ?

Il tendit la main, la saisit par l'épaule et la fit pivoter.

— Pourquoi dites-vous cela ? Vous le pensez ?

— Et je ne suis pas la seule ! répliqua-t-elle avec un rire dur. N'est-ce pas ce que vous croyez ? Ce que croient tous les aristocrates ? Allons, Votre Grâce. J'ai rencontré votre mère. Bon sang ne saurait mentir, n'est-ce pas ?

Simon se pétrifia. Il avait entendu ces mots des milliers de fois. C'était l'expression favorite de sa mère.

— Elle vous a dit cela ?

— Ne me l'avez-vous pas dit vous-même ?

— Non.

— Pas exactement en ces termes. Il n'empêche qu'il y a une part de vérité selon vous. Vous regardez de haut les pauvres créatures qui vous entourent. Bon sang ne saurait mentir… la devise du Duc Dédaigneux.

Le Duc Dédaigneux.

Il connaissait ce sobriquet, naturellement, mais n'y avait jamais accordé beaucoup d'attention. Il ne s'était jamais rendu compte à quel point il était juste.

Les sentiments, c'était bon pour le peuple.

Il avait toujours été plus facile d'être le Duc Dédaigneux que de leur laisser voir le reste. La partie de lui qui n'était pas si dédaigneuse que cela.

Il était contrarié que Juliana connaisse ce surnom, qu'elle le voie sous ce jour. Il pouvait supporter sa colère et sa méfiance. Pas sa tristesse.

Comme si elle avait lu dans ses pensées, ses yeux lancèrent des éclairs.

— Assez ! Je ne veux pas de votre pitié, articula-t-elle en s'efforçant de se libérer. Je préfère votre indifférence.

— Mon indifférence ?

— C'est bien ce que vous éprouvez ? Ou est-ce simplement de l'ennui ?

— Vous pensez que vous me laissez indifférent ? Que vous m'ennuyez ?

— Je me trompe ? fit-elle en reculant d'un pas.

— Oui.

Elle ouvrit la bouche, la referma, ne sachant que dire.

— Dieu sait que vous êtes exaspérante... et impulsive, dit-il en s'avançant d'un pas.

Elle recula, et poussa un petit cri en se retrouvant le dos au mur.

— Et agaçante... et absolument enivrante...

Les lèvres délicates de Juliana s'entrouvrirent.

— Mais certainement pas ennuyeuse.

10

Le foin et les chevaux font une eau de toilette déplaisante.

Les écuries ne sont pas un lieu convenable pour une dame raffinée.

Traité des dames raffinées

Partout dans notre grande nation, les prêtres écrivent des sermons sur le fils prodigue...

Journal des potins, octobre 1823

Fascinée, Juliana regarda Simon, qui l'avait acculée contre la cloison avant de plaquer les mains de part et d'autre de ses épaules jusqu'à la toucher – elle ne s'était pas rendu compte qu'elle avait besoin de ce contact. Sa voix grave et veloutée lui avait fait oublier pourquoi elle se trouvait là, dans cette stalle sombre.

Il demeura immobile, la dominant de sa haute taille. Il attendait. Et semblait prêt à attendre des heures et même des jours qu'elle réfléchisse à ce qu'elle voulait faire.

Il ne lui fallut pas des heures pour prendre une décision, non.

À peine quelques secondes.

Elle ignorait ce qui se passerait plus tard ce soir-là, le lendemain ou la semaine d'après. Elle ne savait pas ce qu'elle voulait hormis ceci : elle le voulait, lui. Elle voulait vivre ce moment, dans l'écurie obscure. Un instant de passion qui l'aiderait à affronter ce qui l'attendait dans le futur.

Ses larges épaules lui cachaient la lumière des lanternes, sa silhouette se détachant en ombre chinoise. Elle ne voyait pas ses yeux, mais elle devinait qu'une flamme passionnée brûlait au fond de ses prunelles d'ambre.

Elle fit remonter ses mains sur son torse, sentit ses muscles sous sa veste, et ne put s'empêcher de regretter qu'il y ait tant de vêtements entre eux. Ses doigts atteignirent son cou, sa peau tiède. Elle les plongea dans les souples mèches blondes et il pencha la tête, comme s'il n'avait plus la force de lui résister.

Cette idée plut à Juliana.

Ses lèvres étaient tout contre son oreille à présent et elle perçut sa respiration saccadée.

— Vous n'avez pas l'air de me trouver ennuyeuse, fit-elle remarquer.

Il s'esclaffa, et chuchota :

— Si j'avais cent ans devant moi pour décrire ce que j'éprouve en ce moment, l'ennui ne serait pas mentionné une seule fois.

— Attention, Simon, je vais finir par vous trouver charmant, et alors où irons-nous ?

Il ne répondit pas. Elle attendit qu'il réduise encore la distance qui les séparait. Il n'en fit rien, et elle ne put que reconnaître, émerveillée, que cet homme se maîtrisait remarquablement.

Sur ce plan, elle ne pouvait rivaliser avec lui, songea-t-elle avant de presser ses lèvres contre les siennes.

À l'instant où leurs lèvres se touchèrent, Simon bougea. Il inspira profondément, l'enlaça, l'enveloppa de sa chaleur et de son parfum, un mélange d'agrumes et de tabac.

Il l'attira contre lui de ses mains puissantes, et elle s'enflamma. Ce baiser était différent de celui de Hyde Park, qui était empreint de frustration, de colère et de crainte.

Le baiser d'aujourd'hui était une douce exploration.

Il cherchait et trouvait, poursuivait et capturait. Il suggérait qu'ils avaient l'éternité pour apprendre à se connaître. Et quand Simon lui caressa les lèvres de la langue, faisant naître un trouble enivrant, elle espéra qu'ils avaient bel et bien l'éternité devant eux. Il lui faudrait au moins cela pour qu'elle s'en lasse. Elle laissa fuser un petit cri étouffé en sentant son corps si puissant, si viril se plaquer contre le sien. Il releva.

— Est-ce que c'est...

— C'est parfait, souffla-t-elle en crispant les doigts dans ses cheveux pour le ramener à elle.

Avec un grondement de satisfaction, il lui encadra le visage de ses mains et reprit possession de ses lèvres avec une fougue qui lui coupa le souffle.

Elle sentit ses jambes se dérober sous elle, mais il la retint et la souleva comme si elle ne pesait rien. Elle aurait voulu enrouler les jambes autour de lui, hélas, elle était prisonnière de ses jupes.

— Il y a vraiment trop de tissu dans ces satanées robes, grommela-t-elle.

Simon la reposa sur le sol et fit glisser sa main dans son cou, puis sur ses épaules rondes.

— De ma vie je n'ai vu de robe plus somptueuse, murmura-t-il.

Incapable de résister, elle se plaqua contre lui. Elle était parfaitement consciente de se comporter comme une dévergondée.

— Je l'ai commandée en pensant à vous, avoua-t-elle avant de lui mordiller la lèvre inférieure. J'étais sûre qu'elle vous plairait et que vous ne pourriez pas résister.

— Vous aviez raison. Mais je vois ce que vous voulez dire, il y a bel et bien trop de tissu.

Sur ce, il tira sur son corsage, révélant la pointe durcie d'un sein.

— Si belle, souffla-t-il en traçant de petits cercles du bout de l'index autour de l'aréole.

Puis son doigt quitta son sein pour se glisser sous son menton, qu'il lui fit lever.

— Oui ou non ?

La question était impérieuse. Comme s'il lui offrait un bref instant pour décider de ce qu'elle voulait avant de reprendre la direction des opérations et qu'elle bascule tête la première dans le monde dont il était le maître.

— Oui, chuchota-t-elle. Oui, Simon.

Une étincelle s'alluma dans les yeux assombris par la passion, puis il s'empara de ses lèvres, la gratifiant d'un baiser torride avant que sa bouche glisse dans son cou et sur la peau pâle de son sein. Juliana crispa les doigts toujours enfouis dans ses cheveux.

Oui. Simon.

Il contrôlait la situation.

Plus jamais elle ne pourrait appartenir à un autre. Et cela lui était égal.

Du bout de la langue, il caressa la pointe de son sein, et elle se cambra en se mordant la lèvre. Offerte.

— Juliana ?

C'était la voix de son frère. Elle n'aurait pas été plus choquée si l'écurie s'était soudain embrasée,

Simon se raidit, et remit son corsage en place. Lissant ses jupes, elle se précipita vers l'entrée du box.

— Je... je suis là, Gabriel, lança-t-elle en ramassant la brosse. Lucrezia adore que je la brosse.

— Je t'ai cherchée partout. Que fais-tu, seule dans l'écurie au milieu de la...

Ralston s'immobilisa à l'entrée du box. Ses yeux se posèrent d'abord sur Simon, puis sur Juliana. Il ne lui fallut pas longtemps pour comprendre.

Vif comme l'éclair, il passa devant sa sœur, agrippa les revers de la veste de Simon, qui s'était adossé à la cloison dans une piètre tentative pour apparaître nonchalant. Faisant pivoter le duc sur lui-même, Ralston le projeta dans l'allée. Simon heurta le mur, et tous les chevaux, affolés, se mirent à hennir.

— Gabriel ! cria Juliana.

Elle vit son frère agripper la cravate de Simon d'une main, et lui décocher un formidable coup de poing à la mâchoire de l'autre.

— Voilà vingt ans que j'avais envie de faire cela, espère de salaud arrogant, gronda-t-il.

Pourquoi Simon ne se défendait-il pas ?

— Gabriel, arrête !

— Debout, ordonna Ralston sans prêter attention à sa sœur.

Simon se leva en frottant sa joue qui commençait déjà à bleuir. Les épaules rigides, les poings levés, Ralston était prêt à continuer. Il n'arrêterait pas tant que l'un d'eux – ou les deux – ne serait pas à terre, inconscient. À en juger par la lueur dans le regard de Simon, ce serait les deux, devina Juliana.

Ralston lança le poing. Leighton l'arrêta et cueillit le marquis au menton, envoyant sa tête basculer en arrière.

— Non, arrêtez ! hurla Juliana en se glissant entre eux, mains levées tel un arbitre dans un match de boxe.

— Juliana, écartez-vous, ordonna Leighton.

— Parlez-lui encore une fois avec cette familiarité, et je vous attendrai à l'aube dans le pré. En fait, donnez-moi une seule raison de ne pas vous provoquer en duel sur-le-champ.

— Gabriel, nous avons eu assez de scandale pour la soirée, murmura Juliana. Tu ne crois pas ?

D'un coup, Ralston perdit son humeur combative.

— Il ne s'est rien passé, dit Juliana lorsqu'il baissa les poings.

Gabriel laissa échapper un petit rire sans joie et croisa le regard de Leighton.

— Tu oublies que je n'ai pas toujours été un homme marié, petite sœur. Je sais quand il ne s'est rien passé. Les dames n'ont pas cette expression lorsque rien ne leur est arrivé. Et les hommes comme Leighton n'acceptent pas de recevoir des coups de poing pour rien.

Juliana sentit ses joues s'enflammer, mais ne désarma pas.

— Tu te trompes. Il ne s'est vraiment rien passé.

« Sauf qu'il s'est passé quelque chose, souffla une petite voix dans sa tête. Quelque chose de merveilleux. »

— Dites-lui, Votre Grâce.

Comme il demeurait silencieux, elle lui lança un coup d'œil par-dessus son épaule. Il se comportait comme si elle n'était pas là, soutenant sans broncher le regard de son frère.

— Et si c'était votre sœur, Leighton ? articula lentement ce dernier. Ce ne serait rien ?

Un éclair passa dans les yeux de Simon. De la colère. Non, de l'exaspération. Non, autre chose, de plus compliqué.

Elle comprit, une seconde avant qu'il ne parle, ce qu'il allait faire. Il fallait l'en empêcher.

— Non ! Ne...

Trop tard.

— Je l'épouserai, déclara Leighton.

Elle lut les mots sur ses lèvres, plus qu'elle ne les entendit, car le sang lui rugissait aux oreilles. Elle se tourna vivement vers son frère.

— Non. Il ne m'épousera pas.

Un long silence suivit. Incertaine, elle regarda de nouveau Simon. Son visage était froid, figé, son regard rivé sur Ralston, comme s'il attendait une condamnation à mort.

Ce qui était le cas.

Il ne voulait pas l'épouser. Elle n'était pas sa parfaite petite épouse anglaise, à l'abri du scandale. Toutefois il le ferait parce que cela se faisait. Parce que c'était le genre d'homme à faire sans discuter ce que l'on attendait de lui. Sans se battre.

Il l'épouserait, non pas parce qu'il la voulait... mais parce que c'était son devoir.

Non qu'elle eût souhaité qu'il la désire...

Menteuse.

Ralston ne la regarda pas, il ne détourna pas son attention du duc.

— Écoute-moi, Gabriel. Je ne l'épouserai pas. Il ne s'est rien passé, répéta-t-elle.

— Non, Juliana, tu ne l'épouseras pas. Le duc semble avoir oublié qu'il est déjà fiancé.

— Quoi ? s'exclama-t-elle, déconcertée.

— Allez, Leighton. Dites-lui que c'est vrai. Dites-lui que vous n'êtes pas si parfait que cela finalement.

— Je n'ai pas demandé la main de cette dame.

— Non, seulement à son père, rétorqua Ralston avec suffisance.

Juliana aurait aimé que Simon nie, mais elle lut la vérité dans son regard.

Il était fiancé.

Il était fiancé et il l'avait embrassée. Dans l'écurie. Comme si elle n'était qu'une catin.

Comme si elle ne valait pas mieux que sa mère.

Elle fixa sur lui un regard accusateur.

— Juliana...

— Non. Il n'y a rien à dire.

Elle le vit déglutir, pensa que, peut-être, il cherchait les mots adéquats. Sauf qu'il n'y avait pas de mots adéquats. Ce fut son frère qui brisa le silence le premier.

— Si vous approchez encore à moins de trois pas de ma sœur, Leighton, il vaudrait mieux que vous ayez déjà choisi vos témoins.

Encore un long silence, puis :

— Garder mes distances ne sera pas difficile. Cela ne l'aurait pas été si vous surveilliez plus étroitement ceux qui vous sont confiés.

Sur ces paroles méprisantes, le Duc Dédaigneux tourna les talons.

Sa mère était revenue.

— *Redeo, Redis, Redit...*

Dieu seul connaissait la raison de son retour.

— *Redimus, Reditis, Redeunt...*

Sa mère était revenue, et Juliana avait failli ruiner sa réputation dans l'écurie.

— Je reviens, tu reviens, elle revient...

Elle avait failli succomber dans les bras du duc de Leighton.

Et cela lui avait plu.

Elle avait trouvé cela... magnifique.

Sauf qu'il était fiancé. Qu'il lui avait tourné le dos et était sorti de sa vie.

La laissant affronter seule le retour de sa mère.

Juliana soupira, essuyant ses mains moites sur le couvre-lit de brocart.

Rien d'étonnant qu'elle n'arrive pas à dormir.

La soirée n'avait pas été des plus faciles.

Il était parti.

Mais d'abord, il l'avait demandée en mariage.

Alors qu'il avait demandé la main d'une autre femme.

Quelque chose en elle se noua. Elle n'eut aucun mal à identifier ce qu'elle ressentait.

Leighton lui manquait. Elle ne comprenait même pas pourquoi. C'était un homme épouvantable. Fier, arrogant, froid, insensible. Sauf quand il ne l'était pas. Sauf quand il se montrait drôle, charmant et passionné.

Juliana ferma les yeux, essayant d'ignorer la flèche acérée qui lui transperçait la poitrine.

Il avait éveillé son désir. Et il l'avait quittée.

— Je pars, tu pars...

Les conjugaisons ne l'aidaient pas.

Frustrée, elle bondit de son lit. Après avoir enfilé sa robe de chambre, elle traversa la pièce, ouvrit la porte d'un geste brusque et s'engagea dans le large corridor en faisant courir ses doigts le long du mur. Elle atteignit l'escalier central et descendit. De la lumière filtrait sous la porte du bureau de son frère.

Elle ne prit pas la peine de frapper.

Campé devant l'immense fenêtre, Ralston tenait dans sa main le globe de cristal qu'elle lui avait offert quelques mois plus tôt, et contemplait l'abîme sombre en son centre. Ses cheveux étaient en bataille, il avait enlevé sa veste, son gilet et sa cravate.

Juliana grimaça en voyant l'hématome sur sa mâchoire.

Elle ne lui avait causé que des soucis depuis son arrivée, et ne comprenait pas qu'il ne l'ait pas encore jetée dehors.

Il lui jeta un coup d'œil en l'entendant entrer, mais ne la fusilla pas du regard pour ne pas avoir frappé. Elle alla s'asseoir près du bureau, ramena ses pieds nus sous sa robe de chambre.

Le silence qui s'étira entre eux n'avait rien d'inconfortable.

— J'aimerais tirer les choses au propre, attaqua-t-elle.

— Au clair, corrigea-t-il avec un sourire en coin.

Elle étrécit les yeux.

— Je viens te présenter des excuses, et tu te moques de moi ?

— Vas-y, dit-il gentiment.

— Merci. Je suis désolée.

— De quoi ? fit-il, visiblement étonné.

— Il y a beaucoup de choses, non ? Pour commencer, je suis désolée que tout te retombe dessus.

Gabriel ne répondit pas.

— Où est-elle ?

Il fit rouler le globe de cristal entre ses doigts.

— Partie.

Juliana marqua une pause, submergée par une émotion indéfinissable qu'elle n'était pas certaine de vouloir analyser.

— Pour toujours ?

Son frère inclina la tête, et elle crut l'entendre rire.

— Non. Si seulement c'était aussi facile. Je ne voulais pas d'elle dans cette maison.

Juliana contempla son frère, fort et solide, qui semblait porter le poids du monde sur les épaules.

— Où l'as-tu envoyée ?

— Elle ignorait que tu étais là, tu sais, dit-il en se tournant complètement pour lui faire face. C'est pour cela qu'elle ne t'a pas cherchée autour de la table.

Juliana hocha la tête.

— Sait-elle que je suis là, à présent ?

— Je le lui ai dit, avoua-t-il avec douceur.

Le silence retomba. Gabriel alla s'asseoir à son bureau.

— Tu es ma sœur. Tu as la priorité.

— Que veut-elle ?

Il posa les coudes sur le bureau.

— Elle dit qu'elle ne veut rien.

— En dehors de la position de marquise douairière, commenta Juliana, sarcastique.

— Elle ne l'obtiendra jamais.

C'était impossible. La haute société ne l'admettrait pas. Les commères allaient prospérer sur ce scandale pendant des années. Quand Juliana était arrivée à Londres, six mois plus tôt, elles avaient fondu sur elle telle une nuée de guêpes. L'histoire sordide de sa mère avait été exhumée du fond de la rivière où s'écoulaient les drames et les tragédies de la société. Même maintenant, alors qu'elle était alliée aux familles les plus puissantes de Londres, Juliana demeurait en marge de la bonne société. Acceptée à regret, parce qu'elle faisait partie de ces familles et non pour ses mérites personnels.

Tout allait recommencer, et ce serait encore pire qu'avant.

— Tu ne le crois pas, n'est-ce pas ? Tu ne crois pas qu'elle ne veut rien ?

— Non.

— Alors ?

— L'argent, la famille...

— Le pardon ?

Il réfléchit, puis haussa une épaule en signe d'ignorance.

— Qui sait ?

— Il ne faut pas lui pardonner ! s'exclama Juliana en secouant la tête. Ce n'est pas possible... pas après ce qu'elle vous a fait à Nick et à toi. À votre père et au mien...

— À toi, ajouta-t-il.

À moi.

Il fit passer le globe d'une main à l'autre.

— Je n'aurais jamais cru qu'elle reviendrait, avoua-t-il.

— La peur du scandale aurait dû la tenir à l'écart.

Sa remarque fit rire Gabriel.

— Tu oublies que c'est notre mère. Une femme qui a toujours vécu comme si le scandale était pour les autres. Et, de fait, ç'a toujours été le cas.

Notre mère.

Juliana se remémora sa conversation avec Simon dans l'écurie. Quels traits partageait-elle avec sa mère ? Louisa lui avait-elle transmis sa désinvolture, son mépris total des autres ?

— Tu n'es pas comme elle.

Elle tressaillit, croisa le regard bleu de son frère. Les larmes lui vinrent aux yeux.

— Comment le sais-tu ?

— Je le sais. Un jour, tu le sauras aussi.

Comment pouvait-il être aussi certain qu'elle n'était pas comme Louisa ? Qu'elle n'avait pas hérité de son indifférence, en même temps que de sa taille, de ses cheveux, de ses yeux clairs ?

Bon sang ne saurait mentir.

— Le scandale... quand ils sauront... qu'elle est de retour...

— Il sera énorme. D'après moi, nous n'avons que deux choix possibles : soit nous plions bagage et partons à la campagne avec elle en espérant que les ragots finiront par s'éteindre...

— Soit ? questionna-t-elle en fronçant le nez.

— Soit nous redressons la tête et nous affrontons la tempête.

Juliana esquissa un sourire.

— Il ne sera pas dit que Ralston House prive les commères londoniennes de leur activité favorite.

Il y eut un court silence, puis Gabriel se mit à rire. Juliana l'imita.

Rire pour ne pas pleurer.

Quand ils se furent calmés, Ralston se renversa dans son fauteuil et étudia le plafond.

— Il faut avertir Nick.

Bien sûr. Leur frère et sa jeune épouse vivaient dans le Yorkshire, mais il fallait le mettre au courant le plus vite possible.

— Viendra-t-il ?

Gabriel haussa les sourcils, comme si cette éventualité ne l'avait pas effleuré.

— Je ne sais pas... Nick et elle...

Il s'interrompit et chacun demeura perdu dans ses pensées.

Elle était revenue.

Et avec elle réapparaissaient des questions enfouies depuis des dizaines d'années.

— Et si elle reste, Gabriel ? chuchota Juliana.

Son frère inspira profondément, comme s'il s'efforçait de mettre de l'ordre dans ses pensées.

— N'imagine pas une seconde qu'elle est là définitivement, Juliana. Si je sais une chose sur cette femme, c'est qu'elle ignore la constance. Elle veut quelque chose. Et quand elle l'obtient, elle part. Elle partira, répéta-t-il en posant la boule de cristal sur le bureau. Et tout redeviendra comme avant.

En six mois, Juliana avait souvent eu l'occasion de voir l'homme qui se cachait derrière la façade insouciante du marquis de Ralston. Elle savait qu'il ne croyait pas un mot de ce qu'il disait.

Dire que le retour de leur mère changeait tout était un euphémisme. Elle avait fait resurgir un scandale vieux de vingt-cinq ans. Elle semblait ne pas se soucier de l'impact qu'elle avait sur la société et n'éprouver aucun remords. Elle était entrée dans Ralston House comme si elle n'en était jamais partie.

Mais même si tout cela pouvait être effacé, si Gabriel l'obligeait à embarquer pour les Hébrides extérieures sans espoir de retour, rien ne serait plus jamais comme avant.

Car, avant ce soir, ils pouvaient prétendre qu'elle était partie pour de bon. Bien sûr, Juliana s'était toujours demandé si sa mère était vivante, où elle était, ce qu'elle faisait, avec qui. Mais au fond de son cœur, elle était persuadée qu'elle était partie pour toujours.

Elle s'était résignée à cette idée à son arrivée à Londres, lorsqu'elle avait fait la connaissance de ses frères, qu'elle avait eu la perspective d'une vie nouvelle. Le fantôme de sa mère continuait de rôder, mais il était moins présent qu'auparavant.

C'était terminé.

— Ne crois pas cela, dit-elle.

Il y eut un autre silence, puis Ralston dit :

— Elle veut te parler.

— Cela ne m'étonne pas, murmura-t-elle en chassant un grain de poussière invisible de sa manche. Que penses-tu que je devrais faire ?

— C'est à toi de prendre la décision.

Elle posa les talons sur le siège de cuir et ramena les genoux sous son menton.

— Je n'ai pas envie de lui parler. Pas encore.

Un jour, peut-être. Mais pas maintenant.

— À ta guise.

Il mit de l'ordre dans son courrier. Elle remarqua l'hématome sur son visage.

— Cela te fait mal ?

Il se palpa la joue du bout des doigts.

— Leighton a toujours su se bagarrer. Il a l'avantage de la taille.

Juliana nota que son frère n'avait pas répondu à sa question. Ce devait être très douloureux.

— Je suis désolée pour cela aussi.

— Je ne sais pas combien de temps vous êtes...

— Nous...

Il la fit taire d'un geste.

— Et je préfère ne pas savoir. Ne t'approche plus de lui, Juliana. Quand nous t'avons dit que nous voulions te trouver un bon parti, ce n'est pas à Leighton que nous pensions.

Même son frère trouvait que le duc était trop bien pour elle.

— Parce qu'il est duc ?

— Quoi ? Non, répondit Ralston, déconcerté par sa réaction. Parce que c'est un imbécile.

Juliana ne put s'empêcher de sourire.

— Pourquoi dis-tu cela ?

— Disons que le duc et moi avons eu pas mal d'altercations. Il est arrogant, méprisant et insupportable. Il prend son nom trop au sérieux, et son titre encore plus. Franchement, je ne peux pas le souffrir. J'aurais dû m'en souvenir, mais il semblait si soucieux de ta réputation que j'ai mis mes préjugés de côté. J'ai eu tort.

— Tu n'es pas le seul à t'être laissé berner.

— Le bon côté, répondit Gabriel en se levant, c'est que cela faisait vingt ans que j'attendais d'avoir une bonne raison de le frapper. Il y a donc au moins une chose positive à tirer de cette journée. Tu crois qu'il a un hématome aussi moche que le mien ? ajouta-t-il en pliant les doigts.

— Il est pire, j'en suis sûre ! dit-elle en se levant à son tour. Et bien plus douloureux.

Son frère contourna le bureau et lui pinça la joue.

— Bonne réponse.

— J'apprends vite.

— Bien. Tu veux me faire plaisir ?

— Oui.

— Ne t'approche plus de ce type.

La douleur lancinante ressurgit dans sa poitrine. Elle l'ignora.

— Je ne veux plus avoir affaire à cet homme.

— Parfait.

Son frère la croyait.

Elle n'avait plus qu'à se convaincre elle-même.

11

Même au bal, il faut se méfier du vulgaire. Une dame élégante évite les coins sombres

Traité des dames raffinées

Récemment, les moineaux médisants ont eu ce qu'ils méritaient...

Journal des potins, octobre 1823

Les marches menant au perron de Dolby House étaient couvertes de légumes.

La marquise de Needham and Dolby avait pris au pied de la lettre la dénomination « bal des moissons ». Le devant de la maison était jonché d'oignons, de pommes de terre, de diverses variétés de blé, et de courges de toutes formes et de toutes couleurs. Un chemin avait été tracé pour les invités, un sentier sinueux entre les légumes entassés.

Juliana descendit de la voiture et considéra avec perplexité le chemin qui passait entre les courges et les brassées de blé. Callie descendit à son tour et laissa échapper un petit rire.

Ralston prit le bras de sa femme.

— C'est votre faute, vous savez, lui murmura-t-il à l'oreille. J'espère que vous êtes contente.

— Je n'avais jamais eu l'occasion de déambuler dans un carré de légumes, milord, répondit-elle. Aussi, oui, je suis très contente.

Ralston leva les yeux au ciel.

— Pas question de traîner. Finissons-en au plus vite. Petite sœur ? ajouta-t-il en indiquant l'escalier à Juliana

Plaquant un sourire sur ses lèvres, elle vint se placer à ses côtés.

— N'arrête pas de sourire, chuchota-t-il. Ils ne sauront pas comment réagir.

Vingt-quatre heures après le retour de leur mère, l'extraordinaire nouvelle devait faire les délices de la bonne société. Ils avaient eu une brève discussion dans l'après-midi pour décider s'ils assisteraient ou non au bal donné chez lady Pénélope, la future duchesse de Leighton. Callie avait fait remarquer que, s'ils devaient affronter l'orage qui se préparait, il leur fallait accepter toutes les invitations. Que Leighton soit présent ou non. Par la suite, les sollicitations se feraient de plus en plus rares.

Pour l'heure, les événements de la veille à Ralston House n'auraient pas encore été rapportés de façon très précise.

Souriant de plus belle, Juliana avança dans l'allée, entre les navets, les courges et les potirons.

Une fois débarrassée de son manteau, elle carra les épaules pour affronter les vipères qui l'attendaient dans la salle de bal.

D'abord, il y eut les regards. La salle se trouvait au bas d'un large escalier, sans doute pour que les invités fassent une entrée remarquée. Juliana sentit les regards se braquer sur elle comme autant de flèches. Tous les signes des commérages étaient là.

Les têtes penchées, les éventails qui s'agitaient, les regards brillants, aux aguets.

Callie se tourna vers elle, arborant le même sourire artificiel qu'elle.

— Vous vous en sortez très bien. Une fois dans la foule, ce sera plus facile.

Juliana aurait aimé la croire. Elle scruta ladite foule comme si quelque chose avait capté son attention. Et soudain, ce fut le cas.

Simon.

Les souvenirs déferlèrent, lui coupant le souffle.

Il se tenait à l'autre extrémité de la salle. Grand, beau, élégant, une cravate de lin blanc au tombé parfait. Une de ses joues était rouge et contusionnée, mais cela ne faisait que le rendre plus séduisant. Plus ensorcelant.

Plus désirable.

Il ne l'avait pas repérée et elle résista à la tentation de tourner les talons. Elle descendit les marches et il disparut à sa vue.

Si elle ne le voyait pas, elle pourrait peut-être cesser de penser à lui, à ses baisers, à ses bras puissants, à ses lèvres sur sa peau nue.

Au fait qu'il avait demandé la main de lady Pénélope avant de la rejoindre dans l'écurie.

Lady Pénélope, chez qui elle était à présent invitée.

Son frère la rejoignit et se pencha pour lui murmurer :

— N'oublie pas ce que nous avons dit.

— Je serai la reine du bal, répondit-elle en hochant la tête.

— Comme d'habitude.

Elle eut un ricanement fort peu élégant.

— Évite ce genre de réaction, si possible, commenta-t-il.

— Je ne vis que pour vous obéir, milord.

— Si seulement c'était vrai ! Sérieusement, amuse-toi et danse le plus souvent possible.

À condition qu'on vienne l'inviter.

— Mademoiselle Fiori ? fit une voix derrière elle.

Elle se retourna et se trouva face au frère de Callie, le comte d'Allendale. Un sourire aimable aux lèvres, il lui tendit la main.

— Me ferez-vous l'honneur ?

Tout avait été préparé, bien sûr. Il fallait que quelqu'un l'invite à danser dès son entrée dans la salle. Un comte, de préférence.

Elle accepta et ils se lancèrent dans un quadrille entraînant. Après quoi, en parfait gentleman, Benedick lui offrit son bras et ils déambulèrent autour de la salle en discutant.

— Vous n'avez pas besoin d'être aussi attentif, vous savez, finit-elle par lui dire. Je ne risque pas grand-chose dans un bal.

— Détrompez-vous. D'autre part, je n'ai rien de mieux à faire.

Ils s'arrêtèrent sur le côté de la salle pour contempler les danseurs.

— Vous n'avez pas de dame à courtiser ?

— Pas une seule, déclara-t-il en feignant d'être triste. Ce soir, je suis relevé de mes fonctions de comte célibataire.

— Ah ! Donc les problèmes de Ralston House ont aussi des côtés positifs.

— Du moins pour moi. Tout va s'arranger, ajouta-t-il après un bref silence.

Elle évita de le regarder, craignant de perdre son apparente sérénité.

— Je ne sais pas, mais je vous remercie de me le dire.

— Ralston fera ce qu'il faudra. Avec le soutien de Rivington, le mien, et celui de douzaines d'autres.

Mais pas celui de Leighton...

Se décidant à croiser le regard chaleureux du comte, elle se demanda pourquoi ce n'était pas lui qui la faisait vibrer de passion.

— Je ne comprends pas pourquoi vous prenez tous ces risques.

— Quels risques ? Il n'y a pas de risque pour nous. Nous sommes de jeunes et séduisants aristocrates nantis de domaines et de fortunes. Où est le risque ?

Sa candeur étonna Juliana.

— Tout le monde ne prend pas à la légère ce que représente pour votre réputation une association avec notre famille.

— Je vous rappelle que Rivington et moi n'avons pas vraiment le choix puisque nous faisons déjà partie de la famille. Je suppose que vous faites allusion à Leighton ?

Elle se crispa malgré elle.

— Entre autres, admit-elle.

— J'ai vu comment il vous regardait hier soir. Leighton se rangera de votre côté plus vite que vous ne l'imaginez.

— Vous vous trompez, assura-t-elle en secouant la tête.

Ce que Benedick avait pris pour de la sollicitude dans l'attitude de Leighton était en fait de l'agacement, de l'irritation, peut-être du désir.

Simon allait se marier.

Les mots lui traversèrent l'esprit. Par une curieuse coïncidence, Juliana vit le raisin traverser la foule pour gagner le salon de repos des dames.

Elle ne put résister.

— Je reviens, souffla-t-elle en lâchant le bras de Benedick.

Elle n'aurait pas dû suivre lady Pénélope. Toute conversation avec elle serait forcément douloureuse. Mais c'était plus fort qu'elle. Le raisin avait réussi là où elle-même avait échoué. Elle avait attrapé Simon dans ses filets. Et Juliana voulait savoir qui était cette femme parfaite.

Qu'avait-elle de particulier pour que l'intraitable duc de Leighton l'ait choisie pour en faire sa duchesse ?

Il était encore tôt et le salon était vide à l'exception de quelques domestiques. Juliana traversa la pièce et entra dans le petit cabinet de toilette. Pénélope avait versé de l'eau dans une bassine et y trempait les mains en inspirant profondément.

Apparemment, elle était malade.

— Vous n'allez pas rejeter vos comptes, n'est-ce pas ?

Pénélope tourna vers elle un regard empreint de confusion.

— Rejeter mes comptes ?

— Il est possible que je n'aie pas employé la bonne expression. En italien, nous disons *vomitare*.

La jeune femme ouvrit des yeux comme des soucoupes, et ses joues s'empourprèrent.

— Je vois que vous comprenez.

— Oui. Non, je ne vais pas vomir. Du moins, je ne crois pas.

— *Bene*. Puis-je m'asseoir ? s'enquit Juliana en désignant un fauteuil près de la table de toilette.

Le raisin fronça les sourcils. À l'évidence, elle n'avait pas ce genre d'échanges tous les jours. Mais elle était trop polie pour refuser.

— Je vous en prie.

— Vous n'êtes pas obligée d'arrêter, dit Juliana en agitant la main. Que faisiez-vous, en fait ?

— Quelque chose que je fais parfois pour me calmer.

— Vous vous lavez les mains ?

Pénélope eut un petit sourire de dérision.

— C'est idiot, je sais.

— Moi, je conjugue des verbes.

— En italien ?

— Non, en latin. Et en anglais.

— Et cela vous calme ?

— La plupart du temps.

Sauf avec Leighton.

— Il faudra que j'essaye.

— Pourquoi avez-vous besoin de vous calmer ?

Pénélope s'empara d'une serviette de lin pour s'essuyer les doigts.

— Il n'y a pas de raison particulière.

Le mensonge fit rire Juliana.

— Sans vouloir vous offenser, lady Pénélope, vous ne cachez pas très bien vos sentiments.

— Vous dites toujours tout ce que vous pensez, n'est-ce pas ?

Juliana haussa les épaules.

— Quand on a une réputation comme la mienne, on n'a pas besoin de mâcher ses mots. C'est le bal qui vous rend nerveuse ?

Pénélope se détourna et observa son reflet dans le miroir.

— Entre autres.

— Je vous comprends. C'est horrible, ces bals. Je ne sais pas pourquoi les gens adorent cela. Tous ces chuchotements, et ces danses idiotes.

Pénélope croisa son regard dans le miroir.

— Celui de ce soir sera le bal du siècle.

— À cause des commérages sur ma mère ?

— Non, parce que mes fiançailles vont être annoncées.

Cela n'était pas une surprise. Cependant les mots firent à Juliana l'effet d'une gifle.

— Vos fiançailles avec qui ?

Elle n'aurait pas dû poser la question, mais ne put s'en empêcher. De façon assez perverse, elle avait besoin d'entendre les mots de la bouche de cette jeune femme... la future épouse de Simon.

— Le duc de Leighton.

— Vous allez épouser le duc de Leighton ? Il vous a demandé votre main ?

L'air lointain, Pénélope hocha la tête. Ses boucles blondes tressautèrent comme celles d'une poupée.

— Ce matin.

La gorge de Juliana se noua. Il avait quitté Ralston House la veille au soir résolu à conclure cette union. Venant d'échapper à un mauvais mariage avec elle, il avait aussitôt scellé un excellent accord avec...

Une autre.

Et par un tour malencontreux du destin, Juliana assistait au bal de fiançailles. Alors même que la réputation de sa propre famille était en charpie.

— Comme... comme vous devez être heureuse ! s'exclama-t-elle, retrouvant un peu tard ses bonnes manières.

Pénélope avait l'air tout sauf heureuse. En fait, elle semblait au bord des larmes. Soudain, Juliana fut désolée pour elle. Pour cette femme qui allait épouser Simon.

— Vous ne souhaitez pas l'épouser.

Il y eut un long silence. Pénélope donnait l'impression de tenter de se ressaisir. Les larmes se résorbèrent, ses pupilles redevinrent d'un bleu de porcelaine, et un sourire lui incurva les lèvres.

— Le duc de Leighton est un homme bien. C'est un bon mariage.

Juliana nota qu'elle n'avait pas répondu à sa question.

— Vous parlez comme eux.

— Eux ? répéta Pénélope, intriguée.

Juliana eut un geste de la main en direction de la salle.

— Les Anglais.

— C'est normal, je suis anglaise.

— Oui, sans doute.

Elle étudia longuement la jeune femme, et répéta ses mots :

— C'est un homme bien.

— Il fera un bon mari, ajouta Pénélope.

Juliana leva les yeux au ciel.

— Je n'irai pas jusque-là. Il est arrogant, autoritaire, et il voudra que tout marche selon sa volonté.

Elle devait arrêter à présent. Simon allait épouser lady Pénélope et elle n'avait pas à s'en mêler.

Il y eut de nouveau un long silence, et elle commença de regretter d'avoir parlé. Elle s'apprêtait à s'excuser lorsque Pénélope déclara, résignée :

— C'est le principe du mariage.

Excédée, Juliana se leva. Il fallait qu'elle bouge.

— Qu'avez-vous donc tous, en Angleterre ? Vous parlez du mariage comme s'il s'agissait d'un contrat d'affaires.

— Parce que c'en est un, répliqua Pénélope avec simplicité.

— Et l'amour ?

— Je suis sûre qu'avec le temps… nous éprouverons un certain… attachement l'un pour l'autre.

Juliana ne put réprimer un rire.

— J'ai un certain attachement pour les tartes aux pommes, mais je n'ai pas envie d'en épouser une !

Sa comparaison ne fit pas sourire Pénélope.

— Et la passion ? insista-t-elle.

— La passion n'a pas sa place dans un bon mariage anglais.

Juliana se figea.

— C'est ce qu'il vous a dit ?

— Non, mais... c'est ainsi que les choses se passent.

La pièce lui parut soudain petite, étouffante. Elle avait besoin d'air. Pénélope était une épouse parfaite pour Simon. Elle ne le provoquerait pas, lui donnerait de beaux enfants blonds et organiserait des dîners mondains. Ils mèneraient une existence tranquille, exempte de tout scandale. À l'abri de toute passion.

Elle n'avait jamais eu la moindre chance avec lui.

Et soudain, alors que cela lui apparaissait comme une évidence, elle se rendait compte qu'elle avait espéré en avoir une.

La passion n'a pas sa place dans un bon mariage anglais.

Elle se dirigea vers la porte.

— Au moins vous êtes un couple bien assorti.

Alors qu'elle allait passer dans le salon de repos, le raisin recouvra la parole.

— Ce n'est pas facile, vous savez. Vous croyez que les jeunes filles anglaises ne pensent pas à l'amour ? Bien sûr que si. Mais nous ne sommes pas élevées pour cela. Nous devons nous soucier de la réputation, de la loyauté. Tourner le dos à la passion, choisir la voie de la sécurité. Est-ce que cela nous plaît ? Peu importe. C'est notre devoir.

Les mots tournoyèrent dans la tête de Juliana. Devoir. Réputation. Sécurité. Elle ne comprendrait jamais ce monde, cette culture. Elle n'appartiendrait jamais à ce cercle. Elle serait toujours mise à l'écart. Digne de leurs commérages. Mais jamais digne de lui.

Tout le contraire de cette jeune Anglaise.

Pénélope lui sourit gentiment.

— Nous laissons l'amour aux Italiens, conclut-elle.

— Je ne suis pas sûre que nous en voulions. Toutes mes félicitations, lady Pénélope.

Sur ces mots, Juliana traversa la pièce contiguë. Elle ignora délibérément les femmes qui s'étaient rassemblées là pour échanger des ragots.

— Il paraît qu'elle est revenue. Et qu'elle jure n'avoir jamais mis les pieds en Italie.

Ces paroles avaient été prononcées d'une voix assez forte pour que Juliana les entende. Pour qu'elle soit blessée.

Elle se retourna. Lady Sparrow, qui se tenait au milieu de sa cour, grimaça telle une vipère sur le point de mordre, puis ajouta :

— Ce qui signifie que quelqu'un n'est pas celle qu'elle prétend être.

Une exclamation de stupeur accueillit cette remarque. Suggérer qu'une personne était un enfant illégitime était la pire des insultes. Et le faire devant la personne en question…

Pas de scandale ce soir. La famille n'avait pas besoin de cela.

Sparrow[1] aurait dû s'appeler Vautour. Elle avait tout du rapace qui vient de repérer une proie.

— Je ne serais pas étonnée qu'elle ait pensé qu'il y avait de l'argent et une position sociale à gagner

1. Moineau, en anglais. *(N.d.T.)*

dans cette affaire, enchaîna-t-elle. Après tout, nous ne savons rien d'elle. Elle n'est peut-être même pas italienne.

Juliana eut envie de prouver à cette femme à quel point elle était italienne. Avec deux ou trois mots bien sentis.

Mais qu'est-ce que cela changerait ?

Elle n'y gagnerait rien. Cette soirée ne serait pas plus facile, et les suivantes non plus. Cela n'effacerait pas le scandale et ne la rendrait pas plus digne à leurs yeux.

Ni à ceux de Leighton.

N'était-il pas l'un d'entre eux ? Ne l'avait-il pas jugée comme le faisaient ces harpies ? Ne s'attendait-il pas qu'un scandale surgisse partout où elle passait ?

Ne lui avait-elle pas prouvé qu'il avait raison ?

— Mais quoi, alors ? Une Bohémienne ?

— Une Espagnole ?

Si elle n'avait pas été si furieuse, Juliana aurait éclaté de rire. Qu'avaient-elles donc à reprocher aux Espagnols ? Elles prononçaient ce mot comme si elles l'avaient traitée de sorcière.

— Nous pouvons nous poser la question.

Le groupe tourna vers elle des visages grimaçants.

Cela ne cesserait jamais, désormais. C'était cela, être environnée par le scandale.

C'était cela qui faisait peur au duc.

À vrai dire, quand elle voyait leurs sourires méchants, elle ne pouvait le blâmer. À sa place, elle aussi préférerait épouser le raisin.

Elle était furieuse, soudain, avait envie de hurler et de leur envoyer des objets à la tête. Ayant passé six mois à Londres, elle savait que certaines choses faisaient plus mal que les coups.

Elle pivota pour observer son reflet dans le miroir, replaça soigneusement une boucle dans son chignon, avant de regarder les femmes présentes en affichant un air de profond ennui.

— Vous savez très bien, lady Sparrow, que je suis ce que vous et vos... harpies avez envie que je sois. Italienne, espagnole, bohémienne, ou même un elfe. J'accepte tout ce que vous voulez, tant que vous ne me traitez pas d'anglaise.

Les autres la considérèrent avec stupeur.

— Car il n'existe rien de pire à mes yeux que d'être comme vous.

Il avait fait semblant de ne pas la voir arriver.

Puis il avait joué les indifférents quand elle avait ri et dansé avec le comte d'Allendale.

Et il n'avait pas compté les minutes qu'elle avait passées dans le salon de repos des dames.

En revanche, il avait feint un grand intérêt pour les conversations autour de lui, répondant aimablement aux messieurs qui l'interrogeaient sur la loi des dépenses militaires dans l'espoir de gagner son respect et son soutien.

Mais quand il la vit quitter la salle pour s'engager dans le long couloir sombre à l'arrière de la maison – où Dieu seul savait qui elle risquait de rencontrer –, il ne put faire semblant plus longtemps.

Il traversa la salle de bal, s'excusant poliment auprès de ceux qui tentaient de l'arrêter pour discuter, et suivit Juliana dans les profondeurs de la demeure appartenant à sa fiancée.

La seconde femme à qui il avait proposé le mariage au cours des dernières vingt-quatre heures. La seule qui ait accepté sa demande.

Juliana l'avait repoussé.

Il ne parvenait toujours pas à accepter ce fait ridicule. Elle s'était simplement tournée vers son frère, suggérant de ce ton qu'on réserve d'ordinaire aux enfants et aux domestiques, que Simon Pearson, onzième duc de Leighton, ne savait pas ce qu'il disait.

Comme s'il proposait le mariage à toutes les femmes qu'il croisait.

Il aurait dû être enchanté du tour pris par les événements. Désormais, tout fonctionnait selon ses plans. Il allait épouser lady Pénélope. Après quoi, il préparerait sa défense contre le scandale qui n'allait pas manquer d'éclater.

Il passa devant plusieurs portes fermées avant d'atteindre l'endroit où le couloir bifurquait à droite. Il s'arrêta, attendit que ses yeux s'habituent à la pénombre, plus dense à partir d'ici. Une fois qu'il parvint à distinguer les portes qui longeaient le hall, il se remit en marche.

Bon sang, il avait évité de justesse un mariage avec Juliana Fiori ! Il aurait dû se considérer comme l'homme le plus chanceux du monde, tomber à genoux et remercier le Créateur de l'avoir épargné.

Au lieu de quoi, il suivait la jeune femme dans l'obscurité.

Cette femme était une sorcière.

Elle lui avait paru si fragile dans ce box, alors qu'elle brossait son cheval tout en se parlant à elle-même.

Quel homme aurait résisté ?

Ralston avait pu penser que c'était lui, Leighton, l'homme plus âgé de quelques années, qui avait tiré parti de la naïveté d'une jeune fille de vingt ans. Il avait certes endossé ce rôle… accepté les coups de poing et les accusations. Et il l'avait demandée en mariage.

Il avait beau essayer de se convaincre que c'était son sens inné du devoir qui l'y avait poussé, la vérité était tout autre. Sur le moment, il l'avait fait parce qu'il la désirait. Il voulait la posséder, terminer ce qu'ils avaient commencé.

Leur baiser ne ressemblait à rien de ce qu'il avait connu. La douceur de sa peau, ses doigts dans ses cheveux, ses petits soupirs... Ses reins s'embrasaient lorsqu'il se souvenait de la façon dont elle avait prononcé son nom, le suppliant de goûter à ses...

Il ouvrit une porte qui donnait dans une chambre. Elle n'était pas là. Il referma en lâchant un juron. Il n'avait jamais éprouvé cela. N'avait jamais été consumé par un tel désir, une telle...

Passion.

Il se figea tandis que le mot résonnait dans sa tête.

Que diable faisait-il ?

Ses fiançailles avec lady Pénélope allaient être annoncées d'un instant à l'autre. Toutes les portes se fermeraient alors hormis celle derrière laquelle se trouvait son avenir, aux côtés de la future duchesse. Et il poursuivait une autre femme dans un couloir.

Il était temps qu'il se rappelle qui il était.

Pénélope ferait une excellente épouse. Et une duchesse parfaite.

Une vision s'imposa à lui. Ce n'était pas Pénélope. Des boucles noires, des yeux de la couleur de la mer Égée. Des lèvres pleines, qui murmuraient son nom comme une prière. Un rire porté par le vent, tandis que Juliana s'enfuyait dans Hyde Park, ou qu'elle se moquait de lui pendant le dîner, dans les rues de Londres, dans les écuries.

Elle vivait avec passion. Elle aimerait de la même façon.

Il préféra ignorer cette pensée.

Cette femme n'était pas pour lui.

Il pivota sur ses talons avec détermination. Aperçut la lumière au loin, qui indiquait le chemin de la salle de bal. Et se dirigea vers elle d'un pas résolu au moment précis où une voix sortit de l'ombre :

— Simon ?

Son prénom, prononcé avec ce léger accent italien, était comme le chant d'une sirène.

— Que faites-vous…

Il lui agrippa l'épaule, l'entraîna dans la pièce la plus proche et referma vivement la porte derrière eux.

Juliana recula en direction de la grande fenêtre en arc de cercle qui laissait passer les rayons argentés de la lune… et heurta un violoncelle. Elle jura en italien, rattrapa l'instrument avant qu'il ne tombe sur le sol avec fracas.

S'il n'avait pas été aussi furieux contre elle, Simon aurait éclaté de rire. Mais il était terrorisé à l'idée que Ralston les découvre dans cette situation compromettante. Car celui-ci se ferait un plaisir de l'étriper. Il aurait beau lui expliquer que la rencontre était fortuite, il ne le croirait pas.

Cette femme était impossible.

Et il était transporté par sa présence.

Ce qui était un vrai problème.

— Pourquoi m'avez-vous suivie dans ce corridor ? siffla-t-elle.

— Et vous, que faisiez-vous dans ce couloir sombre ?

— J'essayais de trouver la paix !

Marmonnant en italien, elle se dirigea vers la fenêtre.

— Existe-t-il un seul lieu dans cette ville où on ne m'impose pas de compagnie ?

Simon ne bougea pas. Il éprouvait un plaisir pervers à la voir s'agiter. Après tout, pourquoi serait-il le seul à être tourmenté ?

— C'est vous qui n'avez rien à faire ici, rétorqua-t-il. Pas moi.

— Pourquoi ? Vous héritez de la maison avec l'épouse ? lança-t-elle en italien, avant de revenir à l'anglais pour demander : Comment se fait-il que vous parliez couramment l'italien ?

— Je considère que lorsqu'on fait une chose, on doit la faire bien.

— Forcément. Je ne suis pas étonnée, répliqua-t-elle, l'air accablé.

Un long silence suivit, puis il dit :

— Dante.

— Quoi, Dante ?

— J'aime lire les œuvres de Dante. Donc, j'ai appris l'italien.

Quand elle se tourna vers lui, la lune accrocha des reflets argentés dans ses cheveux. Son cou était d'une blancheur d'albâtre.

— Vous avez appris l'italien à cause de Dante ?

— Oui.

Elle contempla de nouveau les jardins par la fenêtre.

— Je ne devrais pas être étonnée. Parfois, je me dis que la haute société londonienne représente l'un des cercles de l'enfer.

Simon ne put s'empêcher de rire. Elle était merveilleuse… quand elle ne le mettait pas hors de lui.

— Vous ne devriez pas être là, dehors, au lieu de bouder dans l'obscurité ? reprit-elle.

— Je pense que vous voulez dire *rôder*.

Excédée, elle s'approcha du piano et prit place sur le banc.

— Que faites-vous ? s'enquit-il.

— Je voulais être seule.

— Pourquoi ?

— C'est sans importance.

Simon demeura campé là, conscient qu'il ne devait pas s'approcher d'elle.

— Les commères, devina-t-il.

Bien sûr, c'était à cause des commérages. Elle eut un petit rire et lui fit de la place à côté d'elle. Le geste apparaissait spontané, comme si elle l'avait fait sans y penser.

Comme si la place de Simon était là.

Il la rejoignit. C'était une mauvaise idée. Il ne pouvait rien sortir de bon d'une telle proximité.

— Apparemment, je ne serais pas la fille de ma mère, mais une Bohémienne rusée qui fait des embrouilloupes.

— Des entourloupes, rectifia-t-il, fasciné par ses yeux tristes, qui paraissaient noirs dans la pénombre.

Elle inclina la tête de côté, ce qui lui permit d'admirer son cou de cygne.

— J'ai confondu.

— Je sais.

— Je ne serai jamais l'une d'entre vous, soupira-t-elle.

— Parce que vous inventez des mots ?

— Entre autres, admit-elle dans un sourire.

Leurs regards se croisèrent et il lutta contre l'envie de la toucher. De caresser sa peau soyeuse, de l'attirer à lui, de reprendre là où ils s'étaient arrêtés la veille. Elle dut s'en rendre compte, car elle s'écarta.

— Ainsi, vous êtes fiancé ?

Il n'avait pas envie d'en parler. Il aurait aimé que ce ne soit pas vrai.

— Oui.

— Et les fiançailles seront annoncées ce soir.

— En effet.

— Vous allez donc avoir votre parfait mariage anglais.

Il allongea ses longues jambes devant lui.

— Vous êtes étonnée ?

Elle leva une épaule délicate.

— Je ne pouvais pas gagner à ce jeu-là.

— Vous admettez votre défaite ? s'étonna-t-il.

— Je suppose. Et je vous libère de notre accord.

C'était précisément ce qu'il avait souhaité qu'elle fasse.

— Cela ne ressemble pas à la guerrière que je connais.

— Je ne suis plus une guerrière, avoua-t-elle avec un petit sourire.

— Pourquoi ?

— Je...

Simon aurait donné sa fortune pour connaître la fin de sa phrase.

— Vous ? l'encouragea-t-il.

— Je me souciais trop de l'issue du combat.

Il se raidit. Elle avala sa salive, tritura nerveusement l'étoffe de sa robe.

— Que voulez-vous dire ?

— Rien, fit-elle en évitant son regard. Je suis désolée que vous vous soyez senti obligé de veiller sur moi. Et que Gabriel vous ait frappé. Je suis désolée de représenter quelque chose que vous... regrettez.

Si elle lui avait inspiré quantité de sentiments ces derniers mois... les regrets n'en faisaient pas partie.

— Juliana...

Il tendit la main, conscient que, une fois qu'il l'aurait touchée, il ne la lâcherait plus. Mais elle se leva.

— Si quelqu'un arrive, nous risquons d'avoir de gros problèmes. Je dois partir.

— Juliana, attendez.

Elle s'écarta d'un pas, se plaçant hors de portée.

— Nous ne devons pas nous voir, ni nous parler, lui rappela-t-elle, dressant un rempart invisible entre eux.

Il se leva à son tour, fit un pas vers elle. Elle recula de nouveau.

— Ralston doit me chercher.

— Il attendra.

— Vous devez vous occuper de votre fiancée.

— Elle attendra aussi.

— Non, elle ne peut pas.

Il n'avait pas envie de parler de Pénélope.

— Expliquez-vous, chuchota-t-il.

— Je...

Elle baissa la tête. Il rêvait d'enfouir son visage dans sa chevelure, de respirer son odeur. Mais d'abord, elle devait s'expliquer.

Elle garda le silence si longtemps qu'il crut qu'elle ne répondrait pas. Puis elle inspira profondément, et se jeta à l'eau :

— Je vous avais dit qu'il valait mieux que je ne vous aime pas.

— Vous m'aimez ?

Il lui caressa la joue du dos de la main.

— Oui, avoua-t-elle en fermant les yeux. Je ne sais pas pourquoi. Vous êtes un homme horrible, arrogant, irritant, et vous avez mauvais caractère.

— Uniquement quand je suis avec vous, reconnut-il en lui soulevant le menton.

— Vous vous prenez pour l'homme le plus important d'Angleterre. Vous pensez avoir toujours raison. Vous croyez tout savoir...

Elle avait la peau si douce...

Il aurait dû sortir. Rester là, avec elle, était une énorme erreur. Si quelqu'un les surprenait, sa réputation serait détruite, et il ne pourrait rien faire pour elle. Il était fiancé depuis quelques heures à peine.

Tout cela n'allait pas.

Il devait quitter cette pièce.

Un vrai gentleman serait déjà sorti depuis longtemps.

Il pressa les lèvres sur son cou.

— Je... je pensais que je devais vous donner ces explications, murmura-t-elle.

— Mmm. Vous avez raison. Continuez.

Elle inspira tandis qu'il laissait ses lèvres glisser le long de son cou.

— De quoi parlions-nous ?

— Vous énumériez toutes les raisons pour lesquelles vous ne pouviez pas m'aimer, chuchota-t-il.

— Oh... Oui... ce sont les raisons principales.

— Et pourtant, vous m'aimez quand même.

Il déposa une série de baisers sur son décolleté, et sa poitrine se souleva à un rythme précipité. Elle ne répondit pas, et il glissa l'index sous la soie, trouva la pointe tendue de son sein.

— Juliana ?

— Oui, je vous aime.

Il tira sur son corsage, dénudant ses seins.

— Il y a quelque chose que vous devez savoir, articula-t-il d'une voix sourde.

— Oui ?

Il souffla sur sa peau nue, regarda les pointes de ses seins se dresser davantage.

Ce soir, il y goûterait.

Juste une fois. Avant de retourner à son existence paisible et respectable.

Une seule fois.

Ses reins s'embrasèrent.

— Simon, gémit-elle, vous me mettez à la torture.

Il prit l'un des globes pâles au creux de sa main et le caressa.

— Qu'est-ce que je dois savoir ? souffla-t-elle.

Il sourit, et plongea un regard ardent dans les grands yeux de Juliana.

Encore un baiser. Un dernier.

— Je vous aime aussi.

12

La musique plaît aux dieux.
Les dames raffinées jouent du piano à la perfection.

Traité des dames raffinées

Soyez assurés que le mariage de la saison aura bien lieu...

Journal des potins, octobre 1823

Simon la souleva dans ses bras, pivota et la ramena sur le banc devant le piano. Quand il l'eut fait asseoir, il s'agenouilla devant elle, prit son visage entre ses mains et captura ses lèvres.

Puis ses doigts glissèrent sur ses seins, en taquinèrent les pointes. Elle murmura son nom lorsque, s'arrachant à sa bouche, il aspira un mamelon entre ses lèvres. Elle frémit en réponse et enfouit les doigts dans ses cheveux pour le maintenir contre elle et prolonger ce plaisir inouï.

Elle savait qu'elle n'aurait pas dû le laisser faire. Les risques étaient énormes, les conséquences, sans nom.

Mais elle s'en moquait.

Tant qu'il n'arrêtait pas.

Il l'attira à lui, l'étreignit avec force comme s'ils ne faisaient plus qu'un.

— Simon...

Il leva vers elle un regard qu'elle devina brûlant de passion.

— Mon Dieu, Juliana...

Il lui caressa la joue, et elle tourna la tête pour lui embrasser le creux de la main. Avec un grondement, Simon reprit ses lèvres. Quand il interrompit leur baiser, tous deux étaient haletants et les mains de Juliana s'étaient glissées sous sa veste pour caresser son torse puissant.

— Je veux...

Elle s'interrompit abruptement comme il happait de nouveau la pointe d'un sein dans sa bouche. Il la taquina de la langue et elle crut perdre la tête.

Lorsqu'il s'écarta et lui sourit, elle dessina le contour de sa bouche du bout des doigts comme pour garder trace de ce sourire.

— Que voulez-vous, mon ange ? chuchota-t-il.

Le mot tendre demeura suspendu entre eux et elle éprouva une frustration proche de la tristesse. Elle voulait cet homme. Pas seulement pour quelques minutes, en cachette... Pas seulement pour deux semaines...

Elle voulait qu'il la désire. Qu'il la choisisse.

— Venez plus près, souffla-t-elle.

Elle écarta les jambes, sachant que c'était une attitude de dévergondée. Sachant que si on les surprenait, sa réputation serait détruite à jamais, et que Simon l'abandonnerait pour aller rejoindre sa future épouse. Mais cela lui était égal. Elle voulait le sentir contre elle. Même s'il y avait trop de vêtements entre eux. Même s'ils ne pourraient jamais être aussi proches qu'elle le souhaitait.

Il ferma brièvement les yeux, et elle crut un instant qu'il allait refuser. Elle se trompait.

— Vous êtes ma sirène, murmura-t-il en se pressant contre elle tandis que ses mains glissaient sur ses cuisses, puis sur ses mollets. Ma tentatrice... ma sorcière... J'ai beau essayer, je ne peux pas résister. Vous me faites perdre la tête.

Ses doigts lui enserrèrent les chevilles, et elle tressaillit de plaisir.

— Simon, je ne...

— Chut, souffla-t-il.

Elle sentit ses mains remonter lentement à l'intérieur de ses jambes, ses doigts atteignirent le bord de dentelle de ses bas, et Juliana referma brusquement les cuisses, lui emprisonnant les mains.

Elle ne pouvait pas.

Il ne devrait pas.

Simon se pencha vers elle.

— Juliana, laissez-moi vous toucher.

Comment aurait-elle pu résister à une telle tentation ?

Elle se détendit et desserra les jambes. Telle la dévergondée qu'elle était décidément. Mais cela lui était égal.

Les mains de Leighton s'aventurèrent de plus en plus haut.

— Vous ne portez pas de sous-vêtements ?

— Je n'aime pas cela, répondit-elle en secouant la tête. Nous n'en avons pas... en Italie.

Il la gratifia d'un baiser ardent.

— Vous ai-je déjà dit que j'adorais les Italiens ?

Cette déclaration était tellement en contradiction avec leurs discussions précédentes, qu'elle ne put s'empêcher de rire. Puis ses doigts dénichèrent sa féminité, en écartèrent doucement les replis secrets. Ce qu'elle ressentit fut un tel choc que son rire se transforma en gémissement.

Il lui murmura des paroles coquines à l'oreille sans cesser de la fouailler. Et soudain, il trouva ce qu'il cherchait.

— Simon... articula-t-elle, éperdue.

Il introduisit un doigt en elle, et elle ferma les yeux en se renversant contre le piano dont les touches soupirèrent.

— Oui, murmura-t-elle, tout à la fois gênée et hardie.

Un autre doigt rejoignit le premier, tandis que, du pouce, il faisait surgir une infinité de sensations merveilleuses.

— Arrêtez ! s'écria-t-elle en se mordant la lèvre. Non...

Il sourit.

— J'arrête ou pas ?

Elle lui agrippa le bras tandis qu'il approfondissait sa caresse.

— Non, n'arrêtez pas...

— Je ne pourrais pas même si je le voulais, avoua-t-il.

Soutenant son regard, il adapta sa caresse au rythme des ondulations de ses hanches. Et tout s'effaça hormis son bras musclé sous sa main, la sensation délicieuse que ses doigts faisaient naître en elle et qui la poussait vers quelque chose qu'elle ne comprenait pas, qu'elle craignait presque.

Elle se raidit soudain et le plaisir déferla, la traversa de la tête aux pieds.

— Non. Simon...

— Laissez-vous aller...

Elle cria de bonheur, et il reprit ses lèvres, et elle se cramponna à lui, consciente de perdre complètement pied et d'en vouloir davantage encore.

Après qu'il l'eut emportée tout en haut de la vague et que le plaisir commença à refluer, il déposa un baiser sur sa tempe, lui rajusta ses jupes, puis l'attira à lui. Il la garda dans ses bras pendant de longues minutes. Cinq. Peut-être plus.

Puis elle se rappela où ils étaient. Et pourquoi.

Elle le repoussa.

— Je dois retourner dans la salle de bal.

Elle se leva. Combien de temps pourrait-elle supporter cette interminable soirée ? se demanda-t-elle.

Car le pire était à venir.

— Juliana, murmura-t-il d'une voix suppliante.

Elle attendit qu'il dise quelque chose qui arrangerait les choses. Mais il garda le silence.

— Vous allez vous marier, lui rappela-t-elle.

Simon leva les mains, puis les laissa retomber, visiblement contrarié.

— Je suis désolé. Je n'aurais pas dû... j'aurais dû...

— Ne vous excusez pas, le coupa-t-elle en se dirigeant vers la porte.

Elle avait déjà la main sur la poignée quand il reprit :

— Juliana. Je ne peux pas... Je vais épouser lady Pénélope. Je n'ai pas le choix.

Il avait retrouvé son ton habituel. Froid et autoritaire.

Elle appuya le front contre le battant d'acajou, et inhala l'odeur puissante du bois ciré.

— Vous ne pouvez pas comprendre, poursuivit-il. Je le dois.

Elle posa la paume à plat sur le battant, luttant pour ne pas aller se jeter à ses pieds et s'offrir à lui.

Non. Elle avait un minimum de fierté. Il n'y avait qu'une seule façon de survivre à ce qui venait d'avoir lieu. En gardant sa dignité.

— Bien sûr, vous le devez, murmura-t-elle.

— Vous ne comprenez pas.

— C'est vrai. Mais cela n'a pas d'importance. Merci pour la leçon.

— La leçon ?

Il lui restait une chance d'avoir le dernier mot. D'avoir l'impression qu'elle avait gagné.

— La passion n'est pas tout, n'est-ce pas ?

Elle fut très fière de son ton léger, de la façon dont elle lui avait lancé ces mots, comme s'ils n'avaient aucune importance. Comme s'il ne venait pas de mettre son univers sens dessus dessous.

Une fois de plus.

En revanche, elle n'osa pas le regarder. Elle aurait eu plus de mal à jouer son rôle. Alors elle ouvrit la porte et se glissa dans le couloir en n'ayant pas du tout l'impression d'avoir gagné la partie.

Elle avait perdu finalement. Car elle avait brisé la plus importante des règles qu'elle s'était fixées.

Elle avait désiré ce qu'elle ne pouvait obtenir.

Non seulement elle avait voulu Simon... mais elle avait souhaité qu'il veuille d'elle.

Au nom d'un sentiment plus fort que la tradition, que la réputation, qu'un titre de noblesse.

Elle hésita sur le seuil de la salle de bal, regarda les robes de soie chatoyer, la façon dont les hommes marchaient, dansaient, parlaient, conscients d'être à leur place, de tenir leur rang, et ces femmes qui savaient sans l'ombre d'un doute qu'elles appartenaient à ce monde.

Ici, rien ne venait troubler la sainte trinité formée par la tradition, la réputation et le titre.

Pour quelqu'un comme elle, qui était étrangère à cet univers, un homme comme lui, qui représentait cette partie de la société, était totalement hors de portée.

Elle avait eu tort de prétendre qu'elle pouvait l'atteindre.

Elle ne pourrait jamais l'avoir.

— Ah, enfin, vous voilà ! Il faut que nous parlions, chuchota Mariana, qui s'était matérialisée comme par miracle à ses côtés. Apparemment, notre histoire n'est pas la seule à alimenter les ragots, aujourd'hui.

— Notre histoire ? répéta Juliana en cillant.

— Vraiment, Juliana, il faut que vous cessiez de penser que vous êtes seule à porter le fardeau des problèmes familiaux ! Nous formons une famille, nous sommes tous concernés. Apparemment, un événement majeur est prévu ce soir. Cela ne va pas vous plaire. Leighton doit...

— Je sais.

— Comment le savez-vous ?

— Il me l'a dit.

Mariana fronça les sourcils.

— Quand ?

Juliana haussa les épaules dans l'espoir que la sœur de Callie se contenterait de cette réponse. À tort.

— Juliana Fiori, quand vous en a-t-il parlé ?

Elle aurait dû lui dire qu'elle le savait par Ralston. Ou qu'elle en avait entendu parler dans le salon des dames. D'ordinaire, elle avait l'esprit plus vif.

D'ordinaire, elle n'avait pas le cœur brisé.

Son cœur était donc brisé ? C'était bien l'impression qu'elle avait...

— Un peu plus tôt.

— Quand ?

— Plus tôt dans la soirée.

Mariana laissa échapper une espèce de couinement. Juliana grimaça. Elle aurait dû prétendre que c'était la veille.

— Pourquoi vous trouviez-vous avec Leighton un peu plus tôt dans la soirée ?

Pour aucune raison en particulier. Sauf qu'elle avait failli perdre sa réputation dans la salle de musique de la future duchesse de Leighton.

Elle ne répondit pas.

— Juliana, vous savez que vous êtes impossible ?

— Peut-être.

Mariana la regarda. La regarda vraiment. Et Juliana se sentit instantanément nerveuse.

— Oh, Juliana ! murmura la duchesse. Vous n'êtes pas bien, n'est-ce pas ?

Ces mots, ce ton empreints de sollicitude lui furent fatals. Soudain, Juliana eut du mal à respirer, à avaler. Elle dut faire appel à toute sa volonté pour ne pas s'effondrer, en larmes, dans les bras de son amie.

— Je dois partir.

— Je viens avec vous.

— Non ! s'écria Juliana, affolée. Non, je suis... il faut que vous restiez.

Mariana n'aimait pas qu'on lui dise ce qu'elle devait faire. Juliana la vit hésiter et la supplia en silence de ne pas refuser.

— Très bien, dit-elle finalement. Mais vous prenez notre voiture.

— Je... Oui, d'accord, je prends votre voiture. Mariana, il faut que je parte tout de suite. Avant... Avant qu'on annonce les fiançailles.

— Oui, bien sûr. Je vais vous accompagner à la voiture. Vous avez la migraine, de toute évidence.

Juliana aurait ri si elle en avait été capable.

Mariana se fraya un chemin dans la salle, Juliana dans son sillage. Elles avaient fait à peine une douzaine de pas quand l'orchestre cessa de jouer. Les conversations se turent, et le marquis de Needham and Dolby, un homme corpulent qui ne devait pas dédaigner la bouteille, lança d'une voix sonore :

— Votre attention, s'il vous plaît !

Juliana commit l'erreur de regarder du côté de l'estrade où se trouvait l'orchestre. Simon se tenait là, à côté de lui. Grand et insupportablement séduisant. Le duc parfait. Le mari parfait.

— Plus vite, souffla-t-elle en pressant la main de Mariana.

— Impossible... Tout le monde va nous voir.

La panique la submergea et la salle se mit à tanguer. Elles ne pouvaient pas partir, bien sûr. Cela ne ferait qu'attiser les bavardages. De plus, l'annonce des fiançailles allait détourner l'attention de leur propre famille.

Comment allait-elle survivre à cela ?

Mariana lui prit la main, la serra avec force. La duchesse était un roc dans ce tourbillon de peur.

Juliana écouta le seul homme qu'elle ait jamais désiré dans sa vie se fiancer officiellement avec une autre femme.

Dieu merci, ce fut rapide. Des valets passèrent ensuite parmi les invités avec des plateaux chargés de coupes de champagne. Tout le monde leva son verre pour porter un toast aux fiancés. Personne ne remarqua que Mariana et Juliana refusaient poliment les coupes qu'on leur offrait. Au moment où le duc de Leighton portait la main de sa fiancée à ses lèvres, les deux femmes s'éclipsèrent discrètement.

Juliana eut l'impression de mettre un temps infini à gravir l'escalier. Arrivée en haut, elle commit l'imprudence de regarder par-dessus son épaule.

Simon avait les yeux fixés sur elle.

Elle laissa son regard s'attarder sur lui – ses cheveux blonds, sa mâchoire bien dessinée, ses lèvres sensuelles, et son regard d'ambre qui lui donnait l'impression d'être la seule femme au monde.

Ce qu'elle n'était pas puisque sa future épouse se tenait à ses côtés.

Elle tourna les talons et s'enfuit, craignant d'être malade si elle restait une minute de plus dans cette maison. Un valet ouvrait déjà la porte vers laquelle elle se précipita, les yeux brouillés de larmes.

En sentant l'air vif sur son visage, elle remercia le ciel. Elle était sauvée.

Du moins, elle l'aurait été. S'il n'y avait eu les légumes.

Trop tard, elle se rappela que les marches étaient jonchées de produits de la récolte. Emportée par son élan, elle posa le pied sur un potiron, et toute la pyramide s'effondra.

Mariana poussa un cri en la voyant tomber, entraînant dans sa chute une vague de citrouilles, d'oignons et de courges, qui dévalèrent les marches et se retrouvèrent avec elle au bas des marches. Quand elle ouvrit les yeux, elle était entourée de légumes, dont la plupart s'étaient écrasés ou avaient éclaté, répandant leur chair sur les pavés.

Un navet roula devant elle et vint s'échouer contre la roue d'une voiture – tel le dernier soldat tombé au champ d'honneur.

— Oh, mon Dieu !

Perchée en haut du perron, Mariana avait les yeux écarquillés et la main plaquée sur la bouche.

Deux valets attendaient derrière elle, s'interrogeant visiblement sur la conduite à tenir.

Juliana commença à rire.

Un rire inextinguible, impossible à maîtriser. Un rire dans lequel elle laissa libre cours à sa tristesse, à sa frustration, à sa colère.

Essuyant une larme au coin de ses yeux, elle constata que Mariana riait aussi... ainsi que les deux valets.

Juliana repoussa les légumes, qui allèrent rejoindre les autres. L'un des domestiques vint l'aider à se relever, et elle découvrit alors l'étendue des dégâts.

Le décor était ruiné, et il faudrait nettoyer les marches avant que les invités quittent le bal. Sa jolie robe de soie rose était couverte de graines et de pulpe écrasée.

Mariana continuait de rire, à la fois amusée et horrifiée.

— Vous en avez... partout ! s'exclama-t-elle avec un grand geste de la main.

— Je suppose que ce serait trop demander que l'une de ces voitures soit la vôtre ?

Mariana balaya la file du regard.

— Pas du tout. C'est celle-ci, répondit-elle en indiquant l'un des véhicules.

— Enfin, quelque chose qui tombe bien !

Mariana ouvrit son réticule et en sortit une poignée de pièces d'or.

— Si vous pouviez oublier qui, exactement, a détruit le décor de votre maîtresse... suggéra-t-elle en glissant les pièces aux valets avant de rejoindre Juliana qui grimpait déjà dans la voiture.

— Vous croyez qu'ils se tairont ? s'enquit cette dernière.

— J'ai l'espoir qu'ils aient pitié de vous.

Juliana se carra sur la banquette en soupirant. Alors que le véhicule s'ébranlait, elle lâcha :

— Il faut tout de même me reconnaître un mérite.

— Lequel ?

— Je ne suis pas du genre à m'évanouir discrètement dans la nuit.

13

Il faut laisser la tristesse à celles qui manquent de culture.
Une dame raffinée affronte tous les obstacles avec grâce.

Traité des dames raffinées

Les récoltes sont étonnamment peu abondantes cette année...

Journal des potins, octobre 1823

Son horrible soirée n'était pas terminée.

Bennett, le vieux majordome qui était au service des Ralston depuis toujours, n'était pas encore couché quand elle rentra à la maison. Le fait était singulier, car Bennett était âgé, et le marquis employait une armée de jeunes valets tout à fait capables d'attendre le retour du maître de maison à sa place.

Bennett avait trop d'expérience pour manifester la moindre surprise en voyant Juliana pénétrer dans le hall sans sa cape, qu'elle avait oubliée dans sa fuite, et la robe maculée, entre autres, de pulpe de citrouille.

Il lui adressa un petit salut guindé, pour lequel elle l'aurait volontiers taquiné si elle n'avait pas été exténuée.

— Bennett, faites-moi préparer un bain, je vous prie. Comme vous pouvez le constater, j'en ai grand besoin, dit-elle en se dirigeant vers le monumental escalier de marbre.

— Mademoiselle Fiori, veuillez m'excuser, mais vous avez de la visite.

Elle s'immobilisa, le souffle court. Sa première pensée fut que Simon voulait la voir. Non, bien sûr... Il était impossible qu'il soit arrivé avant elle à Ralston House. Il aurait fallu qu'il quitte la salle de bal tout de suite après l'annonce de ses fiançailles. Si cette hypothèse n'était pas pour lui déplaire, elle n'était pas naïve à ce point. Simon ne ferait jamais une chose aussi scandaleuse.

Quand bien même, un peu plus tôt dans la soirée, ils s'étaient offert un interlude terriblement choquant.

— De la visite ? Pour moi ?

Le visage du majordome s'assombrit, trahissant une émotion qui inquiéta Juliana.

— Oui, mademoiselle. Votre mère.

Le sang de la jeune femme se glaça. Elle secoua la tête.

— Non. Je suis trop fatiguée pour la voir ce soir. Elle attendra le retour de Gabriel.

— C'est vous qu'elle est venue voir, a-t-elle dit.

— Eh bien, je ne reçois pas. Il faudra qu'elle revienne.

— Je suis impressionnée. Tu es devenue une jeune dame très volontaire, dit une voix féminine en italien.

Juliana se pétrifia. Elle croisa le regard désolé de Bennett et le congédia avec un sourire rassurant avant de se retourner pour affronter sa mère.

À qui elle n'avait pas parlé depuis une dizaine d'années.

Louisa la parcourut du regard, remarqua ses cheveux défaits, sa robe tachée, les paquets de boue accrochés aux volants de dentelle. Juliana se rappela aussitôt ce que c'était que d'être la fille de Louisa Hathbourne. Quand celle-ci ne vous manifestait pas une froide indifférence, elle vous écrasait de son mépris. Pendant des années, elle s'était efforcée d'être digne de l'amour de Louisa... de sa fierté... sans jamais y parvenir.

— N'imaginez pas une seconde que j'ai hérité de votre personnalité.

— Cela ne m'a jamais effleurée, Juli.

Juliana se hérissa en entendant ce diminutif - celui que son père préférait.

— Ne m'appelez pas ainsi.

Sa mère se dirigea vers la porte du salon en lui tendant la main.

— Tu viens ? J'aimerais te parler. J'ai attendu assez longtemps.

— Quel effet cela fait-il d'attendre le retour de quelqu'un ? Ce doit être nouveau pour vous, j'imagine.

Louisa eut un petit sourire.

— Je l'ai bien méritée, celle-là.

— Et vous méritez bien pire encore, je vous assure.

Elle envisagea d'ignorer la requête de sa mère. De regagner sa chambre en la laissant ronger son frein dans le salon. Elle finirait bien par se lasser et s'en aller.

Mais quelque part tout au fond d'elle-même, Juliana était encore cette petite fille de dix ans qui obéissait à sa mère dans l'espoir que celle-ci la trouverait digne de son attention.

Furieuse contre elle-même, elle suivit Louisa dans le salon et s'assit en face d'elle. Attendant que cette femme qui lui avait déjà tellement pris lui prenne davantage encore.

Dont ce temps qu'elle ne voulait pas lui consacrer.

— Je suis désolée pour Sergio. J'ignorais qu'il était mort.

Juliana eut envie de hurler en entendant le nom de son père dans la bouche de cette vipère. Cependant, résolue à garder son calme, elle se contenta de répondre :

— Comment auriez-vous pu le savoir, vous n'avez jamais jeté un regard en arrière.

Louisa hocha la tête, accusant le coup.

— Tu as raison, bien sûr.

Elles restèrent un long moment sans mot dire, et Juliana eut envie de sortir. Si Louisa s'attendait qu'elle alimente la conversation, elle se trompait. Elle était sur le point de se lever quand sa mère déclara :

— Je suis heureuse que tu aies trouvé Nick et Gabriel.

— Moi aussi.

— Ah, tu vois, m'avoir pour mère n'a pas été sans avantage pour toi ! commenta-t-elle d'un air satisfait.

Louisa ne s'était jamais privée de souligner ce qu'il y avait de bon chez elle. Peut-être parce qu'elle avait si peu de qualités à mettre en avant.

— Suis-je censée vous dire que je vous suis reconnaissante de m'avoir abandonnée ? Et de les avoir abandonnés, eux aussi ?

La question parut la déstabiliser.

— Qu'aimerais-tu que je te dise, Juli ?

— Pour commencer, j'aimerais que vous cessiez de m'appeler ainsi.

— Pourquoi ? J'ai choisi ton nom, moi aussi. Nous t'appelions tous les deux Juli.

— Lui seul en avait le droit.

— Fadaises, rétorqua sa mère d'un air de profond ennui. Je t'ai mise au monde. Cela me donne le droit de t'appeler comme je veux. Mais très bien, *Juliana,* réponds à ma question. Qu'aimerais-tu que je te dise ? répéta-t-elle, en anglais, cette fois.

Je veux que vous m'expliquiez pourquoi vous êtes partie. Pourquoi vous nous avez abandonnés. Et pourquoi vous revenez maintenant.

Juliana eut un petit rire sans joie.

— Le seul fait que vous me le demandiez est ridicule.

— Tu veux que je te présente des excuses ?

— Ce serait un bon début.

Le regard bleu de Louisa parut la transpercer.

— Dans ce cas, nous risquons de rester ici très longtemps.

— Parfait, déclara Juliana en haussant les épaules. L'entrevue est donc terminée.

Sur ces mots, elle se leva.

— Ton père aussi haussait les épaules. Je suis étonnée que les Anglais ne t'aient pas fait passer cette habitude. Ce n'est pas d'une extrême courtoisie.

— L'Angleterre n'a aucune influence sur moi.

Tout à coup, cela ne lui parut plus aussi vrai.

— Non ? Tu parles pourtant fort bien l'anglais pour quelqu'un qui ne s'intéresse pas à cette culture. Je vais être honnête : j'ai été très étonnée quand Gabriel m'a annoncé que tu vivais ici. Je pense que cela n'a pas dû être facile pour toi de survivre parmi eux.

Juliana ne répondit pas. Elle ne voulait pas lui faire le plaisir d'admettre qu'elle avait vu juste.

— Ce doit être aussi difficile pour toi que pour moi, insista Louisa. Car, vois-tu, ma fille, nous ne sommes pas très différentes.

Nous ne sommes pas très différentes. Les paroles qu'elle redoutait.

— Nous ne nous ressemblons pas du tout.

— Répète cela autant que tu voudras, cela n'y changera rien, riposta Louisa en s'adossant à son fauteuil. Regarde-toi. Tu reviens d'un bal probablement, mais tout indique que tu n'as pas eu un comportement des plus convenables. Qu'as-tu fait ?

Juliana jeta un coup d'œil à sa robe et se retint d'arracher un morceau de pulpe collé à la soie.

— Cela ne vous regarde pas.

— Peu importe. Ce que je veux dire, c'est que tu es incapable de résister à l'aventure. Tu laisses la porte ouverte au plaisir qui peut surgir et te tenter à n'importe quel moment. Dès ton premier souffle, tu as eu en toi mon goût pour le plaisir. Tu peux résister, je n'en demeurerai pas moins ta mère. Plus tôt tu cesseras de lutter contre ta nature, plus vite tu trouveras le bonheur.

Non.

Ce n'était pas vrai.

Dix années avaient passé depuis qu'elles s'étaient vues pour la dernière fois. Durant tout ce temps, Juliana avait eu l'occasion de grandir, de changer, de *résister* aux tendances héritées de sa mère.

Elle ne recherchait pas l'aventure, le scandale, la ruine.

Non...

Des images surgirent de sa mémoire. Une course effrénée dans un jardin obscur, une voiture inconnue, une chevauchée dans Hyde Park vêtue d'habits masculins. Elle se vit en équilibre sur un tronc d'arbre pour tenter d'attraper un chapeau, dégringolant une volée de marches et faisant s'effondrer une pile de légumes... Attendant Simon devant son club, embrassant Simon dans le salon de musique de sa fiancée.

Embrassant Simon...

Elle avait fait son possible pour créer un scandale durant la semaine écoulée. Et depuis son arrivée à Londres, elle n'avait peut-être pas cherché l'aventure, mais elle n'avait rien fait pour l'éviter quand celle-ci s'était présentée.

Seigneur.

Elle croisa le regard bleu de sa mère. Ce regard qui détenait un savoir qu'elle redoutait et qu'elle détestait.

Louisa avait raison.

— Qu'attendez-vous de nous ?

Sa mère ne répondit pas tout de suite. Elle dévisagea longuement Juliana. Qui finit par se lasser et se leva.

— J'ai passé trop de temps à vous attendre. Je vais me coucher.

— Je veux retrouver ma vie.

Ses paroles n'exprimaient ni chagrin ni regret. Sa mère n'éprouvait pas ce genre d'émotions. Les regrets étaient faits pour ceux qui avaient des sentiments.

Abasourdie, Juliana se rassit au bord du fauteuil. Elle étudia la femme qui lui avait donné la vie. Sa beauté, dont elle avait fait don à ses trois enfants, commençait à se flétrir. Des fils d'argent parsemaient ses cheveux blonds, ses yeux avaient perdu de leur éclat. Son visage et son cou commençaient à se marquer de rides et elle avait une tache brune sur la tempe. Un grain de beauté, juste au-dessus de ses sourcils à l'arc parfait, avait perdu de sa netteté.

Les années avaient été douces pour Louisa Hathbourne, mais en vieillissant la plus belle des femmes croyait tout perdre.

Non pas que Louisa donnât cette impression.

— Il faut que vous sachiez… que le passé ne s'efface pas, déclara Juliana.

— Je le sais, bien sûr, répliqua sa mère avec une pointe d'irritation. Je ne suis pas revenue pour récupérer mon titre. Ni pour la maison. Ni pour Gabriel et Nicholas.

« Et certainement pas pour moi », ajouta Juliana à part soi.

— Mais il arrive un moment où il n'est plus facile de vivre le genre de vie que j'ai vécu.

— Et vous espérez que Gabriel vous aidera à avoir une vie différente ?

— Il a été éduqué pour devenir marquis. Pour protéger sa famille à n'importe quel prix. Pourquoi crois-tu que j'aie dit à ton père de t'envoyer ici s'il lui arrivait quelque chose ?

— Vous l'avez abandonné.

— Oui, répondit Louisa.

Une fois de plus, Juliana fut frappée par son absence de regrets.

— Il ne vous entretiendra jamais…

— Nous verrons.

Une lueur s'alluma dans son regard… Et soudain, tout devint clair.

C'était cela, la bonne société. La réputation était la carte maîtresse… même pour le marquis de Ralston. Surtout pour le nouveau marquis de Ralston, qui avait une femme, une sœur, et bientôt un enfant à protéger.

— Vous saviez que vous provoqueriez un scandale. Et vous saviez qu'il ferait tout pour en atténuer la portée. Non pas sur vous, mais sur nous.

Vous pensez qu'il vous accordera une pension. Suffisante pour que vous puissiez vivre comme vous en avez l'habitude.

Sa mère esquissa un demi-sourire, et chassa un grain de poussière imaginaire sur sa robe - un modèle qui datait de quelques années.

— Tu n'as pas mis longtemps pour percer à jour ma stratégie. Comme je le disais, nous ne sommes pas très différentes, toi et moi.

— Je n'en suis pas si certain, mère, lança Ralston, depuis le seuil du salon.

Juliana se retourna, et Callie se hâta vers elle.

— Qu'est-ce que vous n'avez pas compris quand je vous ai dit de ne plus remettre les pieds à Ralston House ?

Louisa sourit sans se démonter.

— Je ne suis pas revenue en Angleterre depuis presque vingt ans, mon chéri. Je confonds parfois le sens des mots. Vous devez être la marquise, ajouta-t-elle à l'adresse de Callie. Je suis désolée. On m'a expédiée si vite hors de la salle à manger hier soir, que nous n'avons pas eu le temps d'être présentées.

— Non, vous n'avez pas été présentées, dit Ralston.

— Tu sais pourquoi elle est là ? intervint Juliana, indignée, en se levant. Tu sais qu'elle veut te demander de l'argent ?

— Oui, répondit Gabriel, nullement troublé. Seigneur, que t'est-il arrivé ? ajouta-t-il en découvrant l'état de la robe de Juliana.

— Je crois que le moment est mal choisi pour discuter de cela, Gabriel, murmura Callie.

— Tu ne vas pas lui en donner, n'est-ce pas ? continua Juliana sur sa lancée.

— Je n'ai encore rien décidé.

— Gabriel !

Son frère l'ignora.

— Je voudrais que vous partiez, mère. Si vous avez besoin de nous, vous pourrez nous envoyer un message. Le personnel de Nick sait comment nous joindre.

— Elle habite chez Nick ? s'exclama Juliana. Il sera furieux quand il l'apprendra !

— Balivernes. Nick est celui de mes enfants qui m'aimait le plus, déclara tranquillement Louisa en se levant. J'espère que Bennett n'a pas jeté ma cape dans le feu. Cet homme m'a toujours détestée.

— Je le soupçonne d'avoir un jugement très sûr, ne put s'empêcher de lancer Juliana.

— Tut-tut, Juliana, c'est à croire qu'on ne t'a jamais enseigné les bonnes manières.

— Il m'a manqué une influence féminine dans ma jeunesse.

— Mmm, fit Louisa, en inspectant sa robe. Dis-moi... tu crois que si j'étais restée en Italie tu ne serais pas couverte de graines et de pulpe de légumes ce soir ?

Louisa pivota sur ses talons et sortit. Juliana demeura clouée sur place, regrettant d'avoir manqué de repartie. Se tournant vers eux, Callie déclara :

— C'est incroyable qu'avec une mère pareille vous soyez aussi normaux tous les deux.

— Je ne suis pas si normal que cela, princesse. Et Juliana non plus, je le crains.

Callie considéra sa belle-sœur avec un sourire narquois.

— En tout cas, le grand mystère de la soirée est résolu. C'est vous qui avez renversé la composition légumière de lady Needham ?

— Seigneur ! s'exclama Gabriel. Et tu t'es enfuie comme un enfant des rues ?

— Que voulais-tu que je fasse ? J'aurais gâché la soirée si j'étais restée.

En soupirant, il alla se servir un whisky.

— Une fois, une seule fois, Juliana, j'aimerais que tu t'abstiennes de causer un scandale. Pas chaque soir. Juste une fois.

— Gabriel, le réprimanda doucement Callie.

— Eh bien, c'est vrai ! Qu'avions-nous décidé avant de partir pour le bal ? De tous nous conduire impeccablement afin de faire oublier la tornade que représente notre mère.

— Je n'ai pas fait exprès, Gabriel. Je...

— Bien sûr. Comme tu n'as pas fait exprès de tomber dans la Serpentine, de te faire agresser dans notre jardin, ou de manquer d'être compromise par Leighton, je suppose.

— Gabriel ! s'exclama Callie, avec moins de douceur cette fois.

Juliana rougit violemment.

— Non, je ne l'ai pas fait exprès. Mais je vois bien que tu ne me crois pas.

— Reconnais que tu rends les choses compliquées, petite sœur.

Gabriel était en colère. Il se sentait piégé par sa mère, ses exigences, la menace qu'elle représentait pour la réputation de la famille. Juliana savait qu'elle n'aurait pas dû être touchée par ses critiques. Il s'en prenait à elle parce qu'il le pouvait. Elle en avait cependant assez qu'on ne cesse de souligner ses défauts.

Surtout lorsque c'était la vérité.

— La soirée n'a pas été des plus faciles pour moi. En plus de tomber dans un escalier j'ai eu ma première conversation avec ma mère depuis dix ans, je me suis disputée avec toi, j'ai sali ma robe, je me suis enfuie d'un bal, j'ai vu...

J'ai vu Simon se fiancer avec une autre.

— Tu as vu ? l'encouragea son frère.

Elle se sentit soudain très fatiguée. Fatiguée de la journée, de la semaine. Des six mois qui venaient de s'écouler. Fatiguée de Londres.

— Rien, répondit-elle en secouant la tête.

Il y eut un long silence tandis que Gabriel la scrutait. Elle évita délibérément son regard.

— J'en ai eu assez pour la journée, moi aussi, finit-il par déclarer avant de quitter le salon.

Callie laissa échapper un soupir.

— Il ne pensait pas ce qu'il a dit, vous savez. C'est juste que... ce n'est pas facile pour lui non plus.

— Je sais. Mais il n'a pas complètement tort.

Les deux jeunes femmes demeurèrent silencieuses, puis, n'y tenant plus, Juliana lâcha :

— Leighton va se marier.

— Lady Pénélope fait un beau mariage.

— Elle ne l'aime pas.

— Non, je ne pense pas, confirma Callie.

Le silence se prolongea. Finalement, les yeux rivés sur ses mains jointes, Juliana demanda :

— Quand vont-ils se marier ? Ils l'ont dit ?

— Fin novembre si j'ai bien compris.

Dans un mois.

Juliana hocha la tête, les lèvres pincées.

C'était fini. Il lui avait échappé.

— Je crois que je vais quitter Londres.

— Pour toujours ? s'exclama Callie.

— Au moins pour quelque temps.

Simon avait grand besoin d'un verre.

De plusieurs, même.

Il tendit son chapeau et ses gants au valet, le congédia, et entra dans la bibliothèque en poussant le battant si violemment qu'il heurta la cloison.

Apparemment, il fut le seul à être impressionné par son entrée fracassante. Léopold leva la tête, renifla, et décida que l'événement ne valait pas la peine qu'il se dérange.

Simon alla droit à la desserte, se servit un whisky et l'avala d'un trait.

Il était fiancé.

Il se servit un autre verre.

Il était fiancé et, ce soir, il avait failli compromettre une femme qui n'était pas sa future épouse.

Il fixa un instant la carafe du regard, puis l'empoigna et alla s'installer dans son fauteuil.

— Descends, ordonna-t-il au chien d'un ton impérieux.

Le maudit animal bâilla longuement, puis descendit en s'étirant, comme si la décision de bouger n'appartenait qu'à lui.

Voilà ce qu'il était devenu. Un duc incapable de se faire obéir de son propre chien !

Il s'assit en ignorant l'animal qui s'allongea confortablement devant la cheminée.

Alors seulement, il laissa échapper le soupir qu'il retenait depuis des heures. Très exactement depuis le moment où, le marquis de Needham and Dolby ayant annoncé d'une voix tonitruante les fiançailles de sa fille, Simon avait pris la main de celle-ci pour la porter à ses lèvres.

C'est alors qu'il l'avait senti, le fardeau qui pesait sur ses épaules. Maintenant, il n'était plus seulement responsable de sa mère, de sa sœur et du duché. Il était aussi responsable de lady Pénélope. Et cependant, ce n'était pas son mariage imminent, ni même la réputation perdue de sa sœur qui occupaient ses pensées.

C'était Juliana.

Il n'avait pas pu ne pas remarquer son départ précipité. Du coin de l'œil, il l'avait vue se frayer un chemin dans la foule en compagnie de la duchesse de Rivington, et atteindre la porte. Elle courait presque.

Il ne pouvait guère le lui reprocher.

En fait, il aurait aimé fuir cette salle de bal, lui aussi. D'ailleurs, il était parti aussi vite que possible après l'annonce.

Avant de sortir, elle s'était retournée et l'avait regardé.

Ce qu'il avait vu dans ses yeux l'avait terrifié, accablé et tenté.

Cela lui avait coupé le souffle, et il avait eu envie de s'élancer derrière elle.

Il avala une nouvelle gorgée de whisky, ferma les yeux dans l'espoir de garder à distance le souvenir de cette soirée. Cela ne servit qu'à faire resurgir l'image de la jeune femme. Ses cheveux, ses yeux, sa peau, la façon dont elle frémissait contre lui.

Il n'avait pas eu l'intention de la toucher, ni de ruiner un peu plus sa réputation. Pour l'amour du ciel, il n'était pas ainsi ! Il était loin d'être un libertin. Certes, il avait eu quelques maîtresses et son compte d'aventures d'un soir, mais il n'avait jamais déshonoré une jeune fille.

Il avait toujours mis un point d'honneur à se comporter en gentleman.

Puis il avait rencontré cette femme, qui lui avait donné envie d'envoyer au diable la bienséance, de l'allonger sur le sol et de la posséder.

Juste avant d'annoncer ses fiançailles avec une autre femme.

Quel genre d'homme était-il devenu ?

Elle avait eu raison de refuser sa demande, la veille. Ralston aussi.

Mais, bon sang, il la désirait tellement.

À une autre époque, s'il n'avait pas eu ce titre, il n'aurait pas hésité à la prendre comme maîtresse… et plus que cela.

Comme épouse.

Il lâcha un juron si sonore que le chien leva la tête.

— Désolé, mon vieux, je t'ai réveillé ?

Léopold poussa un long soupir accablé, avant de se rendormir. Simon se servit encore un verre.

— Tu n'as pas besoin de cela.

Il laissa échapper un rire dur qui se répercuta dans la vaste pièce. Sa mère l'avait suivi jusque chez lui. Cette horrible soirée ne finirait donc jamais ?

— Il est 2 heures du matin.

— Tu as quitté le bal très tôt, observa-t-elle sans relever.

— Vous ne trouvez pas qu'il est un peu tard pour les visites de courtoisie ?

— Je suis venue te dire que tu avais agi comme il fallait.

« Je suis content que vous le pensiez, mais je ne suis pas de votre avis », faillit-il rétorquer.

— Cela ne pouvait pas attendre une heure raisonnable ?

— Non, dit-elle en allant s'asseoir sur le bord d'un fauteuil, en face de lui. Ton fauteuil préféré a besoin d'être retapissé, commenta-t-elle d'un air réprobateur.

— Je tiendrai compte de votre conseil.

Ignorant le regard sévère de sa mère, il avala une gorgée d'alcool. Combien de temps devrait-il rester là avant qu'elle ne se décide à partir ?

— Leighton...

— Vous ne m'appelez jamais par mon prénom.

Elle fronça imperceptiblement les sourcils et il éprouva un plaisir pervers à l'idée de lui avoir fait perdre le fil de ses réflexions.

— Je te demande pardon ?

— Vous ne m'appelez jamais Simon.

— Pourquoi t'appellerais-je ainsi ?

— Parce que c'est mon prénom.

— Tu as un titre. Des responsabilités. On te doit le respect.

— Vous ne m'appeliez pas Simon quand j'étais enfant non plus.

— Parce que tu portais déjà un titre. Tu étais marquis de Hastings, dit-elle comme s'il était idiot. Où veux-tu en venir, Leighton ?

— À rien.

— Bien. La marquise a suggéré que nous commencions les préparatifs du mariage dès demain. Naturellement, tu devras escorter lady Pénélope le plus souvent possible au cours du mois à venir. Et plus d'invitations à Ralston House, s'il te plaît. Je ne sais pas ce qui t'a pris. Tu ne fréquentais pas ces... gens, auparavant, et maintenant que ton nom doit être irréprochable, tu t'affiches avec Ralston et cette... famille au rabais.

— L'épouse de Ralston est la sœur du comte d'Allendale et de la duchesse de Rivington.

Sa mère balaya cet argument d'un geste.

— Rien de tout cela ne compte maintenant que la mère est revenue. Et la sœur... c'est une honte, ajouta-t-elle en pinçant les lèvres d'un air méprisant.

Ces paroles dédaigneuses firent surgir en lui une puissante vague de colère. Il se raidit. Il n'y avait rien de honteux chez Juliana. Elle était belle et brillante, peut-être trop hardie, parfois, mais elle était merveilleuse. Il aurait volontiers mis sa mère à la porte pour avoir dit le contraire.

Ses doigts se crispèrent autour du verre au point de blanchir.

— Je ne tolérerai pas que vous parliez de cette dame sur ce ton.

— J'ignorais que tu tenais Mlle Fiori en si haute estime. Ne me dis pas que cette fille te plaît, ajouta-t-elle après un bref silence.

Simon ne répondit pas, refusa de la regarder.

— J'ai vu juste, apparemment, lâcha-t-elle. Elle n'est rien, Leighton. Elle n'a pas de nom, pas d'éducation, rien qui puisse jouer en sa faveur, excepté le lien ténu qui la relie à Ralston. Ralston qui est lui-même à peine respectable maintenant que leur mère est de retour. Seigneur, nous ne sommes même pas certains qu'elle soit vraiment ce qu'elle prétend être ! Les rumeurs laissent entendre qu'elle est une enfant illégitime. Plus rien ne sauvera la réputation de cette famille à présent, même pas leurs liens avec Allendale et Rivington. Cette fille est d'un rang tellement inférieur qu'elle serait tout juste digne de devenir ta maîtresse.

Un flot de rage traversa Simon. Oui, à une époque, il avait pensé que Juliana ferait une parfaite maîtresse. Mais c'était avant, bien avant qu'il ait compris à quel point elle était... remarquable.

La duchesse continua d'un air las :

— Cherche quelqu'un d'autre à mettre dans ton lit, Leighton. Tu peux trouver mieux.

Il laissa les mots haineux glisser sur lui. Il ne trouverait jamais une femme comme Juliana. S'il ne pouvait l'avoir, bon sang, il ne tolérerait pas qu'on dise du mal d'elle.

— Sortez.

La duchesse afficha une expression outrée.

— Je te demande pardon ?

— Vous m'avez bien entendu.

— Leighton. Vraiment ! Depuis quand es-tu devenu aussi commun ?

— Je vous ai assez vue pour ce soir, mère. Vous avez eu ce que vous vouliez. J'épouse lady Pénélope, dont la réputation est irréprochable et le prestige immense. Pour l'heure, je n'ai plus envie de me plier à vos exigences.

La duchesse se leva, se redressa de toute sa hauteur.

— N'oublie pas que je suis ta mère, Leighton, et que tu me dois le respect.

— Et n'oubliez pas que je suis duc, mère. Le temps est loin où j'obéissais à vos ordres sans rechigner. Rentrez chez vous avant que je ne dise quelque chose que je risque de regretter.

Ils s'affrontèrent du regard, aucun des deux n'acceptant de baisser les yeux le premier. C'est alors qu'on frappa discrètement à la porte.

Cette nuit ne finirait donc jamais ?

— Bon sang ! s'exclama Leighton. Qu'y a-t-il encore ?

Boggs entra, visiblement dans tous ses états.

— Votre Grâce, pardonnez-moi. Un message urgent vient d'arriver du Yorkshire pour le duc.

Le sang de Simon se glaça. Il prit la missive, et congédia le majordome. C'était le message qu'il redoutait, celui qui changerait tout.

Il déplia la lettre, en prit rapidement connaissance, puis la fourra dans sa poche. Il attendait depuis des semaines, se préparait à apprendre la nouvelle et à éprouver toutes sortes d'émotions : colère, peur, nervosité, irritation.

Or il se sentait extrêmement calme.

Il se leva et se dirigea vers la porte.

— Leighton !

La main sur la poignée, il se retourna. Était-ce un chevrotement qu'il avait perçu dans la voix de sa mère ? Il examina sa peau parcheminée, ses yeux gris enfoncés dans leurs orbites, ses joues creuses.

Elle semblait épuisée.

Et résignée.

— Tu as des nouvelles ? demanda-t-elle.

Les nouvelles qu'ils attendaient.

— Vous êtes grand-mère.

14

Les rumeurs vont se cacher à la campagne. Les dames raffinées habitent en ville.

Traité des dames raffinées

Quelle tragédie ! Notre élément préféré du Continent a disparu...

Journal des Potins, novembre 1823

Après avoir passé cinq jours à voyager sur les routes hostiles et défoncées de la campagne anglaise, Juliana éprouva une joie sans nom en apercevant enfin Townsend Park.

Il lui tardait d'y être.

La voiture avait été arrêtée dès qu'elle avait quitté la route pour s'engager dans la longue allée qui menait au manoir imposant dominant la vaste lande du Yorkshire. Quand elle eut expliqué aux deux gardes imposants postés au bout de l'allée que son frère était le maître de maison et qu'elle venait lui rendre visite, un des hommes enfourcha un cheval et fila vers la maison – probablement pour annoncer son arrivée.

Au bout d'un quart d'heure, Juliana était descendue de la voiture pour se dégourdir les jambes en attendant d'être autorisée à entrer dans le parc.

On prenait la sécurité très au sérieux dans ce coin retiré d'Angleterre.

Officiellement, Townsend Park était la résidence principale du comte de Reddich, occupée et gérée par le demi-frère de Juliana et jumeau de Ralston, lord Nicholas St. John, et son épouse Isabel, la sœur du comte. Mais le manoir était aussi connu sous le nom de Minerva House, un endroit sûr pour de jeunes Anglaises dans des situations difficiles qui avaient besoin d'un sanctuaire. Avant que Nick découvre Isabel et le manoir, quelques mois plus tôt, la sécurité de ses occupantes était constamment menacée.

« C'est le passé », songea Juliana en jetant un coup d'œil au garde avec qui elle était restée. Ces hommes semblaient capables d'arrêter n'importe quel visiteur mal intentionné.

Il y avait quelque chose d'indéniablement réconfortant dans l'idée qu'une fois à l'intérieur de Townsend Park elle serait à l'abri du monde.

Elle donna un petit coup de pied dans un caillou, le regarda disparaître dans les joncs dorés au bord du chemin.

Peut-être ne repartirait-elle jamais.

Est-ce que quelqu'un s'en rendrait compte ?

Simon s'en apercevrait-il ?

Elle avait mieux à faire que de penser à lui. Et à la dernière fois où elle l'avait vu, une semaine plus tôt, avec sa fiancée. Mais elle ne pouvait s'en empêcher. Pendant les cinq jours qu'avait duré le voyage, elle n'avait rien eu d'autre à faire dans la voiture que de jouer aux cartes avec Carla et de penser à lui. À la façon dont il l'avait touchée... dont il prononçait son nom... à son regard brûlant posé sur elle... à ses yeux d'ambre qui prenaient la couleur du miel...

Il n'était pas pour elle.

Il était temps qu'elle s'en rende compte et tourne la page.

Quand elle rentrerait à Londres, il serait marié. Elle n'aurait d'autre choix que de faire comme s'ils n'avaient jamais eu de rendez-vous clandestin, comme s'ils n'étaient que de vagues connaissances.

Comme si elle ignorait la façon dont sa voix devenait aussi douce que du velours juste avant qu'il l'embrasse.

Avec un soupir, elle reporta son attention sur la maison. Son frère venait dans sa direction au galop. Elle lui fit de grands signes de la main et cria :

— Le plus beau de mes frères !

Il descendit de son cheval avant même que celui-ci se soit arrêté, et la serra dans ses bras.

— Je le répéterai à Gabriel !

— Comme s'il ne le savait pas ! Je ne suis pas sûre que vous soyez vraiment jumeaux, il fait pâle figure à côté de toi.

Gabriel et Nick étaient absolument identiques, à un détail près : la terrible cicatrice qui barrait le visage de Nick, passant tout près de son œil. Une marque qui n'enlevait rien à son pouvoir de séduction, bien au contraire. Elle lui conférait un je-ne-sais-quoi de mystérieux qui attirait les femmes comme la flamme attire les phalènes.

Il remercia le garde et désigna son véhicule.

— Tu remontes en voiture ?

Juliana refusa en fronçant le nez.

— Je me sens prisonnière à l'intérieur. Je préfère marcher.

Nick prit les rênes de son cheval, et ils parcoururent à pied les cinq cents mètres qui les séparaient de la maison. Alors qu'il l'interrogeait sur son voyage, elle l'interrompit :

— Je suppose que tu connais la nouvelle ?

Il acquiesça, le visage soudain fermé.

— Gabriel m'a envoyé un message. Comment est-elle ?

— Toujours la même.

— Et toi, comment vas-tu ?

Juliana baissa les yeux sur ses bottines, qui dépassaient de sa jupe de voyage rouge sombre.

— Je suis… je suis heureuse d'être ici, répondit-elle en parcourant du regard les bruyères qui s'étendaient autour du manoir.

Nick sourit et lui offrit le bras. Il avait toujours été le plus facile de ses deux frères. Alors que Gabriel s'emportait facilement, Nick se montrait patient et compréhensif. Il ne la presserait pas de questions, mais il l'écouterait avec attention quand elle serait prête à parler.

Ce qui n'était pas le cas.

— Comment cela se passe, ici ? demanda-t-elle, changeant de sujet. Tu écris si rarement que j'oublie parfois que j'ai un autre frère.

Il rit tout bas.

— Tout va bien. Nous avons reçu trois nouvelles filles le mois dernier… quatre en comptant le bébé qui est arrivé il y a dix jours.

— Le bébé ?

— Une des filles…

Il n'alla pas plus loin. C'était une histoire vieille comme le monde. Une des filles avait commis une erreur et s'était retrouvée enceinte, sans mari. Un mois plus tôt, Juliana aurait peut-être jugé ce comportement naïf ou irresponsable. Désormais, elle ne savait que trop combien les hommes pouvaient être tentants.

— Quoi qu'il en soit, Isabel travaille trop, déclara Nick, interrompant le fil de ses pensées.

— Isabel travaille toujours trop.

— Oui, mais maintenant qu'elle attend notre enfant, je préfère la voir allongée dans son lit à manger des biscuits. Tu pourras peut-être la pousser dans cette direction.

Juliana s'esclaffa. Isabel était aussi inébranlable qu'une statue de marbre.

— Je vois que tu ne trouves pas ma requête raisonnable.

— Pas du tout. C'est juste que toute action en ce sens de ma part risque de rester sans effet.

Alors qu'il éclatait de rire, Isabel apparut sur le perron. Juliana lui fit signe de la main, et sa belle-sœur vint au-devant d'eux. Les deux femmes s'embrassèrent affectueusement.

— Comment pouvez-vous être aussi jolie après cinq jours de voyage ? s'exclama Isabel. C'est tout juste si je suis capable de descendre l'escalier le matin sans abîmer ma robe !

Elle était enceinte de cinq mois et irradiait de bonheur.

— Vous êtes superbe ! Et j'ai beaucoup de chance, car j'aurai bientôt deux adorables nièces à cajoler.

— Des nièces ? répéta Nick.

— Tu espères avoir un fils ? riposta Juliana. Dans cette maison ?

— On peut toujours rêver.

Isabel prit Juliana par le bras et toutes deux se dirigèrent vers le manoir.

— Je suis si heureuse que vous soyez là. Vous êtes arrivée juste à temps pour la Nuit des feux de joie !

— Des feux ? Dois-je m'inquiéter ?

— Un peu, admit Nick. Des catholiques sont brûlés en effigie.

— Nick ! s'écria Isabel. Ne la taquinez pas. Elle n'a pas encore confiance dans le peuple anglais.

— Et apparemment, j'ai raison, commenta Juliana. Je n'aurais pas dû venir à la campagne, c'est trop risqué.

— Le seul risque que vous courez, c'est de vous ennuyer. La vie est terriblement morne comparée à Londres.

— Je croyais que vous détestiez Londres, s'étonna Nick.

— Plus maintenant, répliqua sa femme. Juliana, ne vous inquiétez pas pour les feux. Tout ira bien. À présent racontez-moi ce qui se passe à Londres. Je n'ai que des nouvelles vieilles de deux ou trois semaines grâce à *Pearls and Pelisses*.

Nick poussa un grognement à la mention du magazine qui avait autrefois lancé à ses trousses toutes les jeunes filles à marier de la capitale.

— Je ne sais pas pourquoi nous continuons d'acheter ce satané magazine.

— Les filles l'aiment bien, répondit Isabel, faisant allusion aux autres occupantes de Minerva House.

— Ah, les filles ! s'exclama Juliana. Je pense que le prochain numéro leur plaira beaucoup. Grâce à notre mère, nous sommes une nouvelle fois au centre des commérages. Du moins, nous l'étions, avant que le duc de Leighton annonce ses fiançailles.

Nick et Isabel échangèrent un regard stupéfait.

— Leighton se marie ?

— Il a annoncé ses fiançailles avec lady Pénélope Marbury la semaine dernière. Vous êtes surpris ? Les ducs sont censés se marier, Nick.

Elle était très fière d'avoir réussi à débiter son petit discours d'une voix qui ne tremblait pas. Son frère parut réfléchir à la question.

— Oui, bien sûr, reconnut-il. Je suis juste étonné qu'il ne nous ait rien dit.

— J'ignorais que vous étiez intimes au point qu'il t'écrive pour t'annoncer son mariage.

— Ce n'est pas le cas, dit Isabel. Mais le sujet aurait pu être évoqué dans la conversation.

Juliana se crispa. Elle avait peut-être mal compris. Son anglais était loin d'être parfait.

— La conversation ?

— Oui. Leighton est ici.

— Ici ? Pourquoi est-il ici ?

Il ne pouvait pas être ici. Pas maintenant. Alors qu'elle avait tout fait pour être le plus loin possible de lui !

— Je suppose que tu le sauras de toute façon... répondit Nick. Il est venu dès la naissance du bébé.

La panique la submergea.

Il avait un enfant ?

Elle éprouva un choc, puis une grande tristesse, et une bonne dose de jalousie. Une autre femme avait eu un enfant de lui. Une femme à laquelle il avait appartenu pendant un certain temps.

Alors qu'il ne pourrait jamais lui appartenir à elle.

La nouvelle était dévastatrice.

Elle entendit au loin la voix de sa belle-sœur.

— Juliana ? Vous êtes toute pâle. Vous vous sentez mal ?

— Leighton... est là ? En ce moment ?

— Oui. Juliana... quelque chose ne va pas ? insista Isabel. Le duc s'est-il montré grossier avec vous ?

Se tournant vers son mari, elle ajouta :

— Je suis étonnée qu'en vingt ans cet homme n'ait jamais été remis à sa place. Il le mériterait.

Visiblement, Isabel ne portait pas Simon dans son cœur. Personne dans la famille ne semblait aimer cet homme, qui avait emmené une femme dans le Yorkshire pour qu'elle y donne naissance à leur enfant alors qu'au même moment il se fiançait avec une autre.

Et qu'il faisait des choses merveilleuses et interdites à une troisième dans un salon de musique.

— Gabriel l'a corrigé il y a quelque temps.

— Vraiment ? C'est bien ! déclara Isabel.

— Quand ? voulut savoir Nick.

— La semaine dernière.

— Pourquoi ?

— Sans raison particulière.

Du moins, Nick n'avait pas besoin de connaître cette raison.

— Voilà qui m'étonnerait beaucoup, dit-il en haussant les sourcils. Ainsi donc, tu connais Leighton.

— Vaguement.

Nick et Isabel échangèrent un coup d'œil. Juliana se sentit mal.

— Cela ne me paraît pas vague du tout. Tu le connais assez pour être perturbée à l'idée qu'il se trouve ici.

— Pas du tout.

Elle avait fui dans le Yorkshire pour découvrir que l'homme à qui elle voulait échapper s'y trouvait déjà.

Et qu'il avait un enfant caché.

Ce n'était pas la première chose qu'il lui cachait. Mais sûrement la plus importante.

— Et cet enfant, il compte le reconnaître ?

Elle avait tenté d'adopter un ton dégagé, pourtant sa voix s'étrangla. Elle commençait à regretter que sa voiture n'ait pas été attaquée par des bandits de grand chemin. Oui, elle aurait préféré être enlevée par des criminels que de se retrouver dans cette situation.

— Ce n'est pas clair, dit Nick. Il y a un certain nombre de choses à prendre en considération...

Juliana sentit la moutarde lui monter au nez.

— Quel genre de choses ? Tu fais allusion à sa future femme ?

— Entre autres, répondit Nick, l'air un peu perplexe.

— Tu ne crois pas qu'elle devrait savoir ? Et vous, Isabel, qu'en pensez-vous ? Vous n'auriez pas aimé être au courant avant d'épouser Nick ?

Isabel réfléchit avant de répondre :

— Peut-être.

Juliana ouvrit des yeux ronds. Est-ce que tout le monde dans cette famille avait perdu la tête ?

Juliana n'arrivait pas à croire que son frère puisse envisager sans ciller que Simon ne reconnaisse pas l'enfant. Les choses se passaient peut-être ainsi dans l'aristocratie britannique – dans ce monde pervers où les gens étaient moins enclins à accepter un enfant illégitime qu'un père qui reconnaissait ses erreurs.

Ses erreurs.

Le duc parfait, qui considérait avec arrogance les faiblesses des autres, avait commis la pire des fautes.

Elle n'aurait jamais imaginé qu'il était le genre d'homme à abandonner son enfant.

Mais cela ne la concernait pas.

Elle n'avait rien à voir avec lui, il était fiancé à lady Pénélope. Qu'est-ce que cela changeait qu'il ait un enfant illégitime ?

Tout. Cela changeait tout.

Dans ce cas, il ne serait pas le Simon qu'elle connaissait. Le genre d'homme qu'elle voulait qu'il soit.

— Où est-il ? Je veux lui parler.

Nick hésita.

— Juliana, ce n'est pas si simple. Il est duc. Et très respecté, de surcroît. Il a des choix à faire, il doit penser à sa famille.

— Il aurait dû y penser avant d'expédier la mère et l'enfant dans le Yorkshire !

Isabel semblait ahurie, et Juliana se rendit compte qu'elle avait presque hurlé. Elle eut un reniflement indigné. L'arrogance de cet homme était insupportable.

— Juliana, dit Nick d'un ton posé.

— Tu ne me feras pas changer d'avis, Nick. L'illégitimité est un sujet douloureux pour moi. À cause de notre mère, mes origines sont remises en question, je fais l'objet de ragots. Je ne laisserai pas cet... homme abandonner sa chair et son sang et refuser de reconnaître son enfant. C'est inadmissible. Si tu n'as pas le courage de le lui dire, je le ferai.

Elle croisa le regard de Nick et y lut de la contrariété.

— Je ne voulais pas dire que tu es lâche...

— C'est exactement ce que tu voulais dire. Et tu as de la chance d'avoir affaire au plus gentil des jumeaux. Si tu y tiens, va parler à Leighton. Tu le verras au dîner.

Ils étaient arrivés au pied de la large volée de marches qui menait à l'entrée du manoir. Juliana considéra la porte massive, grande ouverte.

Elle décida de ne pas attendre jusqu'au dîner.

Elle finit par le dénicher dans une longue salle, campé devant une fenêtre, le dos tourné. Alors qu'elle pénétrait dans la pièce, elle fut frappée par sa haute taille, ses larges épaules, son corps athlétique. En dépit de sa colère, elle était encore terriblement attirée par cet homme. Elle eut envie de le rejoindre en courant, de se cramponner à lui en le suppliant d'être l'homme qu'elle pensait qu'il était.

Sauf qu'il n'était pas pour elle.

Elle ne devait pas l'oublier.

Pressée de lui parler, de lui dire sans détour ce qu'elle pensait de sa dernière décision ducale, elle traversa le salon au pas de charge.

— Je vous croyais différent, lança-t-elle sans préambule.

Il tourna la tête, et elle ne distingua ses traits que vaguement, dans la lumière déclinante de l'après-midi. Comme il ne faisait pas mine de répondre, elle poursuivit, laissant sa colère enfler :

— Je vous prenais pour un gentleman. Pour un homme de parole qui se souciait de faire le bien en ce bas monde. Je me trompais. Vous ne vous souciez ni de l'honneur ni de la justice. Uniquement de votre réputation.

Elle eut un rire méprisant et enchaîna d'une voix frémissante d'indignation :

— Alors que vous vous moquiez de moi, que vous critiquiez ma façon d'être, ma témérité, je croyais que… que…

Que vous aviez changé.

Que je vous avais fait changer.

Elle n'avait pas le droit de dire cela.

Il se tourna complètement vers elle, et elle découvrit qu'il avait un nouveau-né dans les bras. Alors seulement, elle regarda autour d'elle. Ils se trouvaient non pas dans un salon, mais dans une nursery.

La gorge nouée, elle s'approcha, contempla le petit visage rond du bébé. Et la colère l'abandonna. Elle n'avait plus envie de crier, de le secouer. Elle se sentait juste... perdue.

Dans un autre monde, un autre temps, ils auraient pu se trouver dans une nursery semblable à celle-ci. Vivre un moment plus heureux.

— Je sais ce que c'est que de grandir en sachant qu'on ne voulait pas de vous, Simon, reprit-elle d'une voix étranglée. C'est dévastateur. Que vous ayez quatre ans, dix ou... vingt. Vous devez la reconnaître, Simon. Il le faut. Le scandale qui s'ensuivra, vous serez assez fort pour l'affronter. Je... Nous vous soutiendrons.

Les larmes roulèrent sur ses joues, toutefois elle poursuivit :

— Vous êtes venu ici pour elle, Simon. Pour la voir. Cela signifie certainement quelque chose. Vous pouvez l'aimer.

Son ton était suppliant, elle savait qu'elle ne parlait pas seulement pour cet enfant. Elle aurait dû être gênée, mais n'en avait pas l'énergie.

— Simon, chuchota-t-elle, en proie à une émotion infinie.

Elle se détesta de le désirer autant alors qu'elle aurait dû le mépriser. Il fit un pas vers elle, et elle recula.

— Juliana, je vous présente ma nièce.

— Votre nièce ?

— Caroline.

Juliana laissa échapper un long soupir.

— Vous êtes son oncle.

— Vous pensiez que j'étais son père ? dit-il avec une ombre de sourire.

Elle hocha la tête.

— Et vous ne vous êtes pas renseignée avant de formuler une telle accusation ?

— J'aurais dû, admit-elle en rougissant.

Ils formaient un tableau attendrissant. Cet homme immense, qui incarnait la bienséance et l'arrogance aristocratique, et sa toute petite nièce.

— Caroline, chuchota-t-il. C'est le portrait de Georgiana.

— Votre sœur. C'est donc elle, votre secret ? Celle que vous vouliez protéger ?

— Je n'avais pas le choix. Il fallait que je protège ma famille et ma sœur.

— Quel âge a-t-elle ?

— Dix-sept ans.

Elle n'avait donc même pas fait son entrée dans le monde.

— Elle n'est pas mariée ? demanda Juliana bien inutilement.

Il secoua la tête, caressa la main minuscule de Caroline. Ce bébé expliquait tout... Sa colère face à la désinvolture de Juliana... l'importance qu'il accordait à sa réputation... à son mariage.

— En venant ici, je croyais que ce serait simple. Qu'il serait facile de les envoyer au loin, toutes les deux. Et puis j'ai fait la connaissance de Caroline.

L'enfant lui agrippa le doigt dans son sommeil, et il sourit. L'émerveillement et la tristesse se peignirent sur ses traits où se lisaient si rarement ses émotions. Il prit une profonde inspiration, comme écrasé par le poids de ses responsabilités.

Les larmes piquèrent les yeux de Juliana.

Quand le scandale éclaterait, il serait insupportable. Espérait-il vraiment pouvoir garder ce secret indéfiniment ?

— Vous avez envoyé votre sœur ici pour... que sa situation ne s'ébruite pas ?

— Non. Elle s'est enfuie. Elle ne pensait pas que je la soutiendrais. Et elle avait raison, reconnut-il non sans amertume.

Il traversa la salle pour aller déposer l'enfant dans son berceau.

Soudain, Juliana prit conscience de ce que ce moment avait d'unique. Dans l'aristocratie, les hommes ne s'attardaient pas dans la nursery. Ils ne prenaient pas les enfants dans leurs bras. Mais Simon était venu, il s'était occupé du bébé avec tendresse.

— Elle vous pardonnera, dit-elle.

— Vous n'en savez rien.

— Si, je le sais. Vous êtes venu jusqu'ici pour les voir.

— Je ne suis pas un héros, Juliana. Je l'ai retrouvée, j'ai vu dans quelle situation elle était... elle n'a pas voulu me dire qui était le père... J'étais furieux, et je l'ai laissée ici. Je ne voulais plus entendre parler d'elle.

— Non... ce n'est pas vrai. Vous êtes là, à présent.

Simon lui tourna le dos et retourna se planter devant la fenêtre.

— Pour combien de temps ? dit-il finalement. Je ne suis venu que pour décider comment organiser la suite. Pour qu'elle me révèle le nom de cet homme. Pour trouver le moyen de cacher cet enfant. Et de cacher ma sœur. Vous me prenez toujours pour un héros ?

— Vous comptez toujours faire tout cela ? demanda-t-elle, les sourcils froncés.

— Je ne sais pas. Peut-être. C'est en tout cas ce que j'avais prévu quand j'ai pris la route... Mais maintenant...

— Maintenant ?

— Je ne sais pas ! s'écria-t-il en se passant les mains dans les cheveux. Mes plans bien ordonnés me paraissent complètement déraisonnables. Ma sœur ne veut pas me parler. Et maintenant… j'ai tenu cet enfant dans mes bras !

Il revint vers Juliana, lui caressa la joue du dos de la main. Le geste était si doux qu'elle ferma les yeux.

— Vous avez tout rendu plus compliqué, souffla-t-il.

— Que voulez-vous dire ?

— Quand vous êtes près de moi, j'oublie tout. Je n'ai envie que de ceci.

Il s'empara de ses lèvres en un baiser à la fois doux et désespéré. Et lorsqu'il lui caressa les lèvres de la langue, elle l'accueillit dans la chaleur de sa bouche.

Ce baiser avait le goût du regret, mais elle ne put lui résister. Nouant les bras autour du cou de Simon, elle le lui rendit avec ferveur, comme s'il était possible de le persuader que les choses pouvaient être différentes, qu'elles pouvaient changer.

Et elles changèrent. Brusquement.

Il s'écarta en poussant un juron. Juliana sentit son sang se glacer. Le souffle haché, ils demeurèrent à quelques pas l'un de l'autre, dans la pénombre.

Simon se passa le dos de la main sur les lèvres comme pour chasser le souvenir de son baiser, et elle tressaillit.

— Je dois protéger ma famille, Juliana. Protéger notre nom et ma sœur.

— Je comprends.

— Non, je ne pense pas. Il ne peut rien se passer entre nous. Je suis duc. Je dois faire mon devoir.

— Vous parlez comme si je vous avais demandé d'y renoncer.

— Vous ne l'avez pas fait, je sais, et c'est pourtant ce que vous me donnez envie de faire. Vous me poussez à croire que tout pourrait être différent. Mais...

Mais cela ne se fait pas.

Il ne dit pas les mots, c'était inutile. Elle eut envie de protester, de crier, de lui rappeler que c'était en son pouvoir de faire en sorte que les choses soient différentes. Qu'il était duc, et que le cercle des aristocrates serait indulgent, qu'ils lui pardonneraient presque tout – et qui se souciait de ce que pensaient ces imbéciles !

Elle s'en abstint. Tout cela, elle le lui avait déjà dit à maintes reprises. En vain.

— Je ne suis pas libre d'agir à ma guise. Je ne peux pas simplement tourner le dos au monde dans lequel nous vivons.

— Dans lequel *vous* vivez, Simon, corrigea-t-elle. Et si, je pense que vous êtes libre d'agir à votre guise. Vous n'êtes pas un dieu, ni un roi. Juste un homme de chair et de sang, comme les autres. Il ne s'agit pas de votre sœur, de votre nièce, mais de vous. De vos peurs. Vous n'êtes pas prisonnier de la société, mais de vous-même.

Il se raidit, et le duc de Leighton, hautain et distant, réapparut instantanément.

— Vous ne savez pas de quoi vous parlez.

Si elle s'attendait à cette réponse, elle n'en fut pas moins blessée. Elle s'éloigna de lui, alla se pencher sur le berceau. Elle caressa doucement la joue du bébé.

— Certaines choses sont plus puissantes que le scandale, Simon.

Il ne dit pas un mot tandis qu'elle gagnait la porte.

— J'espère que vous en prendrez conscience avant qu'il ne soit trop tard pour elles, lança-t-elle sur le seuil.

Puis elle sortit, la tête haute. Toutefois, la porte à peine refermée, elle s'adossa au battant et ses épaules s'affaissèrent.

Elle l'aimait.

Cela ne changeait rien. Il était toujours fiancé à une autre, toujours obsédé par la bienséance et sa réputation. Le Duc Dédaigneux.

Elle ferait bien de ne pas l'oublier. Cela l'aiderait peut-être à l'aimer moins. Tous ceux qui chantaient les louanges de l'amour, qui prétendaient que c'était un sentiment magnifique, étaient des menteurs.

Il n'y avait rien de beau dans l'amour. C'était horrible.

Une bataille faisait rage en Leighton, entre la bienséance et la passion. Et c'était cette bataille en lui qu'elle aimait le plus.

Mais il lui faisait du mal, à présent.

Et elle ne pouvait le tolérer. Elle ne supportait pas l'idée de n'être pas assez bien pour lui.

Elle fit donc la seule chose possible.

Elle s'en alla.

15

Il ne faut pas de domestiques trop familiers.
Les dames raffinées ne tolèrent pas les commérages dans les cuisines.

Traité des dames raffinées

Enfin, la campagne semble avoir retrouvé ses attraits...

Journal des potins, novembre 1823

Simon aurait volontiers flanqué un coup de poing dans le mur.

Il était parti pour le Yorkshire à l'instant où il avait appris la naissance. Il était venu pour Georgiana, pour sa nièce, et pour faire en sorte que leur secret ne s'évente pas.

Et pour échapper à Juliana.

Il aurait pourtant dû se douter qu'une fois ici, dans cette maison remplie de femmes, il ne penserait qu'à elle. Quand il buvait un verre de whisky avec Nick, il voyait les yeux de Juliana, il entendait son rire.

Mais il pensait aussi à elle quand il était avec sa propre famille. Avec sa mère, qui avait quitté la maison sans un mot, avec sa sœur, qui avait refusé de le voir à son arrivée à Townsend Park, puis quand il avait tenu sa nièce dans les bras. Chaque fois, il avait pensé à Juliana.

Il aurait voulu l'avoir près de lui. Sentir sa force. Sa volonté d'abattre l'ennemi quel qu'il soit. Son dévouement pour ceux qu'elle aimait.

Quand elle était entrée dans la nursery pour prendre la défense de Caroline, il avait éprouvé du réconfort pour la première fois depuis son arrivée dans le Yorkshire.

Pourtant, personne ne lui avait jamais tenu tête comme elle le faisait. Elle était tout ce qu'il n'avait jamais été : l'émotion, la passion, l'enthousiasme, le désir. Elle se moquait de son titre ou de sa réputation.

Tout ce qui l'intéressait, c'est l'homme qu'il était.

Il avait envie de devenir celui qu'elle souhaitait.

Ce qui était bien sûr impossible.

Il avait demandé la main de Pénélope en croyant qu'elle pouvait les sauver du scandale. Et il se rendait compte maintenant qu'il avait tout gâché.

Le mieux serait de se tenir à l'écart de Juliana. Il lui devait au moins cela. Elle ne méritait pas que sa réputation soit détruite par sa faute.

Un flot de remords le submergea quand il songea à ce qu'il avait fait, et à ce qu'il ne ferait jamais.

Des vagissements s'élevèrent du berceau, Caroline était réveillée. En une seconde il fut près d'elle, remerciant le ciel que les domestiques soient si rares à Townsend Park. Dans toute autre maison, la nièce d'un duc aurait été entourée d'une armée de nourrices. Ici, en revanche, elle restait seule de temps à autre, ce qui permettait à son oncle de la voir en tête à tête.

Il la prit dans ses bras dans l'espoir de la calmer, mais ses cris ne firent qu'augmenter.

— Ne pleure pas, ma jolie, murmura-t-il. Je vais être obligé d'appeler une servante… ou ta maman. Je m'y suis mal pris avec elle aussi.

Sans pitié l'enfant s'agita de plus belle.

— Tu n'es pas heureuse avec moi, n'est-ce pas ? Bien sûr, il n'y a pas de raison de penser que je puisse rendre heureuses les dames de mon entourage.

— Tu pourrais essayer de te donner un peu plus de mal.

Simon pivota sur lui-même. Sa sœur se dirigeait vers lui, les bras tendus. À peine eut-elle repris sa fille, que les pleurs s'apaisèrent.

— Elle te connaît.

— Nous avons eu quelques mois pour faire connaissance, répondit Georgiana avec un petit sourire, sans quitter son bébé des yeux.

Quelques mois durant lesquels il avait été absent. Quel crétin.

— Il paraît que tu vas te marier ?

— Les nouvelles vont vite dans cette maison.

— Que croyais-tu, que l'information resterait secrète ? Dois-je te féliciter ?

— Lady Pénélope fera une bonne épouse. Sa famille est honorable, sa réputation immaculée.

— Comme la nôtre autrefois ?

— Cela n'a pas changé.

Il n'avait pas envie de parler de Pénélope ou de leur réputation. Il voulait parler avec sa sœur. Repartir de zéro.

Quand bien même c'était impossible.

— Georgiana…

Elle lui tourna le dos, s'approcha d'une table haute sur laquelle elle déposa Caroline.

— Tu n'as pas envie de rester pour la suite, j'imagine, dit-elle.

— Pour quelle suite ?

Il s'avança, curieux, et jeta un coup d'œil par-dessus l'épaule de sa sœur.

— Oh ! Euh... Non.

Son éducation de duc ne comprenait pas de chapitre concernant les soins à apporter aux nouveau-nés.

— Il n'y a pas quelqu'un qui... qui peut faire cela à ta place ?

Il crut entendre un petit rire moqueur.

— Les enfants ne viennent pas au monde avec une nourrice, Simon.

— Je sais. Bien sûr. Mais tu es...

Il s'interrompit, ne sachant comment terminer sa phrase.

Fille de duc... ma sœur... à peine sortie toi-même de la nursery...

— Je suis une mère.

Elle pivota pour lui faire face, Caroline dans les bras. Sa sœur, qu'il avait toujours crue fragile, était calme et forte.

— Peu importe ce que tu allais dire, ajouta-t-elle d'une voix coupante. Je suis sa mère. Elle passe avant tout. Rien de ce que tu pourras dire ne me fera changer d'avis.

Il n'avait plus devant lui une délicate jeune fille, mais bien plutôt une incarnation de Junon protégeant son enfant.

La protégeant de lui.

Alors que c'était à lui de les protéger, bon sang !

— Je ne veux pas te faire changer d'avis.

— Non ? dit-elle en battant des paupières. Tu me laisseras la garder ? Tu ne m'obligeras pas à me battre contre toi ?

Ces six derniers mois, il avait été convaincu que le mieux serait d'éloigner l'enfant. Même pendant le voyage, il avait joué avec cette idée, envisageant des destinations potentielles, gardant encore l'espoir que tout revienne à la normale.

Il comprenait à présent que cette idée était ridicule. Il ne supporterait pas de chasser Caroline de la maison.

Je sais ce que c'est que de grandir en sachant qu'on ne voulait pas de vous, Simon. Il avait vu sa tristesse dans les yeux de Juliana tandis qu'elle articulait ces mots. Il ne voulait pas que sa nièce éprouve un jour une telle souffrance.

— Tu garderas Caroline, naturellement.

— Merci, Simon.

Mais alors même que sa sœur tenait sa fille contre son cœur, il songea au préjudice qu'allait subir leur famille. Le scandale éclaterait. Ils feraient face. Il s'y était préparé.

— Dans un mois, je serai marié. Cela détournera les commérages de ta situation.

Georgiana éclata de rire.

— Simon, même un mariage royal ne suffirait pas à détourner l'intérêt des commères pour ma situation.

Ignorant ces paroles, Simon gagna la porte.

— Tu n'es pas obligé de le faire, tu sais, reprit sa sœur. Il n'est écrit nulle part que tu dois porter seul le fardeau de notre réputation. Tu n'es pas obligé de l'épouser.

Bien sûr que si.

Il était le duc de Leighton, l'un des hommes les plus puissants d'Angleterre, né pour porter le poids d'un des titres les plus vénérables de l'aristocratie. Il avait passé sa vie entière à se préparer à ce moment où l'honneur et le devoir passeraient avant tout le reste.

Sa conduite avec Juliana avait-elle été honorable ? Dans l'écurie ? Dans le parc ? Dans cette pièce ?

La honte le submergea.

— La question ne se pose pas. J'épouserai lady Pénélope.

Il ferait ce qui devait être fait.

Simon trouva St. John dans le bureau du comte de Reddich.

La porte était ouverte. Il frappa une seule fois au chambranle et attendit que St. John lui fasse signe d'entrer, avant de prendre place dans un fauteuil de cuir face au bureau d'acajou.

— J'aimerais te parler de ma sœur.

— Et moi, j'aimerais te parler de la mienne.

Simon se figea, et St. John étrécit les yeux.

— Isabel pense qu'il y a quelque chose entre vous. Et elle a toujours raison. Ce qui est vraiment exaspérant.

— Il n'y a rien entre nous.

— Non ?

— Non, affirma-t-il d'un ton qu'il espéra emphatique.

— Mmm.

Nick ôta ses lunettes et les posa sur le bureau.

— Bien. Donc, parlons de lady Georgiana.

— Je suis content que quelqu'un dans cette maison se rappelle quel est son rang, déclara Simon, irrité.

— À ta place, je ferais attention à ce que je dis, Leighton.

Simon jura à mi-voix et serra les poings.

— Essaye, lança Nick.

Nicholas St. John était probablement le plus vieil ami de Simon. À supposer que celui-ci en ait eu d'autres. Tous deux, ainsi que Ralston, s'étaient retrouvés à Eton la même année. Simon, encore très jeune et fier de son titre, avait passé son temps à rappeler aux deux frères et au reste de la classe que les origines des fils de la Maison de Ralston étaient assez douteuses. Un jour, alors qu'il avait poussé le bouchon un peu trop loin, Nick lui avait écrasé le nez d'un coup de poing ; ç'avait été le début de leur amitié.

Celle-ci s'était défaite au cours des années, après leur départ de l'école. Simon était devenu duc de Leighton, et Nick était parti pour le Continent, où la guerre faisait rage. Puis l'argent de Leighton avait servi à financer les activités de Nick, mais Simon et lui ne s'étaient pas rapprochés pour autant.

Quand Juliana avait débarqué à Londres, Simon n'avait rien fait pour soutenir la Maison de St. John. Et pourtant, lorsque Georgiana avait frappé à la porte de Townsend Park, Nick et Isabel l'avaient accueillie et protégée comme si elle était des leurs. Et alors que Simon s'emportait contre eux, menaçant leur maison, leur nom, et même leur vie, Nick était resté imperturbable, protégeant Georgiana envers et contre tout.

Un ami.

Peut-être le seul qu'il eût.

Simon lui devait plus qu'il ne pourrait jamais lui rendre.

Et il allait demander encore plus.

— Elle veut rester ici. Avec l'enfant.

Nick se renversa dans son fauteuil.

— Et que veux-tu ?

Ce qu'il voulait ? Que tout redevienne comme avant. Que Georgiana dorme dans son lit, dans leur domaine à la campagne, qu'elle prépare les récoltes d'automne et les fêtes de Noël. Il voulait être libéré du fardeau qui pesait sur ses épaules depuis qu'il avait hérité du titre… et même avant.

Il voulait Juliana.

Il ne pourrait jamais l'avoir.

Alors, il demanda ce qu'il pouvait obtenir.

— Je veux que Georgiana soit en sécurité, avec Caroline.

— Elles n'ont rien à craindre, ici.

— Dis-moi combien il te faut.

— Non, Leighton. Tu nous as suffisamment donné pendant six mois. Plus qu'il n'était nécessaire.

— Plus que tu ne t'y attendais.

— Eh bien, tu dois admettre… que vu la façon dont tu as réagi en apprenant la situation de ta sœur, il était difficile d'imaginer que tu deviendrais un bienfaiteur de Minerva House.

Il avait agi ainsi parce qu'il se sentait coupable.

Georgiana était terrifiée à l'idée de lui avouer qu'elle attendait un enfant et que l'identité du père devait rester secrète. En larmes, elle l'avait supplié de lui pardonner. De la protéger.

Et il était reparti, furieux et bouleversé.

Il avait donc fait la seule chose possible. Il avait envoyé de l'argent. Beaucoup d'argent.

— Elles sont sous ma responsabilité. Je continuerai de subvenir à leurs besoins.

Nick le dévisagea longuement, et Simon soutint son regard.

— Tu me préviendras si… si elle a besoin de quoi que ce soit.

— Certainement.

— Tu es un véritable ami.

C'était la première fois qu'il prononçait ces mots. La première fois qu'une amitié ne se limitait pas pour lui à prendre un verre au club ou à disputer un match d'escrime. Il s'étonnait lui-même d'éprouver ce sentiment.

— Tu ferais la même chose pour moi, répondit Nick.

Oui, il le ferait. Maintenant.

Toutefois, encore récemment, sa réaction aurait pu être différente. Qu'est-ce qui avait changé ?

La réponse était évidente. Mais il ne pouvait l'avouer. Ni à lui-même ni à Nick.

— Bien. Ceci étant réglé, déclara Nick en attrapant la carafe de whisky pour remplir deux verres, revenons-en à Juliana.

Simon s'empara du verre qu'il lui tendait en s'efforçant de ne pas trahir ses pensées.

— Il n'y a pas grand-chose à dire.

Nick avala une gorgée, prit le temps de la savourer.

— Allons, Leighton, tu oublies à qui tu t'adresses. Pourquoi ne pas m'avouer la vérité cette fois ? Je sais que mon frère t'a frappé. Et que ma sœur est entrée dans une colère folle quand elle a cru que tu étais là pour voir ton enfant. Tu veux vraiment que j'en tire mes propres conclusions ?

Simon garda le silence.

Nick s'adossa à son siège, affichant un calme olympien.

— Très bien, reprit-il. Je vais te dire ce que je pense. Je crois que tu es bouleversé par ce qui est arrivé à ta sœur. Tu as demandé la main de lady Pénélope en croyant que ton mariage ferait oublier le scandale que causerait la situation de Georgiana.

Selon moi, tu te maries pour de mauvaises raisons, et ma sœur est en train de te le prouver.

Simon eut envie d'écraser son poing sur le nez de Nick. Ce dernier s'en aperçut et eut un sourire narquois.

— Tu peux me frapper si tu veux, cela ne changera rien. Ce que j'ai dit n'en demeurera pas moins vrai.

Il aurait dû être impressionné par la finesse de Nick, quoique, tout bien réfléchi, cela n'était pas très difficile à deviner. Juliana le rendait fou de désir. Mais Nick n'avait pas besoin de le savoir. Il considéra donc son ami en silence et but son whisky sans prononcer un mot.

— Tu te rends compte que tu ne pourras pas y échapper, reprit Nick avec un sourire en coin.

— Échapper à quoi ?

— À ce qu'elle te fait ressentir.

— Et qui dit qu'elle me fait éprouver autre chose que de l'irritation ?

Nick s'esclaffa.

— Le fait que tu saches précisément de qui je parlais ! Tu découvriras que dans cette famille l'irritation est un précurseur à des sentiments autrement plus dangereux.

— J'ai déjà découvert beaucoup trop de choses sur votre famille, déclara Simon de son ton le plus hautain.

— Tu peux jouer au Duc Dédaigneux autant que tu veux, Leighton, cela ne fera pas la moindre différence.

Nick se leva, contourna son bureau et se dirigea vers la porte.

— Je suppose que c'est trop te demander de ne pas l'approcher ? lança-t-il depuis le seuil.

Oui. L'idée de rester loin de Juliana était incompréhensible. Cependant, il devait le faire.

— Pas du tout.

Nick eut un petit ricanement éloquent.

— Tu ne me crois pas ?

— Non, Leighton, je ne te crois pas.

— Si tu estimes que je représente un danger pour elle – pour sa réputation –, pourquoi m'autorises-tu à rester ?

Nick soutint son regard, et Simon découvrit quelque chose dans ses yeux, aussi bleus que ceux de Juliana. De la compassion.

— Tu n'es pas un danger pour elle. Tu es trop prudent, Leighton. Juliana ne fait pas partie de ta vie parfaite. Elle est éclaboussée par le scandale, comme toute notre famille. Non que cela nous inquiète beaucoup. En revanche, cela t'empêche de l'approcher de trop près.

Simon eut envie de nier. Sa sœur était la preuve vivante de ce qui arrivait quand les hommes perdaient le contrôle d'eux-mêmes. Quand ils commettaient des erreurs.

Mais avant qu'il ait le temps d'ouvrir la bouche, Nick ajouta :

— Ne la prive pas du bonheur, Simon. Tu sais qu'elle le mérite, et qu'elle peut faire un beau mariage.

Avec un autre.

À cette pensée, une haine viscérale tordit les entrailles de Simon.

— Tu parles comme si quelqu'un était prêt à lui faire sa demande ?

Nick perçut le dédain dans son ton, et ses yeux étincelèrent.

— Je devrais te donner la correction que tu mérites pour avoir dit cela. Tu crois que parce que tu ne veux pas salir ta précieuse réputation avec quelqu'un comme Juliana, il n'y a pas d'autres hommes prêts à tenter leur chance avec elle ?

Bien sûr, les admirateurs ne devaient pas manquer. Elle était vive, intelligente, charmante, d'une beauté renversante.

Mais Nick sortit et referma doucement la porte derrière lui avant qu'il ait pu le lui dire.

Redoutant de rester seule, Juliana chercha du réconfort dans le lieu le plus animé de Townsend House.

Les cuisines.

Les cuisines de Minerva House étaient telles qu'elle les aimait. Bruyantes, désordonnées, pleines de rires, d'odeurs, de gens. Elles constituaient le cœur du foyer que cette maison était devenue pour les femmes qui vivaient ici. C'est-à-dire que les cuisines de Minerva House ne ressemblaient en rien à celles des autres manoirs anglais.

Ce qui était très bien, car justement Juliana était lasse de toute cette élégance anglaise. Lasse de la bienséance, de l'arrogance de la noblesse, des ducs anglais.

Elle voulait quelque chose de vrai et d'honnête.

Quand elle franchit la porte, les femmes rassemblées autour de l'énorme table de chêne levèrent à peine la tête. Gwen, la cuisinière, lui jeta un coup d'œil, puis la mit au travail.

— Voici Juliana, dit-elle, tandis que les autres femmes se poussaient pour lui faire de la place. La sœur de lord Nicholas.

Cela suffit pour la faire accepter. Gwen saupoudra la table de farine et posa devant elle un gros morceau de pâte à pain.

— Pétrissez, ordonna-t-elle.

Il ne serait venu à l'idée de personne de désobéir.

Elles étaient une demi-douzaine autour de la table, chacune ayant une tâche précise à accomplir. Couper, hacher, mélanger, broyer. Un véritable bataillon d'apprenties cuisinières qui ne cessaient de bavarder.

Juliana puisa du réconfort dans cette atmosphère chaleureuse. Tout en aplatissant la pâte, elle écouta les propos qu'on échangeait autour d'elle. C'était exactement le genre de distraction dont elle avait besoin. Ici au moins, elle pourrait ne pas penser à Simon.

— Je dirais que c'est un des plus beaux visiteurs que nous ayons eus.

— Le plus beau, rectifia Gwen.

Un murmure d'approbation accueillit sa remarque.

— Il a l'air d'un ange.

— Un ange déchu. Vous avez vu la façon qu'il a eue d'exiger de voir Georgiana dès son arrivée ?

Juliana se pétrifia. Elles parlaient de Simon. Il semblerait qu'elle ne puisse lui échapper.

— C'est aussi le plus grand, ajouta une jeune femme mince.

— Je me demande s'il est aussi grand partout, lâcha une autre.

Les jeunes femmes furent prises d'un fou rire collectif.

— C'est un invité, leur rappela Gwen en flanquant un coup de torchon à celle qui avait fait la remarque coquine. Cela dit, je me suis moi-même posé la question, avoua-t-elle dans un sourire.

— Par pitié, dites-moi que vous ne parlez pas de celui auquel je pense.

Juliana leva vivement la tête. Les autres s'écartèrent en riant, afin de faire de la place pour la nouvelle venue. Lady Georgiana.

Ce ne pouvait être qu'elle. Elle avait les mêmes cheveux blonds que son frère et ses yeux d'ambre. Elle était cependant petite et délicate, avec les jolies rondeurs d'une femme qui vient d'enfanter. Mais elle paraissait plus que ses dix-sept ans. Elle semblait si mûre.

— Si vous pensez que nous parlions de votre frère, vous avez raison, déclara Gwen. Vous vous sentez d'humeur à peler des pommes ?

Sans attendre sa réponse, elle déposa un panier de pommes devant Georgiana, qui s'empara d'un petit couteau de cuisine et se mit au travail. Juliana éprouva un choc devant cette scène. La sœur d'un duc pelant des pommes dans la cuisine de Minerva House !

— Il faut admettre qu'il est beau, reconnut Georgiana d'un ton enjoué.

Julietta fit mine de ne pas avoir entendu.

— Mais il a assez de femmes qui se jettent à son cou à Londres. Ne lui faites pas le plaisir de les imiter.

Juliana se concentra sur sa pâte.

— Non, les hommes comme le duc sont trop froids, déclara la femme mince. Regardez ce qu'il a fait ! Il vous a expédiée ici avec Caroline pour éviter le scandale.

— Ce n'est pas tout à fait exact.

— Peu importe. Vous étiez ici avec nous, et pas avec lui. Moi, j'aime les hommes qui ont du cœur.

— Il a du cœur.

Juliana ne se rendit compte qu'elle avait parlé à voix haute que lorsque le silence se fit autour de la table.

Elle leva les yeux, les joues en feu, et croisa le regard de Georgiana.

— Mlle Fiori est la sœur de lord Nicholas, expliqua Gwen.

— Appelez-moi Juliana.

— Et que savez-vous du cœur de mon frère, Juliana ?

— Je... je suppose qu'il en a un, non ? En fait, je ne sais pas.

Elle se remit à pétrir la pâte et à l'aplatir avec énergie.

— Juliana, est-ce que vous... aimez bien mon frère ?

Elle n'aurait pas dû. Il représentait tout ce qu'elle détestait. Tout ce qu'elle méprisait chez les Anglais, les aristocrates et les hommes en général.

Juliana plaqua la main sur la pâte et l'étala sur la table.

— Votre frère ne m'aime pas beaucoup.

Un long silence suivit. Quand elle se risqua à la regarder, elle vit que Georgiana souriait.

— Ce n'est pas ce que je vous ai demandé.

— Non ! explosa-t-elle. Il n'y a rien qu'on puisse aimer chez cet homme.

Georgiana demeura bouche bée tandis qu'elle continuait :

— Tout ce qui compte pour lui, c'est son titre et sa précieuse réputation.

Elle donna un coup de poing sur la pâte, la retourna et répéta l'opération, avant de se rendre compte qu'elle venait d'insulter le frère de Georgiana.

— Et vous, bien sûr, milady, ajouta-t-elle pour se rattraper.

— Mais il est beau, fit remarquer Gwen d'un ton léger.

— Peu importe qu'il soit grand ou beau, je ne l'aime pas, répliqua Juliana.

Un silence consterné s'abattit dans la cuisine. Juliana repoussa une mèche d'une main couverte de farine.

— Non, bien sûr, dit Georgiana prudemment.

— Je suis désolée, murmura Juliana, soudain consciente de se donner en spectacle.

— Je vous en prie. Simon n'est pas un homme très aimable, observa Georgiana. Ce n'est pas moi qui vous dirai le contraire.

Gwen prit la pâte des mains de Juliana, la déposa dans un bol.

— Il n'est pas si beau que cela non plus, renchérit la femme mince.

— J'en ai connu de plus beaux, ajouta une autre.

— Moi aussi, renchérit Gwen en tendant un biscuit qui sortait du four à Juliana.

Elle en grignota un morceau, étonnée que ces femmes, qu'elle ne connaissait pas, ignorent son comportement excentrique et retournent tranquillement à leur travail.

Juliana se leva si abruptement qu'elle faillit renverser son tabouret. Elle jura tout bas en italien. Les femmes échangèrent des regards perplexes, mais elle ne prit pas la peine de traduire.

— Je dois y aller, souffla-t-elle.

— Juliana, restez, je vous en prie, protesta Georgiana.

Juliana s'immobilisa devant la porte, en proie à un mélange de honte, de tristesse, de frustration. Elle aurait aimé disparaître dans un trou de souris.

— Je suis désolée, je ne peux pas.

Elle ouvrit la porte et se rua vers l'escalier. Si seulement elle pouvait rejoindre le grand escalier central et remonter dans sa chambre, tout irait mieux.

— Juliana !

Elle pivota sur ses talons. Dieu qu'elle aurait voulu pouvoir effacer les dernières minutes, la dernière heure, ce voyage dans le Yorkshire !

Georgiana lui sourit, et une fossette lui creusa la joue.

— Aimeriez-vous vous promener un peu avec moi ? Les jardins sont très beaux.

— Je...

— Je vous en prie. On m'a conseillé de prendre l'air après la naissance du bébé. Un peu de compagnie me ferait plaisir.

Juliana ne se voyait pas refuser. Elles traversèrent un salon, franchirent une porte et descendirent un petit escalier de pierres qui aboutissait dans le jardin potager, sur le côté de la maison.

Elles marchèrent un moment entre les rangées de légumes, puis, n'y tenant plus, Juliana déclara :

— Je suis désolée pour ce que j'ai dit dans la cuisine. Je ne voulais pas critiquer votre frère.

Georgiana sourit et fit glisser sa main sur un buisson de romarin avant de la porter à son nez pour en humer le parfum puissant.

— C'est dommage. J'étais plutôt ravie que vous osiez le critiquer. Peu de gens s'y risquent.

Juliana ouvrit la bouche, hésita, puis la referma.

— Il est insupportable, n'est-ce pas ?

Les yeux de Juliana s'arrondirent de surprise, et elle acquiesça.

— Excessivement.

— Je crois que je vous aime bien.

— J'en suis heureuse, assura Juliana. Mais je ne vous ai pas félicitée. Pour la naissance de votre fille.

— Merci. Elle s'appelle Caroline. Je suppose que vous savez que ma situation est absolument scandaleuse.

Juliana sourit.

— Dans ce cas, nous allons être amies. Car beaucoup me considèrent comme un scandale en puissance.

— Vraiment ?

Juliana confirma d'un signe de tête, cueillit une branche de thym et l'agita sous ses narines.

— Vraiment. Je suis sûre que vous avez entendu parler de ma mère. C'est une légende.

— En effet.

— Elle est revenue en Angleterre la semaine dernière.

— Non ? s'exclama Georgiana en arrondissant les yeux.

— Si. Votre frère était invité à dîner chez le mien lorsqu'elle a fait son entrée. Tout le monde pense que nous sommes taillées dans le même arbre.

Georgiana inclina la tête de côté, l'air de ne pas saisir. Juliana formula sa phrase autrement.

— Ils pensent que je suis comme elle.

— Ah ! Vous êtes faites du même bois.

— Oui.

— Et c'est vrai ?

— Votre frère en est persuadé.

— Ce n'était pas ma question.

Juliana réfléchit. On ne lui avait jamais demandé si elle était comme sa mère. Personne ne s'en souciait. Les commères de la bonne société l'avaient condamnée d'emblée. Quant à Gabriel, Nick et le reste de la famille, ils avaient simplement rejeté l'idée d'une ressemblance entre elles.

Et voilà que Georgiana lui posait la question.

— J'espère que non, répondit Juliana avec sincérité.

Et cela suffit à Georgiana. Elle glissa son bras sous celui de Juliana, et elles rebroussèrent chemin.

— Ne craignez rien, Juliana. Quand la nouvelle de ce qui m'est arrivé sera connue, les commères oublieront tout ce qu'elles ont dit sur vous et votre mère. Les anges déchus donnent lieu à d'excellents ragots.

— Mais vous êtes la fille d'un duc. Simon se marie pour vous protéger.

Georgiana secoua tristement la tête.

— Ma réputation est bel et bien détruite. C'est irrémédiable. Peut-être pourra-t-il nous protéger, faire taire les bavardages, mais ils ne cesseront jamais complètement.

— Je suis désolée.

Georgiana lui pressa la main et sourit.

— Je l'ai été aussi, pendant quelque temps. Je sais désormais que je pourrai rester ici aussi longtemps que Nick et Isabel voudront de moi. Caroline est en bonne santé, et ce ne sont pas quelques commères qui vont me gâcher la vie.

Comment faisait-elle ? Depuis qu'elle était en Angleterre et qu'elle subissait propos méprisants et regards dédaigneux, Juliana n'était jamais parvenue à ne pas s'en soucier.

Ce que Simon pensait d'elle ne lui était pas égal. Elle envia cette jeune femme d'avoir assez de force pour envisager l'avenir avec une telle confiance.

— Ce n'est peut-être pas convenable de le dire, mais ceux qui vous rejettent sont des imbéciles. Les salles de bal londoniennes gagneraient à être fréquentées par des femmes ayant autant de courage que vous.

Les yeux de Georgiana brillèrent d'un éclat malicieux.

— Ce n'est pas du tout convenable de le dire, en effet. Mais nous savons toutes deux que la haute société londonienne ne supporte pas les femmes courageuses. Que ferait-elle avec deux femmes telles que nous sur les bras ?

Juliana éclata de rire.

— Quand vous déciderez de revenir, nous serons les deux plus scandaleuses. Ma famille a un faible pour les enfants aux origines douteuses, voyez-vous... Oh, je suis désolée, je ne voulais pas dire cela ! s'empressa-t-elle d'ajouter, consciente d'être allée trop loin.

— Ce n'est rien, assura Georgiana avec un geste de la main. Caroline a bel et bien des origines douteuses. Je suis donc enchantée de savoir qu'il y aura au moins un salon dans lequel nous serons reçues.

— Puis-je vous demander ce qui vous est arrivé...

Georgiana la considéra d'un air admiratif.

— Vous vous moquez des convenances, n'est-ce pas, mademoiselle Fiori ? Eh bien, c'est une vieille histoire, ennuyeuse et tristement banale. Je croyais qu'il m'aimait, et peut-être était-ce le cas. Mais parfois, l'amour ne suffit pas.

Juliana ne décela dans sa voix ni tristesse ni regret. Elle ne vit dans ses yeux qu'une parfaite honnêteté.

Parfois l'amour ne suffit pas.

Tandis qu'elles regagnaient la maison en silence, ces mots résonnèrent dans la tête de Juliana.

Des mots qu'elle avait intérêt à ne pas oublier.

16

Douceur et témérité sont le prélude à une longue vie de couple.

Les dames raffinées ne parlent pas librement avec les gentlemen.

Traité des dames raffinées

Guy Fawkes n'est pas le seul à avoir un tempérament explosif cet automne...

Journal des potins, novembre 1823

Pendant la plus grande partie de l'année, le village de Dunscroft était calme. Le cours de cette vie campagnarde idyllique était parfois interrompu par un taureau échappé de son enclos ou un chariot déviant de la route, mais d'une façon générale, il ne se passait rien de remarquable dans le village.

Excepté pour la Nuit des feux de joie.

Apparemment, tout Dunscroft était sorti pour assister à la fête, qui avait lieu juste après le coucher du soleil. Dans le pré communal, des dizaines de lanternes projetaient une belle lumière dorée sur les stands alignés autour du champ.

Dès que Juliana descendit de la voiture, elle fut accueillie par les odeurs et les bruits du carnaval. Des centaines de gens avaient envahi la pelouse.

Des enfants avec des masques de papier couraient entre les jambes des adultes, regardaient des spectacles de marionnettes, ou se régalaient avec les pommes d'amour distribuées par des jeunes filles souriantes.

Un peu plus loin, des hommes faisaient rôtir un cochon. D'autres, plus jeunes, tentaient de faire rire une statue vivante qui demeurait imperturbable devant leurs pitreries.

Juliana ne put s'empêcher de s'esclaffer.

— Vous voyez, je vous avais bien dit que vous n'aviez pas de raisons de vous inquiéter, lui dit Isabel.

— Je ne sais pas. Je ne vois toujours pas les feux de joie que vous m'aviez promis.

Un bûcher avait été dressé au centre de la place du village : un énorme tas de bois sur lequel on avait accroché un bonhomme de paille, dont la tête penchait dangereusement sur le côté. Les enfants couraient autour du bûcher en chantant.

— Cela ne me paraît pas très effrayant, admit Juliana.

— Certes. Mais attendez que le brasier soit allumé. La plupart des filles doivent être déjà là, ajouta Isabel en scrutant la foule des yeux. Il ne restait plus que Nick et Leighton quand nous avons quitté la maison.

Juliana se crispa. Elle avait pensé à Simon toute la journée, et avait passé la matinée à inventer divers prétextes pour aller et venir dans la maison dans l'espoir de le croiser.

Sans succès. Il avait disparu.

Elle aurait dû se réjouir qu'il garde ses distances. Il ne fallait pas tenter le destin. Simon avait fait son choix, et il rentrerait à Londres dans quelques jours pour se marier.

Et pourtant, au lieu de l'oublier, elle avait revêtu sa plus belle robe et se tenait au milieu d'une foule d'étrangers en priant pour qu'il vienne.

En se demandant pourquoi il n'était toujours pas arrivé.

Il fallait qu'elle parte...

— Oh ! s'exclama Isabel en levant le nez. Vous sentez cette odeur de tarte aux pommes ?

La question tira Juliana de ses pensées. Tout le Yorkshire fêtait le carnaval, et il fallait vivre dans le présent. Elle se préoccuperait de l'avenir demain.

— Nous nous en offrons une ? proposa-t-elle à sa belle-sœur.

Elles longèrent les stands, repérèrent les tartes convoitées et en achetèrent deux parts. Pendant qu'Isabel discutait avec une jeune femme de l'uniforme des domestiques de Townsend Park, Juliana s'aventura entre les tables. Le pré était maintenant plongé dans l'obscurité, et les seules lumières provenaient des bougies que les gens tenaient à la main en attendant que les feux de joie soient allumés.

L'air était chargé d'odeurs automnales, le vent soulevait les feuilles mortes au sol et les faisait tournoyer. Il n'y avait aucune inquiétude, aucune tristesse. La vie était censée être plus simple à la campagne : feux de joie, comptines et tartes aux pommes. Juliana était venue pour cela.

Elle s'arrêta devant un stand sur lequel s'entassaient des fleurs et des herbes sèches. La femme corpulente qui se tenait derrière leva les yeux du sachet qu'elle était en train de fermer.

— Qu'est-ce qui vous ferait plaisir, milady ? Des enfants ? De l'argent ? Du bonheur ?

— Les plantes peuvent me donner tout cela ?

— Vous en doutez ?

— Oui !

La femme l'étudia un instant, puis déclara :

— Je vois ce que vous voulez.

Elle voulait une soirée de simplicité.

— L'amour, reprit la femme. C'est cela, que vous voulez.

Elle fit courir ses mains au-dessus des plantes, attrapant ici un brin de lavande, là du romarin, puis du thym, de la coriandre, et d'autres plantes que Juliana ne connaissait pas. Elle les glissa dans un petit sachet de toile qu'elle noua solidement avec un morceau de ficelle.

— Mettez ça sous votre oreiller, recommanda-t-elle à Juliana.

— Et ?

La femme sourit, révélant une bouche édentée.

— Et il viendra. L'amour que vous attendez. C'est un demi-penny pour la magie, madame, ajouta-t-elle en tendant la main.

Juliana glissa le sachet dans son réticule et chercha une pièce.

— Vous êtes sûre que cela marchera ?

— Oh, que oui !

Juliana lui donna sa pièce, se retourna… et se figea.

Là, appuyé à l'un des montants du stand, se tenait Simon, les bras croisés. Il portait un pantalon de daim et de hautes bottes de cuir, une chemise de lin blanc et un manteau vert. Ses vêtements étaient simples, discrets. Il avait remplacé son chapeau par une casquette et renoncé à la canne, obligatoire en ville pour les gentlemen.

À la campagne, les choses étaient plus simples.

Peut-être réussirait-elle à l'en convaincre.

Cette pensée la tira de sa stupeur, et elle s'approcha de lui.

— Vous achetez des potions magiques ?

— Oui, admit-elle avant de jeter un coup d'œil à la femme par-dessus son épaule.

— Vous voyez que ça marche, milady ! lança celle-ci.

— En effet. Merci.

— Que vous a-t-elle vendu ? s'enquit Simon.

Juliana le regarda. C'était maintenant ou jamais.

— Si je vous disais qu'elle m'a vendu une soirée ?

— Une soirée de quoi ?

— De simplicité. De paix.

Il esquissa un sourire.

— Je vous conseillerais d'en acheter une dose qui dure toute la vie.

— Nous ne pouvons pas avoir toute la vie. Juste une soirée. Cette soirée. Pourquoi ne pas vivre, ce soir ?

Allait-il accepter son offre ? Ce soir, dans cette petite ville de la campagne anglaise, sans commérages, sans scandale. Des feux de joie, une fête, quelques heures de tranquillité.

Demain, la semaine prochaine, tout serait horrible.

Mais elle aurait eu ce moment avec lui.

Sur le point de répondre, il hésita. Allait-il la repousser ? Le cœur battant à tout rompre, elle vit un nerf tressauter sur sa joue. Toutefois, avant qu'il ait pu répondre, les cloches de l'église se mirent à sonner. Le bruit était assourdissant. Une clameur s'éleva dans le pré.

— Que se passe-t-il ? s'inquiéta-t-elle.

Une seconde passa, comme s'il n'avait pas entendu sa question. Puis il lui offrit son bras.

— C'est le signal. Les feux de joie vont être allumés.

Une soirée, songea Simon en contemplant le feu de joie.

Un moment qui n'appartiendrait qu'à eux, ici, à la campagne. Sans responsabilité, ni inquiétude. La Nuit des feux de joie, et rien d'autre.

Et s'il voulait plus ?

Il ne pourrait l'obtenir.

Une fois de plus, Juliana lui lançait un défi. Mais s'il acceptait, il craignait de ne pas survivre, cette fois.

Il se tourna légèrement pour contempler son profil. Elle avait les yeux fixés sur le feu de joie. Ses cheveux de jais brillaient à la lueur des flammes, ses joues étaient un peu empourprées. Sentant son regard sur elle, elle tourna la tête. Leurs regards se croisèrent et Simon eut le souffle coupé.

Elle était magnifique.

Il voulait cette nuit.

Il se pencha, résista à la tentation de l'embrasser, et chuchota :

— J'aimerais goûter à votre potion magique.

— Vous êtes sûr ?

Il hocha la tête et lui offrit son bras.

— Un soir, dit-elle.

Cela ne lui suffirait pas. Pourtant, il faudrait qu'il s'en contente. Sans penser au lendemain.

— Un soir.

Elle posa la main sur son bras, et ils s'éloignèrent.

— L'épouvantail sur le bûcher, c'est lui votre Guy Fawkes qui a voulu faire exploser le Parlement ? Il n'a pas l'air très dangereux, fit-elle remarquer.

Il se mit à rire.

— J'aime vous entendre rire, Votre Grâce.

— Pas de Votre Grâce. Ce soir, je ne veux pas être duc. Ce soir, je suis juste Simon Pearson. Sans titre.

— Vous croyez que les gens ne verront pas que vous êtes un noble ?

— C'est une potion magique, oui ou non ?

Elle lui répondit d'un sourire.

— Vous avez faim ? s'enquit-il comme ils passaient devant un stand de nourriture.

Elle hocha la tête, et il acheta des tourtes et du vin.

— M. Pearson aimerait faire un pique-nique improvisé.

Ils s'installèrent sur un banc à l'écart et mangèrent en regardant les gens s'amuser. Des enfants passèrent en courant et en riant.

— Quand j'étais petite, j'adorais ces soirées, avoua-t-elle dans un soupir. Pendant les festivals, nous n'étions pas obligés d'observer toutes les règles habituelles.

— J'aurais aimé vous connaître à cette époque, murmura-t-il en italien.

— Vous auriez été choqué. J'étais toujours sale, je me faisais gronder parce que je criais dans la cour et que je volais des tartines dans la cuisine.

— Je ne suis pas étonné, figurez-vous. Et plus tard, en grandissant ? Avez-vous brisé beaucoup de cœurs durant ces soirées de fête ?

Il n'aurait pas dû poser une telle question, ce n'était pas convenable. Mais au diable les règles. Ce soir, tout était plus facile, toutes les questions étaient autorisées.

Elle lui coula un regard malicieux.

— Ah ! fit-il en allongeant les jambes devant lui. Je devine que je ne suis pas tombé loin.

— Il y a eu un garçon. Vincenzo.

— Racontez-moi.

— Tous les ans à Vérone, au mois d'avril, a lieu la fête de *San Zeno.* La ville la prépare pendant des semaines, c'est aussi important que Noël. Une année...

Elle s'interrompit.

— Ah non, vous ne pouvez pas arrêter maintenant ! Quel âge aviez-vous ?

— Dix-sept ans.

— Et Vincenzo ?

— Pas beaucoup plus. Dix-huit, peut-être ?

Simon se revit à dix-huit ans, se rappela comment il pensait aux femmes à cette époque... à ce qu'il avait envie de faire avec elles. Et il eut très envie de frapper ce garçon italien inconnu.

— J'apportais des plateaux de gâteaux à l'église. Et Vincenzo était là aussi, pour aider. J'avais gardé le plus lourd pour la fin. J'ai pris un raccourci pour aller à l'église, et lorsque je suis arrivée, Vincenzo m'attendait, seul, adossé au mur. J'ai cru qu'il allait m'aider à porter le plateau. Mais quand je le lui ai tendu, il en a profité pour m'embrasser.

— J'espère que vous lui avez donné un bon coup de pied dans les *inguine*.

— Monsieur Pearson ! s'exclama-t-elle en écarquillant les yeux, avant d'ajouter : Disons que j'ai su contrôler la situation. Les femmes ne sont pas aussi faibles et désemparées que vous le croyez, vous savez.

— J'ai toujours pensé que vous aviez la force d'un gladiateur, déclara-t-il en lui tendant un gobelet de vin.

Elle en avala une longue gorgée. Fasciné, il la regarda récupérer du bout de la langue une goutte égarée au coin de ses lèvres. Seigneur, elle était si belle, si sensuelle... un homme pourrait passer sa vie à la contempler. Il aurait aimé se trouver n'importe où plutôt qu'ici, dans ce pré, entouré par la moitié des habitants du Yorkshire.

Il se leva et lui tendit la main. Et tandis qu'elle se levait à son tour, il respira son étrange parfum, mélange de mûres et de basilic. Il lut l'émotion dans son regard, et sut que s'il s'emparait de ses lèvres ici et maintenant elle ne le repousserait pas.

La tentation était presque irrésistible.

S'il l'embrassait, tout basculerait en un instant. L'honneur exigerait qu'ils se marient, et le scandale de Georgiana passerait au second plan parce que le duc de Leighton aurait renoncé à la fille d'un marquis pour épouser celle d'un marchand italien.

Mais Juliana serait à lui, et cela lui suffirait.

Tout ce qu'il avait à faire, c'était d'approcher ses lèvres des siennes.

— Nous marchons encore un peu ? suggéra-t-elle.

Simon se racla la gorge et s'efforça de se ressaisir.

— Bien sûr.

Elle passa devant lui, le précédant vers les rangées de stands.

— Je crois que je pourrais aimer la campagne, déclara-t-elle après avoir pris une longue inspiration.

— Je crois plutôt que votre place est à Londres.

— Plus maintenant. Je vais rester dans le Yorkshire. J'aime les occupantes de Minerva House, Lucrezia adore galoper sur la lande, et je suis lasse de la saison londonienne.

Simon détestait l'idée de retourner à Londres sans elle. Qu'elle gâche sa vibrante énergie ici. Elle était faite pour chevaucher à Hyde Park dans la brume matinale. Pour valser dans les salons, vêtue de soie et de satin. *Avec lui...*

Il l'imagina à son bras, dans la bonne société. Impossible.

Elle s'arrêta devant un stand, effleura du bout des doigts la dentelle d'un bonnet. Simon imagina ces doigts sur sa peau, dans son cou, sur ses épaules... sur son torse...

Son sexe durcit instantanément et il bénit la pénombre. Il ne cessa pas pour autant de la regarder caresser le tissu. Finalement, ne pouvant en supporter davantage, il sortit une bourse de sa poche.

— Je voudrais acheter ce chapeau pour la dame, dit-il au vendeur.

— Vous ne pouvez pas faire cela ! protesta-t-elle.

Mais l'homme derrière le stand avait déjà pris la pièce.

— Cela ne se fait pas, Simon. Vous ne pouvez pas m'acheter un vêtement.

— Je croyais que nous avions bu une potion magique ce soir ? riposta-t-il en lui tendant le bonnet.

Elle hésita longuement, puis finit par s'en saisir.

— En outre, je vous avais promis de remplacer celui que vous avez perdu dans la Serpentine.

— Si ma mémoire est bonne, monsieur Pearson, vous aviez promis de m'en acheter une douzaine.

Il hocha la tête et se tourna vers le vendeur.

— Avez-vous onze autres chapeaux comme celui-ci ? Peut-être dans d'autres couleurs ?

L'homme arrondit les yeux, et Juliana éclata de rire.

— Il plaisante ! dit-elle en tirant Simon par la manche. Excusez-nous.

— C'est la Nuit des feux de joie, mademoiselle ! s'exclama le vendeur. Nous devenons tous un peu fous en faisant brûler le vieux Guy.

Lorsqu'ils se furent éloignés, elle baissa les yeux sur le chapeau qu'elle tenait à la main.

— Merci, souffla-t-elle en lui coulant un regard de biais.

— C'était un plaisir.

Il aurait aimé lui acheter une centaine de chapeaux. Et aussi des capes, des robes, des chevaux, des selles, des pianos, et tout ce qu'elle désirait. Il voulait qu'elle ait en abondance tout ce qui la rendait heureuse.

— Je suis désolée.

— Pourquoi ?

Elle haussa une épaule. Quelle adorable manie, songea-t-il.

— Pour tout. Pour être si compliquée. Pour vous avoir provoqué, envoyé des messages inconvenants, pour vous avoir mis en colère, et avoir rendu tout cela si... difficile. Je ne savais pas, Simon... J'ignorais que vous aviez une bonne raison de vous soucier des convenances et de votre réputation. Si j'avais su... si j'avais su, je n'aurais jamais fait ce pari ridicule. Je ne vous aurais pas poussé si loin.

Elle parlait d'une voix si basse que, si le vent avait soufflé dans une autre direction, il ne l'aurait pas entendue.

Ils étaient arrivés au bout du pré. Sans hésiter, Simon l'attira dans un bosquet derrière le dernier stand.

— Je croyais que ce soir nous avions choisi la simplicité, ce soir, dit-il à mi-voix.

Les arbres les protégeaient. Les bruits et les lumières de la fête paraissaient suffisamment lointains pour qu'ils aient l'impression de vivre un rêve. Comme s'ils avaient bel et bien bu une potion magique.

Comme si, ce soir, tout était différent.

— Mais ce n'est pas la réalité, n'est-ce pas ? Vous êtes toujours duc, et je... et je suis ce que je suis.

— Non, Juliana, chuchota-t-il en lui soulevant le menton. Non, pas ce soir.

Il faisait trop sombre pour qu'il puisse distinguer son expression, et il le regretta.

— Si, même ce soir, dit-elle. La magie ne peut rien contre cela. Je veux juste que vous sachiez... que je comprends. Je voudrais pouvoir revenir à cette première nuit et annuler notre pari. Choisir une autre voiture pour me cacher...

Une jalousie irrationnelle s'empara de lui à l'idée qu'un autre la découvre dans sa voiture.

Elle lui appartenait.

Cette réaction si possessive le déstabilisa, il s'écarta pour tenter de se reprendre. Se méprenant sur son geste, Juliana recula.

— Cela fait deux semaines aujourd'hui, vous savez ?

Il n'y avait plus pensé depuis son départ pour le Yorkshire.

— Deux semaines ce soir, oui.

— Et je ne vous ai pas mis à genoux.

Elle avait fait bien pire. Elle lui avait arraché le cœur.

— Mon plan a échoué, poursuivit-elle. Au lieu de vous faire découvrir que la passion est tout, j'ai découvert que la passion n'est rien sans amour.

Il tendit la main, lui effleura le bras. Mais elle se déroba.

— Que voulez-vous dire ? Juliana ? ajouta-t-il comme elle laissait échapper un petit rire sans joie.

Il distinguait à peine sa silhouette dans la pénombre.

— Vous ne voyez pas, Simon ? fit-elle d'une voix tremblante. Je vous aime.

Ce fut seulement quand elle prononça les mots, avec son accent adorable, qu'il se rendit compte à quel point il avait espéré les entendre. Elle l'aimait. Cette pensée le submergea, plaisir et chagrin mêlés, et il pensa qu'il allait mourir s'il ne la prenait pas dans ses bras.

Elle l'aimait.

Il fit un pas vers elle en prononçant son nom, certain que, ce soir au moins, elle était à lui. Pourtant, lorsqu'il l'attira dans ses bras, elle se débattit.

— Non. Laissez-moi. Je n'aurais pas dû dire cela.

Il sourit, l'enlaça fermement, sa main glissant le long de son cou délicat, jusqu'à son visage qu'il souleva doucement.

— Redites-le.

— Non.

Il captura sa bouche avec force, et elle s'abandonna instantanément contre lui.

— Redites-le, ma sirène. Avec du sentiment.

Elle hésita, et il crut qu'elle allait s'écarter. Puis elle posa les mains sur sa nuque, enfouit les doigts dans ses cheveux, et murmura d'une voix douce :

— *Ti amo.*

Et dans ces mots chuchotés dans sa langue natale, il entendit cette vérité, à savoir qu'il aurait donné n'importe quoi pour elle... pour qu'elle ne cesse pas de l'aimer.

— Embrassez-moi encore, souffla-t-elle.

Mais ses lèvres étaient déjà sur les siennes. Ils s'embrassèrent avec une enivrante sensualité, comme s'ils avaient l'éternité devant eux.

Elle était parfaite.

Ils étaient faits l'un pour l'autre.

— Juliana... Dieu que vous êtes belle.

— Il fait nuit. Vous ne me voyez pas, dit-elle en riant

Ses mains descendirent sur son corps aux courbes harmonieuses, et il la plaqua contre lui, leur arrachant un tressaillement de plaisir.

— Mais je vous sens, murmura-t-il avant de reprendre sa bouche.

Elle interrompit leur baiser, lui caressa doucement la lèvre inférieure de la langue. Avec un grondement sourd, il referma la main sur un sein rond et en taquina la petite pointe durcie du pouce. Juliana laissa échapper un gémissement.

Seigneur, il voulait l'allonger sur le sol et lui faire l'amour jusqu'à en perdre la tête.

Non. Ils étaient dans un parc public.

Elle méritait mieux.

— Attendez, fit-il, le souffle court. Nous devons arrêter.

Au prix d'un effort surhumain, il la lâcha et recula.

— Pourquoi ? protesta-t-elle.

La question, toute simple, le désarma.

Seigneur, comme il la désirait !

Mais il devenait impossible de demeurer près d'elle sans menacer sa réputation.

— Simon... reprit-elle doucement, c'est tout ce que nous aurons. Une soirée.

Tout avait paru si simple, une heure plus tôt, quand ils riaient et se taquinaient, et feignaient l'un et l'autre d'être quelqu'un d'autre.

Mais à présent, il ne voulait plus jouer. Il voulait être lui-même. Et qu'elle soit elle-même. Et que cela suffise.

Sauf que ce n'était pas possible.

Il ne pouvait l'approcher sans prendre ce qu'il désirait plus que tout. Sans la déshonorer.

Or, il refusait de la déshonorer.

Alors, remerciant l'obscurité qui empêchait Juliana de lire dans son regard ce qu'il ressentait, il déclara d'un ton bref :

— La soirée est terminée.

Juliana se pétrifia, et il se détesta.

Et se détesta davantage encore quand elle pivota sur ses talons et s'enfuit en courant.

17

Les parties de campagne sont des lieux de tentations.

Une dame raffinée ferme sa porte à clé.

Traité des dames raffinées

Nous tenons l'épidémie de mariages d'amour pour responsables du peu de ruptures de fiançailles cette saison...

Journal des potins, novembre 1823

Plusieurs heures plus tard, alors que Townsend Park était endormi, Juliana arpentait sa chambre.

Elle était furieuse d'avoir avoué ses sentiments à Simon. Et encore plus furieuse qu'il l'ait repoussée.

Elle s'arrêta au pied de son lit et ferma les yeux, mortifiée. À quoi diable avait-elle pensé ?

S'asseyant au bord du lit, elle soupira et enfouit le visage entre ses mains. Peu à peu, l'humiliation se dissipa, laissant la place à la tristesse.

Elle l'aimait.

Elle le lui avait dit. Et l'avait aussitôt regretté.

Avant ce soir, elle avait aimé le Simon arrogant, insensible, froid et distant.

Mais ce soir, elle était tombée amoureuse du Simon secret, moqueur et souriant, qui se cachait sous la façade conventionnelle du duc de Leighton.

Et elle voulait cet homme. Sauf qu'il n'était pas pour elle. Elle possédait une collection de défauts que sa culture britannique ne pouvait accepter chez une épouse. Elle était la fille, italienne et catholique, d'une marquise déchue, qui continuait de susciter le scandale. Leur union était impossible.

Il était destiné à une autre.

Soudain, elle sut avec une absolue certitude ce qui allait advenir. Elle se leva.

Elle partagerait cette nuit avec lui. Et demain, elle penserait à la suite – Londres, l'Italie, une vie sans Simon.

Elle enfila un peignoir de soie, serra la ceinture et sortit de la chambre sans se laisser le temps de revenir sur sa décision.

Dans le long corridor sombre, elle laissa sa main frôler le mur en comptant les portes. À la quatrième, elle s'immobilisa, la main plaquée sur le battant d'acajou, le cœur battant à tout rompre.

Si elle allait plus loin, elle serait digne de la réputation que lui faisaient les commères. Et elle le paierait probablement très cher.

Mais elle ne le regretterait pas.

Inspirant profondément, elle ouvrit la porte.

La chambre n'était éclairée que par le feu dans la cheminée. Un verre à la main, Simon se tenait devant l'âtre en pantalon, bottes et chemise de lin.

Il pivota en entendant la porte se refermer. Au choc initial qu'il ressentit visiblement en la découvrant dans sa chambre, succéda une expression méfiante.

— Que faites-vous là ?

— La soirée n'est pas finie, Simon. Vous me devez les heures qui restent.

Il ferma les yeux comme s'il puisait dans ses dernières réserves de patience.

— Dites-moi que vous n'êtes pas dans cette chambre avec moi, vêtue seulement d'un peignoir et d'une chemise de nuit.

C'était maintenant ou jamais. D'un geste aussi vif que déterminé, elle dénoua la ceinture de son peignoir.

— Je ne porte pas de chemise de nuit, Simon.

Le peignoir glissa au sol, formant une flaque de soie couleur saphir.

Tandis que Simon contemplait son corps nu d'une éblouissante perfection, il sut que jamais il n'oublierait ce moment.

Ce moment où il avait compris qu'elle allait lui appartenir.

Elle était là, nue. *Et elle l'aimait.*

Il n'avait ni la force ni la volonté de la chasser. Il la désirait trop follement. Aucun homme sur terre n'aurait pu lui résister, et il ne voulait même pas essayer.

Tout allait changer.

Ces mots lui traversèrent l'esprit. Il n'aurait su dire si c'était une promesse ou une menace, mais peu lui importait.

Sa peau laiteuse scintillait dans la lumière vacillante, et les flammes jetaient des ombres dansantes sur son corps. Sa splendide chevelure était répandue sur ses épaules, les longues boucles noires se déroulant sur ses seins comme dans un tableau.

Elle avait gardé les mains le long du corps, les doigts à demi fléchis comme si elle se retenait pour ne pas couvrir le triangle mousseux au creux de ses cuisses.

Elle laissa échapper un long soupir, et il remarqua qu'elle tremblait, que son souffle était un peu haché.

Simon lâcha son verre et la rejoignit en deux enjambées.

Quand il la souleva dans ses bras, elle se cramponna à son cou et noua les jambes autour de sa taille. Déjà leurs bouches se cherchaient, leurs langues se mêlaient en un baiser torride qui leur arracha un gémissement de plaisir.

Elle lui appartenait.

— Si vous restez... vous vous donnez à moi, dit-il tout contre sa bouche.

Il fallait qu'elle le comprenne. Qu'elle prenne elle-même la décision.

— Oui. Je vous appartiens.

— Si vous avez le moindre doute, partez maintenant.

Dans le silence qui suivit, le désir irrépressible de la posséder qui le traversa fut si violent qu'il en frémit de la tête aux pieds. Puis elle le fixa de ses grands yeux limpides.

— Je n'ai pas de doute, Simon. Montrez-moi tout, ajouta-t-elle en approchant ses lèvres des siennes.

Il perdit pied. Un désir primitif le balaya, et il l'embrassa avec une ardeur qui le consuma, l'empoignant aux hanches pour la plaquer contre lui.

— Tu es à moi, souffla-t-il. *À moi.*

— Oui, je t'appartiens.

Il la récompensa d'un autre baiser.

Il aimait tout chez elle. Il aimait l'embrasser. Il aimait le goût de sa bouche, sa ferveur, la façon dont elle l'enflammait.

— Je suis à toi, répéta-t-elle en lui mordillant les lèvres.

Elle était sa sirène. Depuis toujours.

Envolé, le duc qui l'avait repoussée dans le square, le gentleman qui l'avait renvoyée à sa famille. Ne restait plus qu'un homme de chair et de sang. Et affamé.

Elle était son festin.

Il l'emporta vers le lit, conscient que sa vie entière était sur le point de basculer. Il l'allongea sur les draps, la couvrit de son corps, sa virilité nichée entre ses cuisses magnifiques, et chuchota entre deux baisers :

— Ma sirène... *carina*... si douce... si belle... *che bella... che bellissima*.

Elle se tortillait sous lui tout en tirant sur sa chemise pour la sortir de son pantalon. Ses mains se glissèrent sous l'étoffe, ses doigts tracèrent des sillons brûlants le long de son dos. Comme il se soulevait légèrement, son érection se pressa au creux des cuisses de Juliana et il crut mourir de désir.

Lorsqu'elle lui caressa le torse, effleurant un mamelon du bout des doigts, il étouffa une exclamation. Elle répéta sa caresse.

— Tu me tues, marmonna-t-il.

— Enlève ta chemise. Je veux sentir ta peau nue contre la mienne.

En un instant, la chemise disparut. Il reprit ses lèvres, la gratifia d'un baiser aussi brûlant que profond avant de rouler sur le côté. Elle protesta, voulut le retenir, mais il lui attrapa les mains, les ramena au-dessus de sa tête et les y maintint solidement.

— Non. Tu es à moi, dit-il en lui caressant les seins de sa main libre. Tu es venue à moi, ma sirène. Pourquoi ?

— Je…

Il taquina la pointe d'un sein.

— Pourquoi ? répéta-t-il.

— Je voulais cette nuit…

— Pourquoi ?

— Je…

Il déposa une série de baisers sur sa poitrine, se rapprochant du mamelon dressé.

— Simon… Je t'en prie…

Il souffla doucement sur la pointe qui durcit encore davantage.

— Pourquoi es-tu venue ?

— Je t'aime.

Il frissonna en entendant les mots. Si simples, si sincères. Puis il saisit la pointe d'un sein dans sa bouche et la suça longuement. Juliana ondulait contre lui en laissant échapper de délicieux petits gémissements qui le ravissaient.

Quand il releva la tête, leur respiration était hachée.

— Dis-le encore.

— Je t'aime.

Il lui lâcha les mains, déposa une pluie de baisers sur ses seins, son ventre, le haut de ses cuisses, savourant l'odeur enivrante de son corps.

Il adorait sa douceur, sa façon de se cambrer pour venir à sa rencontre. Jamais, de sa vie, il n'avait éprouvé un désir aussi impérieux.

Juliana était là, offerte. Elle lui appartenait.

Il se laissa glisser sur le sol, s'agenouilla. Elle se redressa aussitôt. Et poussa un petit cri quand il l'attira vers le bord du lit.

— Simon ! Que… que fais-tu ? s'écria-t-elle comme il lui écartait les jambes.

Il s'inclina entre ses cuisses, et elle cacha de ses mains la partie de son corps qu'il convoitait.

— Rallonge-toi, ma sirène.

— Non, je ne peux pas ! Tu ne peux pas…

— Tu m'as demandé de te montrer tout, dit-il, ses mains remontant lentement à l'intérieur de ses cuisses. Cela en fait partie.

— Je n'ai jamais entendu parler de cela, dit-elle, sceptique.

— Tu t'es donnée à moi… Et c'est ce que je veux.

Il lui caressa doucement les mains.

— Je crois que tu le veux aussi, chuchota-t-il.

Elle poussa un long soupir tremblant, et le sexe de Simon durcit jusqu'à être douloureux. Il serra les dents. Non. Cette nuit était pour elle. Il trouverait son plaisir dans celui qu'il lui donnerait.

— Simon, je t'en prie…

— Allonge-toi.

Les lèvres rivées aux siennes, il la renversa sur le lit. Puis déposa une traînée de baisers sur son buste, son ventre, jusqu'à ses mains toujours croisées à la naissance de ses cuisses pour lui en interdire l'accès.

— Laisse-moi faire.

Elle écarta les mains d'un geste hésitant, révélant les pétales délicats de son sexe. Doucement, il écarta les replis tièdes, et elle creusa spontanément les reins en réponse. Elle était déjà toute humide, découvrit-il. Prête à l'accueillir en elle.

Il la caressa lentement, frotta, taquina, insinua un doigt dans sa féminité tout en faisant rouler sous son pouce la petite crête d'où naissait son plaisir. Ses cris étouffés et ses soupirs l'émerveillaient, de même que son visage empourpré auréolé de cette somptueuse chevelure de jais, ses yeux couleur saphir aux paupières alourdies par le désir, ses lèvres entrouvertes.

Il se pencha, souffla sur sa chair enfiévrée, lui arrachant un cri. Toute timidité envolée, elle murmura :

— Embrasse-moi.

Il ne se fit pas prier. Lorsque sa langue prit le relais de son pouce, Juliana arqua le dos et plongea les doigts dans ses cheveux pour le maintenir contre elle. Elle était la source à laquelle il s'abreuvait et s'enivrait, et il voulait la rendre folle de plaisir. Mais déjà elle ondulait en rythme, gravissant à toute allure les degrés qui menaient à la jouissance, et lorsque le plaisir la balaya, il ne put s'empêcher d'éprouver une satisfaction toute masculine.

Il s'allongea près d'elle et l'enlaça tendrement tandis qu'elle redescendait lentement sur terre. Il l'embrassa dans le cou, lui tirant de doux soupirs. Il aurait pu rester ainsi, à la caresser, toute une éternité. Il reprit sa bouche en un voluptueux baiser, glissa de nouveau la main entre ses cuisses, qui s'écartèrent spontanément.

— Simon, souffla-t-elle, ôte ce pantalon.

Il en rêvait, mais demanda pourtant :

— Tu es sûre ?

Il savait qu'une fois nu avec elle, il n'y aurait pas de retour en arrière possible.

— Certaine, répondit-elle, les yeux assombris par la passion.

Il l'embrassa, puis murmura :

— Je ne peux rien te refuser.

C'était la vérité. Elle était tout ce qu'il avait toujours voulu avoir et rien d'autre ne comptait.

Il se leva, se débarrassa en hâte de ses bottes et de son pantalon avant de la rejoindre sur le lit. Il se positionna entre ses cuisses, impatient qu'il était d'être enfin en elle.

— Attends... je veux te regarder, murmura-t-elle en tentant de le repousser.

— Pas maintenant. La prochaine fois.

Il lui replia les jambes et pressa son sexe dur à l'orée de son intimité.

— Mais... nous n'avons qu'une nuit. C'est la seule occasion que j'aurai de te voir.

Il lui encadra le visage de ses mains et plongea son regard dans le sien. Il y lut une infinie tristesse, du désespoir et de la passion.

Il n'y aurait pas qu'une nuit. Il fallait qu'elle le sache.

Tout avait changé, il ne la laisserait pas partir.

— Juliana, ne m'oblige pas à arrêter.

— Non, non... ne t'arrête pas.

Il s'insinua lentement dans le fourreau étroit de sa féminité, puis s'immobilisa – non sans mal, car son corps entier le poussait à s'enfouir en elle jusqu'à la garde.

— Ça va ? s'enquit-il.

Elle hocha la tête.

— Je ne veux pas te faire mal.

— Tu ne me feras pas mal.

— Si, un petit peu. Mais ce sera la première et la dernière fois, je te le promets. Regarde-moi.

Les yeux rivés aux siens, il la pénétra lentement, s'efforçant d'être le plus doux possible tandis que le plaisir le disputait à la douleur dans son regard. Elle l'accueillait en elle de son mieux, ondulait avec précaution, tentait de s'adapter à ses mouvements.

— Tu as les plus beaux yeux que j'aie jamais vus, chuchota-t-elle.

Un frisson inattendu déferla en lui.

— Impossible, murmura-t-il en se retirant avec précaution. Ce sont les tiens les plus beaux.

Il avait désespérément besoin d'accélérer l'allure, d'offrir à son corps l'assouvissement qu'il avait réclamé toute la soirée. Pourtant il déposa un baiser sur les lèvres de Juliana et demanda :

— Tu as mal, ma sirène ?

— Non, c'est… Simon, je te sens en moi… Viens, dit-elle en plaquant les mains sur ses reins.

Elle creusa les reins, et il perdit la tête. Il commença à aller et venir en elle, lentement d'abord, puis de plus en plus vite, s'enfonçant jusqu'à la garde avant de se retirer. Ses coups de reins se firent plus puissants, leur arrachant à l'unisson des cris de plaisir. Ils s'accordaient à la perfection, bougeaient au même rythme. En équilibre au bord de l'abîme, Simon murmura d'un ton pressant :

— Regarde-moi, mon ange.

Elle obéit, et ils basculèrent ensemble dans l'extase.

Pantelant, il s'affala sur elle et demeura ainsi un long moment. Puis il roula sur le côté pour la délester de son poids et l'attira sur lui. Tandis que sa poitrine se soulevait à un rythme rapide contre son torse, il eut de nouveau envie d'elle.

Ignorant son désir, il fit courir ses doigts sur ses épaules nues.

Il ne voulait pas penser à l'avenir. Juste savourer l'instant.

Profiter du moment présent.

C'était une erreur.

Alors même qu'elle se délectait du contact de son corps puissant sous le sien, elle sut que ce serait encore pire, désormais.

Simon lui avait donné tout ce dont elle rêvait. Elle ne s'était jamais sentie aussi proche d'un autre être humain, aussi désirée. Elle n'imaginait pas qu'elle l'aimerait aussi intensément.

Demain ils se quitteraient, et il épouserait une autre femme. Et elle vivrait en sachant que l'homme qu'elle aimait ne lui appartiendrait jamais. Cette pensée la fit frémir.

— Tu as froid ? demanda-t-il avant de l'embrasser sur le front.

Non.

Mais il était plus facile de répondre oui que d'avouer la vérité. Elle hocha tête.

Il la fit glisser sur le lit, puis se leva pour aller attiser le feu dans la cheminée.

Soudain consciente de sa nudité, et se sentant trop vulnérable, Juliana s'empressa de récupérer son peignoir. Après l'avoir enfilé, elle noua la ceinture et se tourna vers Simon, accroupi devant le feu, les muscles de son dos saillant magnifiquement.

Il se leva, fronça les sourcils en découvrant le lit vide. Puis il la vit dans la pénombre, et lui fit signe d'approcher. Elle ne put résister.

La soulevant alors dans ses bras, il s'assit dans le fauteuil qui faisait face à la cheminée. Glissant la main entre les pans de son peignoir, il murmura :

— Je te préfère nue.

Elle découvrait un nouveau Simon, tendre et moqueur.

— Moi aussi. Quand je t'ai vu devant le feu, tu m'as fait penser au dieu Héphaïstos.

— Cela fait de toi Aphrodite, ce qui te va très bien, remarqua-t-il.

Sauf qu'Aphrodite et Héphaïstos étaient mariés, lui souffla une petite voix.

— De sirène, je suis donc devenue déesse ?

Il rit, lui prit la main et la porta à ses lèvres.

— Apparemment.

— Tu vois ? Je ne suis pas qu'un scandale ambulant.

Elle regretta aussitôt ses paroles.

— Simon, tu sais que... que je ne parlerai jamais à qui que ce soit de ce qui s'est passé. Tu n'as pas à t'inquiéter... personne ne le saura.

— Moi, je le saurai, dit-il en repoussant une mèche brune de son front.

— Oui, bien sûr, nous saurons. Mais je ne te demanderai jamais rien. Ce n'était qu'une nuit.

— Nous aurions dû nous douter qu'une seule nuit ne suffirait pas.

Juliana se pétrifia. Il voulait davantage. Et elle aussi.

— Je pourrais être ta maîtresse.

Les doigts de Simon se crispèrent sur sa cuisse.

— Ne dis pas un mot de plus.

— Pourquoi ? Tu m'as dit un jour que je ferais une maîtresse agréable.

— Juliana. Tais-toi.

— Pourquoi ?

— Parce que tu mérites mieux ! s'écria-t-il en se levant.

Elle faillit tomber et il lui agrippa le bras pour la retenir.

— Je ne veux pas que tu sois ma maîtresse. J'ai envie de me gifler d'avoir osé suggérer une chose pareille ! Viens au lit, continua-t-il. Je veux dormir en te tenant dans mes bras. Tu retourneras dans ta chambre plus tard, avant que la maison se réveille.

La tentation était irrésistible. Il n'y avait rien qu'elle désirait plus que de dormir avec lui en écoutant les battements de son cœur.

— Non, je dois partir, Simon.

— Pas tout de suite. Reste encore un peu, dit-il en lui tendant la main.

Elle recula en secouant la tête.

— Je ne peux pas prendre ce risque.

Simon l'observa avec attention, et elle espéra qu'il ne lisait pas dans son regard qu'elle le quittait « pour de bon », comme disaient les Anglais.

— Tu as raison, acquiesça-t-il finalement. Je parlerai à Nick demain.

— De quoi ?

— De notre mariage.

— Notre mariage ? répéta-t-elle, effarée.

Il ne pouvait pas l'épouser. Elle était italienne. Catholique. Ses origines étaient douteuses. Sa mère, un désastre. Son père n'était qu'un simple marchand. La bonne société la tolérait à peine.

Et il était déjà fiancé à une jeune fille à la réputation immaculée.

Et malgré tout cela, l'ombre d'un espoir surgit en elle. Était-ce possible ? Pouvait-il la choisir ? L'épouser ? Pouvait-elle avoir cet homme qu'elle aimait follement ? Filer avec lui le parfait amour, comme ces couples qu'elle voyait roucouler autour d'elle ?

— Ne sois pas si triste. Tu vas l'avoir, ton scandale, finalement.

Son scandale.

C'était ce qu'elle était pour lui. Une Italienne scandaleuse, qu'il épousait après avoir passé la nuit avec elle. Et un jour, lorsque tout le monde aurait oublié le faux pas de Georgiana, qu'on se moquerait de ses enfants parce que leur mère était ordinaire, quand il verrait lady Pénélope danser avec son époux parfait, il regretterait sa décision.

Elle n'était rien d'autre qu'une distraction scandaleuse. Elle ne serait jamais son égale, jamais assez bien pour lui.

Elle l'aimait. Mais parfois l'amour ne suffisait pas.

— Je ne peux pas t'épouser, Simon.

— Pardon ?

— Je ne peux pas t'épouser.

— Pourquoi ? s'exclama-t-il, incrédule.

— Tu es fiancé à une autre.

— Je romprai, dit-il simplement, comme si c'était la chose la plus raisonnable du monde.

— Et lady Pénélope ? Sa réputation ? Que fais-tu de tes plans pour protéger ta famille, ta sœur ? De ton devoir ?

— Juliana, je t'ai compromise, et nous allons nous marier.

— Parce que tu dois réparer ?

— Entre autres, oui.

— Je ne suis pas l'épouse que tu souhaites, tu l'as dit toi-même. Je suis trop audacieuse, trop impulsive, trop scandaleuse. Avant cette nuit, tu n'avais jamais envisagé de m'épouser.

— Je t'ai demandé ta main la semaine dernière !

— Uniquement parce que Gabriel nous a surpris dans l'écurie. Par devoir. Comme tout ce que tu fais. Tu m'aurais épousée, mais je ne suis pas de ton rang.

— Ne dis pas cela.

— Pourquoi ? C'est vrai. Je ne serai jamais assez bien pour toi. Jamais assez respectable et convenable. Que diraient les gens ? Que dirait ta mère ?

— Qu'ils aillent se faire pendre, tous autant qu'ils sont. Surtout ma mère.

Juliana s'approcha, lui caressa la joue. Les larmes lui montèrent aux yeux à l'idée que c'était la dernière fois qu'ils étaient ainsi ensemble.

— Un jour, tu m'as reproché de ne jamais penser aux conséquences de mes actes. À ce qui se passe ensuite.

— Ce qui va se passer, c'est que nous allons nous marier.

— À présent, c'est toi qui ne penses pas aux conséquences. Je serai toujours le scandale incarné, Simon. Jamais digne de toi.

— C'est ridicule. Bien sûr que tu es digne de moi !

— Non, je ne le serai pas. Pas à tes yeux. Or, je mérite mieux.

— Tu peux difficilement avoir mieux que moi. Je suis duc, martela-t-il, la voix tremblante de colère.

— C'est peut-être vrai, Simon. Mais cela n'a rien à voir avec le fait que tu sois duc.

Ils gardèrent le silence un moment, puis elle gagna la porte.

— Ce n'est pas fini, Juliana.

— Si, ça l'est, répliqua-t-elle avec force.

Une force qu'elle n'était pas certaine de posséder.

18

Les histoires de cœur sont bel et bien un défi.
Une dame raffinée laisse l'initiative au gentleman.

Traité des Dames raffinées

À la lumière du jour, le souvenir des visites nocturnes apparaît plus excitant...

Journal des potins, novembre 1823

Elle l'avait quitté.

Ce n'était pas possible.

Dès son réveil, Simon était allé seller les chevaux pour emmener Juliana en promenade. Il voulait l'éloigner de cette maison afin de lui faire entendre raison. Mais en arrivant à l'écurie, il avait découvert que Lucrezia ne s'y trouvait plus.

Une enquête rapide avait révélé que Juliana était partie avant le lever du jour. Lâchement.

Comment osait-elle le quitter ?

Il n'était pas quelque freluquet prêt à tout accepter. Il était le duc de Leighton ! La moitié de Londres s'empressait d'exécuter ses ordres, et il ne parvenait pas à se faire obéir d'une malheureuse petite Italienne ?

Il eut envie de hurler de rage, de casser quelque chose. Puis de l'enfermer dans une chambre, et de l'embrasser à perdre haleine. Jusqu'à ce qu'elle cède.

Cela faisait deux fois qu'elle refusait sa demande en mariage. Et maintenant, elle le quittait !

Son désir en était décuplé. Il voulait la toucher, lui faire l'amour jusqu'à l'épuisement. Il voulait se noyer dans ses boucles d'ébène, dans ses yeux, dans son infinie douceur.

Il fit une entrée fracassante dans la salle du petit déjeuner, faisant sursauter les jeunes femmes rassemblées autour de la table, et fondit tel un rapace sur St. John, qui beurrait tranquillement une tartine.

— Où est-elle ?

Nick avala une longue gorgée de thé avant de répondre :

— Où est qui ?

— Juliana.

— Partie ce matin à l'aube. Assieds-toi, et prends du bacon.

— Je ne veux pas de ton fichu bacon. Je veux que tu amènes ta sœur ici, immédiatement.

Avec ces mots, il capta enfin l'attention de St. John. Ainsi que de la demi-douzaine de femmes présentes. Nick lui décocha un regard noir, repoussa sa chaise et se leva.

— Peut-être souhaites-tu t'excuser auprès de ces dames avant de me suivre dans mon bureau ?

Simon s'inclina avec raideur.

— Mesdames, je vous prie de me pardonner, dit-il avant de tourner les talons et de suivre Nick.

— Pour commencer, ce bacon est excellent, déclara Nick une fois la porte du bureau refermée derrière eux. Et je ne suis pas ravi d'avoir dû interrompre mon déjeuner.

— Je n'ai pas le temps de jouer…

— Deuxièmement, qu'est-ce qui te prend de me parler de ma sœur de cette manière ?

— Je vais l'épouser.

Nick cilla.

— Vraiment ? Je suis pourtant certain que ni Ralston ni moi ne t'avons autorisé à la courtiser… et encore moins à l'épouser.

— Je n'ai pas besoin de votre autorisation. Elle est à moi.

— Puis-je te suggérer de reformuler cela, duc ?

Simon inspira en s'exhortant au calme, alors que sa seule envie était de flanquer une volée de coups de poing à Nick.

— J'aimerais courtiser ta sœur.

— C'est beaucoup mieux.

— Parfait. Où est-elle ?

— Je n'ai pas encore accordé ma permission.

Simon sentit la moutarde lui monter au nez. Il n'avait jamais été violent, mais les frères de Juliana suscitaient en lui des réactions exceptionnelles.

— Vas-tu me l'accorder ?

— Je ne crois pas, non.

— Et pourquoi ? tonna-t-il, exaspéré.

— Pour un grand nombre de raisons. Tu veux que je les énumère ?

— Je doute de pouvoir t'en empêcher, mais j'en ai assez. Si elle est retournée à Londres, je peux encore la rattraper. Avec mon cheval, je serai plus rapide que sa voiture, déclara-t-il en se dirigeant vers la porte.

— Tu ne quitteras pas cette maison, Leighton. Pas dans un tel état d'énervement.

— Tu crois que je pourrais lui faire du mal ?

— Non, mais elle serait bouleversée, et elle ne mérite pas cela.

— Tu penses pouvoir m'arrêter ?

— Je le peux, oui. Je n'ai pas besoin de te rappeler que le parc bénéficie d'une sécurité exceptionnelle.

Simon se mit à arpenter le bureau.

— Je suis duc ! Ce titre m'ouvre toutes les portes dans le monde excepté dans votre famille !

— Nous sommes d'une nature perverse, commenta Nick en souriant. Ton titre est la première raison pour laquelle l'idée de te voir épouser Juliana me déplaît.

— Oui. Être duchesse est vraiment difficile.

— Ce le serait pour elle. La bonne société ne lui pardonnerait jamais d'avoir enfreint ses règles, et ta précieuse réputation en souffrirait.

Simon s'en moquait. Il était prêt à tuer les dragons de la bonne société pour elle. Vu son humeur, il était même prêt à le faire à mains nues.

— Et même si Juliana se comportait selon les règles de la bienséance, ce qui m'étonnerait beaucoup, elle n'échappera jamais à la réputation de notre mère. La haute société la jugera toujours selon ses origines. Et tu finirais par lui en vouloir à cause de cela.

— Ce n'est pas vrai.

Mais c'était encore vrai récemment. Avant de connaître Juliana, il réagissait ainsi. Dieu merci, elle lui avait appris qu'il y avait des choses infiniment plus importantes que la réputation.

— Ah bon ? répliqua Nick, incrédule. Leighton, tu t'es toujours fixé comme mission d'éviter le scandale. Tu as été élevé pour cela. Tu es froid, insensible, et tu respectes à la lettre les conventions.

Simon ne se sentait ni froid ni insensible. Juliana l'avait transformé en profondeur.

Et elle l'avait quitté.

— Toute ta vie, tu as réussi à garder ta réputation intacte. Pour l'amour du ciel ! Tu as préféré laisser ta sœur ici plutôt que d'admettre qu'elle n'avait pas suivi ton exemple. Et tu voudrais que je te donne ma sœur ?

Nick avait raison. Simon avait passé sa vie à juger les autres. À jurer qu'il était au-dessus du scandale... et de l'amour. Jusqu'à Juliana. Avec ses idées audacieuses, ses sourires trop francs, sa nature scandaleuse. Il la voulait dans sa vie. Près de lui. Il voulait qu'elle soit sa duchesse.

Il l'aimait.

Il serait fier de l'avoir à son bras. De l'épouser, de lui faire des enfants, de vivre avec elle. Et au diable les commérages !

— Juliana a assez souffert, poursuivit Nick. Elle ne mérite pas ta charité.

Simon se jeta sur Nick, agrippa les revers de sa veste et le poussa brutalement contre le mur, faisant trembler les tableaux.

— Ne redis jamais que ce que j'éprouve pour ta sœur n'est que de la charité ! Juliana est belle et brillante et hardie. C'est nous, qui ne sommes pas dignes d'elle. Et si tu oses dire encore une fois qu'elle est scandaleuse, je prendrai un plaisir viscéral à te détruire !

Simon se tut, le souffle court.

— Eh bien, je ne m'attendais pas à cela, déclara Nick calmement.

Après avoir inspiré à fond, Simon le relâcha, et recula d'un pas.

— Je vais partir à sa poursuite. Essaye de m'en empêcher si tu veux.

— Mais, Leighton… tu es fiancé. À une autre.

Simon jura entre ses dents. Il avait oublié Pénélope.

— J'ai commis une erreur.

L'air faussement choqué, Georgiana prit Caroline dans son berceau et croisa le regard de Simon.

— Certainement pas. Les Pearson ne font jamais d'erreur. Regarde-moi. Je suis parfaite. Un modèle de bonne conduite.

— Juliana est partie.

— C'est ce que j'ai appris, en effet.

— J'ai été idiot.

La jeune femme prit place dans le rocking-chair à côté du berceau.

— Raconte.

Il ne savait pas par où commencer. Il se laissa tomber dans le fauteuil face à sa sœur, posa les coudes sur ses genoux et dit la seule chose qui lui vint à l'esprit.

— Je l'aime.

— Juliana ?

Il hocha la tête et fourragea dans ses cheveux.

— Pourquoi épouses-tu une autre femme ?

C'était la seule question importante, et il n'avait pas de réponse. Quand il avait échafaudé ce plan, il avait d'excellentes raisons. À présent, elles lui paraissaient dérisoires.

— Je l'ignore.

— Tu ne l'aimes pas.

— J'ai fait une erreur, répéta-t-il.

Il ne pouvait pas rompre sans ruiner la réputation de Pénélope, qui ne méritait pas d'être traitée ainsi.

Mais il aimait Juliana.

— Simon, reprit sa sœur d'une voix douce, tu peux l'épouser. Aucun de vous n'est marié. Des fiançailles se rompent aisément.

Simon secoua la tête.

— La réputation de Pénélope serait détruite.

— Lady Pénélope est la fille d'un marquis dont le domaine est aussi grand que Windsor. Tu crois qu'elle ne pourra pas trouver un autre époux ? Quelqu'un qui éprouvera pour elle des sentiments sincères ? Qui ne sera pas amoureux d'une autre ?

— Elle trouvera sans doute quelqu'un d'autre. Mais je ne peux pas lui imposer une pareille épreuve.

— C'est ridicule ! Tu peux trouver le bonheur avec Juliana. Crois-moi, Simon, on ne peut être heureuse en épousant un homme qui en aime une autre.

— Je me moque du scandale et de lady Pénélope. Mais si je détruis la réputation de Pénélope, que pensera Juliana ? Comment pourrait-elle m'estimer si je me comporte ainsi ?

— Laisse au moins le choix à Pénélope, Simon. Elle le mérite. Et Dieu sait que Juliana et toi méritez d'être heureux.

— Tu crois que Pénélope accepterait de me rendre ma liberté ?

Georgiana sourit d'un air entendu.

— Je le crois, oui.

Dans le silence qui suivit, Simon contempla la petite Caroline, endormie sur l'épaule de sa mère. Il imagina un autre enfant, avec des cheveux noirs et des yeux bleus, blotti dans les bras d'une autre femme.

Il ferma les paupières. Il voulait cet enfant, cette famille. Mais d'abord, il devait des excuses à sa sœur.

— Avec toi aussi, j'ai commis une erreur.

— Une seule ? À laquelle fais-tu référence ?

— Je n'aurais pas dû t'abandonner ici, dans le Yorkshire. J'aurais dû me soucier davantage de toi et moins du scandale.

Il se leva et alla à la fenêtre.

— Je ne peux pas revenir en arrière, enchaîna-t-il en parcourant la lande du regard, mais je suis désolé.

— Merci.

— J'aurais voulu que tu me dises qui a...

— Il est parti. Tu ne pourras pas le retrouver.

— Admettons. Mais tu es tout de même fille de duc. Nous pourrions te trouver un mari. Un bon père pour Caroline.

— Arrête, dit-elle en caressant le dos de son bébé comme pour la protéger.

— Tu penses pouvoir passer le reste de ta vie dans ce coin d'Angleterre ? Que se passera-t-il quand Caroline grandira ? Que répondras-tu lorsqu'elle t'interrogera ? Je ne pourrai pas te cacher indéfiniment, Georgiana.

— Je ne t'ai jamais demandé de nous cacher. En fait, je préférerais ne pas l'être. Ma réputation est détruite, Simon. Tu peux faire tout ce que tu veux, les dés sont jetés.

— Tu mérites...

— Je mérite d'être une mère. D'élever une enfant qui est forte, en bonne santé, et qui se sait aimée. Nous n'en avons pas eu autant.

— Je veux que tu sois heureuse.

— Et je le serai, un jour, dit-elle en souriant. Quoique pas comme tu l'avais prévu.

Quelle ironie. Georgiana était la sœur d'un des hommes les plus puissants du royaume, et pourtant, il ne pouvait rien faire pour changer le cours de sa vie. Impossible de restaurer sa réputation, ni de faire taire les ragots. En revanche, il pouvait lui offrir son soutien et son amour inconditionnels.

— Georgiana... quoi que tu décides, je serai toujours là pour vous deux.

Il alla embrasser sa sœur et sa nièce.

— Je dois partir, à présent. Il faut que je la retrouve.

— Mère sera furieuse, commenta Georgiana d'un ton ironique.

Simon arqua les sourcils.

— Mère fera une parfaite duchesse douairière, riposta-t-il en gagnant la porte.

— Simon ?

Il se retourna, pressé d'aller retrouver son amour. De commencer sa vie.

— Ton cadeau de fiançailles est déjà en route pour Londres. Transmets mes salutations à mère.

19

La réputation est le bien le plus précieux. Une dame raffinée la protège à tout prix.

Traité des dames raffinées

Parfois, nous sommes nous-mêmes surpris par la source du scandale.

Journal des potins, novembre 1823

Juliana alla directement rendre visite à sa mère. Il était tard, l'heure des visites de courtoisie était passée depuis longtemps. Debout dans le superbe salon de Nick et Isabel, décoré de statues de marbre, Juliana attendait sa mère.

Une statue d'Aphrodite portant Eros dans ses bras trônait dans un angle de la pièce. L'enfant essayait d'attraper quelque chose derrière son épaule. Tous ses muscles étaient tendus, et sa jambe potelée essayait de se libérer de l'étreinte maternelle. Parfois, les dieux eux-mêmes ne pouvaient obtenir ce qu'ils voulaient, et les mortels étaient stupides de croire qu'il en allait autrement pour eux.

Le voyage de retour avait été terrible. Juliana n'avait pu ni manger ni se reposer tant la pensée de Simon la tourmentait.

La fuite n'était pas la plus respectable des réactions, mais elle ne pouvait pas rester dans le Yorkshire. Pas tant qu'il tenterait de l'attirer dans ses bras, dans son lit, dans sa vie.

Elle ne pourrait jamais lui donner ce à quoi il aspirait par-dessus tout. Une lignée impeccable, une réputation sans tache, la respectabilité.

Elle n'avait que son amour, et parfois, l'amour ne suffisait pas.

En soupirant, elle passa le doigt sur le petit pied parfait d'Eros. Elle n'aurait pas dû être là. Surtout pas à cette heure.

Elle était là à cause du scandale. Parce que les actes de sa mère l'obligeaient à se poser des questions sur son propre comportement, ses motivations, ses désirs.

Il fallait qu'elle sache, une bonne fois pour toutes, que bon sang pouvait mentir. Qu'elle était différente. Meilleure. Elle avait vécu trop longtemps dans l'ombre de sa mère, il était temps qu'elle sorte au soleil.

— Drôle d'heure pour une visite, déclara Louisa en pénétrant dans le salon.

Elle portait une robe de chambre qui flottait gracieusement autour d'elle. Comme toujours, elle était très belle.

Elle darda sur Juliana un regard acéré. Sa robe était froissée et poussiéreuse, ses bottines couvertes de boue et ses cheveux ne tenaient pas sous son chapeau.

— Tu es épouvantable.

Juliana ne répondit pas. Elle regarda sa mère se servir un verre de sherry, sans lui en proposer.

— Tu es venue me rendre visite dans ma prison ? Avec toutes ces statues, j'ai l'impression de vivre dans un musée.

— Personne ne vous oblige à rester à Londres.

— Certes. Mais je n'ai nulle part où aller, ma chérie. Je suppose que Gabriel n'a toujours pas décidé ce qu'il allait faire de moi ?

— Je ne crois pas.

— J'espère qu'il ne va pas tarder. J'aimerais partir d'ici avant d'être grand-mère. Je n'ai pas besoin qu'on me rappelle que je vieillis.

— Je ne pense pas que Gabriel s'intéresse beaucoup à votre emploi du temps.

Louisa leva les yeux au ciel.

— Je suis heureuse pour lui. Sa femme et lui semblent bien s'entendre. Mais les enfants, les cris, les pleurs, les demandes incessantes... Ce n'est pas pour moi.

— Je ne l'avais pas remarqué.

— Tu as la langue bien pendue, comme ton père, lui assena Louisa.

— Je n'ai pas eu d'autre exemple que lui.

— Eh bien, si tu n'es pas là pour m'apporter des nouvelles de mon sort futur, qu'est-ce qui t'amène ici, au milieu de la nuit ?

Juliana n'y alla pas par quatre chemins.

— Est-ce que vous regrettez ? lâcha-t-elle.

Sa mère ne feignit pas de ne pas comprendre.

— Dans l'ensemble, non. Je ne regrette pas d'avoir été marquise, ou femme d'un marchand de vin. Bien que ton père ait été moins riche qu'il ne me l'avait fait croire. Les choses n'étaient pas toujours faciles...

— Je vous rassure, elles ne sont pas devenues plus faciles quand vous nous avez abandonnés.

— Abandonnés ? Tu dramatises.

— Quel mot préférez-vous employer ?

— Juliana... c'était ma vie. Je voulais vivre. Tu peux le comprendre, ma chérie. Tu es ainsi, toi aussi, c'est évident.

— Que voulez-vous dire ?

— Que l'on apprend beaucoup de choses quand on est enfermée dans une maison avec pour seule distraction des journaux mondains vieux de six mois. Tu es aussi scandaleuse que moi. Tous ces rendez-vous dans des jardins, chutes dans la Serpentine, décors de légumes qui s'écroulent... Dieu que cela devait être drôle ! s'exclama Louisa avec un rire haut perché.

— C'était terrifiant, j'ai failli me noyer.

— Je suis sûre que tu exagères. Et puis, tu as été secourue par un superbe duc ! C'est le genre de choses qui aurait pu m'arriver si je n'avais pas été mariée trop jeune. Je vais te dire une chose, si c'était à refaire, je serais encore plus scandaleuse. C'est certain.

— Vous avez créé un scandale considérable, mère, je vous assure.

— Oui, mais dans la mesure où je n'étais pas là pour le voir, c'est comme s'il ne s'était rien passé. Toi, en revanche, tu vis pleinement le scandale.

C'était faux. Elle subissait la réputation héritée de cette femme, qui ne semblait pas se soucier du fardeau qu'elle avait fait porter à ses enfants.

— Tu t'es bien débrouillée sans moi, ma chérie, continua-t-elle d'un ton léger. Tu as retrouvé tes frères, et ils veillent sur toi. Oui... j'ai fait mon travail.

Louisa était indéniablement très contente d'elle. Juliana ne put s'empêcher de rire. Comment détester quelqu'un qui était aussi coupé de la réalité ?

— Je sais que tu voudrais une meilleure explication, Juliana. Une réponse qui te permettrait de me pardonner. Mais il n'y en a pas. J'ai fait des choix difficiles, et si je devais recommencer, je ne suis pas sûre que je les referais.

Juliana laissa échapper un soupir. Grâce à sa mère, qui était partie sans un regard en arrière, elle avait enfin une famille. Bientôt la maison de son frère serait pleine de rires d'enfants qui l'empêcheraient de penser à l'époque où elle avait cru trouver l'amour.

Un temps viendrait où Simon n'occuperait plus toutes ses pensées. Où elle ne l'aimerait plus autant.

C'était tout ce qu'elle pouvait espérer.

Simon était dans son bureau, épuisé et couvert de boue. Il était arrivé chez lui au milieu de la nuit pour découvrir qu'en son absence l'enfer s'était déchaîné.

Boggs avait pris son manteau et son chapeau, et lui avait tendu la *Gazette* d'un air sombre.

Simon lisait et relisait l'article comme si celui-ci risquait de disparaître ou de se transformer.

Le duc de Leighton... sa sœur, qui n'a même pas fait son entrée dans le monde... une fille née il y a quelques jours...

Il allait tuer Georgiana. Elle savait qu'il ne révélerait jamais le scandale lui-même. Qu'il ne mettrait jamais sa réputation, ou celle de Caroline, en péril.

Donc, elle avait pris les choses en main.

Pourquoi ?

La réponse était évidente. Comment avait-il pu ne pas prévoir la suite ? Il alla à son bureau et souleva la pile de lettres qui l'y attendaient. Il trouva très vite celle qu'il cherchait, glissa l'index sous le cachet de cire et s'autorisa encore un vague espoir. Puis il lut l'unique phrase, soulignée deux fois.

Les fiançailles sont rompues. – Needham

C'était donc cela, le « cadeau de fiançailles » de Georgiana ! Elle s'était sacrifiée pour assurer son bonheur à lui.

Il ne lui restait plus qu'à tendre la main pour s'en emparer.

Le bal d'automne des Northumberland était le dernier événement mondain de la saison. Quand la session spéciale du Parlement serait achevée, la bonne société plierait bagage et s'en irait passer les fêtes de fin d'année à la campagne.

L'escalier et le grand hall de la maison étaient encombrés d'une foule d'invités qui confiaient leurs manteaux aux valets.

Toute la bonne société londonienne avait bravé la pluie glaciale pour assister au bal de clôture de la saison. Et si les plans de Simon fonctionnaient comme prévu, on parlerait de cette réception non seulement cette année mais aussi au cours de celles à venir. Malheureusement, il n'avait pas été invité, semblait-il.

— Je suis désolé, Votre Grâce, mais le duc et la duchesse ne reçoivent pas.

Le majordome à qui avait été confiée la tâche délicate de demander à Simon de partir, annonça la nouvelle d'une voix chevrotante.

— Je vous demande pardon ?

— Ils ne… reçoivent pas.

Simon regarda le flot d'invités en habit de soirée.

— Et donc, ces gens...

— Font partie de la famille, compléta le valet.

Simon aurait dû avoir pitié du pauvre homme, qui n'avait encore jamais mis un duc à la porte, mais il était trop irrité pour cela.

— Et la musique fait partie de la réunion de famille ?

Le valet s'éclaircit la voix.

— Hum... Oui ?

On refusait d'accueillir Simon à Northumberland House parce que sa sœur avait eu un enfant. Hors mariage. Le nom de Leighton était désormais synonyme de scandale. Cela n'avait pris qu'une journée. Toutes les invitations qu'il avait reçues pour les semaines à venir avaient été annulées poliment. Une épidémie d'annulations s'était répandue dans Londres.

Un autre jour, pour un autre bal, il serait sans doute parti sans faire d'histoire. Mais Juliana était déjà dans la salle. Et il avait imaginé un plan pour la conquérir.

— Eh bien, nous avons de la chance, Northumberland est un cousin éloigné, déclara-t-il en passant devant le valet et en montant les marches deux à deux.

L'homme le suivit.

— Votre Grâce, vous ne pouvez pas !

— Et comment comptez-vous m'arrêter ?

— Votre Grâce...

Le valet avait l'intention de faire appel à son bon sens. Mais il ignorait que le bon sens de Simon était entièrement dévolu à son objectif de la soirée, à savoir, trouver Juliana.

Il se faufila à travers un groupe d'invités, pénétra dans la salle de bal, la repéra presque instantanément et se dirigea vers elle tel un insecte attiré par la flamme. En proie à un plaisir intense.

Vêtue d'une robe de soie rose pâle, Juliana valsait avec Allendale. L'espace d'un instant, Simon fut étonné de la voir porter une couleur aussi fade et banale – si semblable à celle de toutes les autres jeunes filles à marier. Puis elle pivota sur la piste, il vit son visage, et il oublia la robe.

Son regard était triste. Il lui manquait.

Dieu merci ! Il n'aurait pas supporté qu'elle appartienne à un autre.

Tandis qu'il traversait la salle, Simon sentit les invités le dévisager, puis lui tourner délibérément le dos. Un comportement qui le blessait – le nier aurait été un mensonge –, mais était compensé par le fait qu'ils facilitaient sa progression.

Défiant les conventions, il se dirigea droit vers le centre de la salle, obligeant les danseurs à s'arrêter.

Allendale le vit arriver. Son sourire se figea, remplacé par une expression stupéfaite. Il ralentit le mouvement jusqu'à s'immobiliser.

— Qu'y a-t-il ? demanda Juliana.

Elle se retourna, les yeux écarquillés, et demeura bouche bée. La salle disparut et il n'y eut plus qu'elle. Eux. Ici et maintenant.

— Votre Grâce ?

— Allendale, je vous enlève votre cavalière, annonça-t-il d'un ton impérieux.

Benedick ouvrit et referma la bouche, à court de mots. Simon tendit la main à la jeune femme.

— Juliana ? J'aimerais beaucoup causer un scandale.

Elle regarda sa main, puis croisa son regard et secoua la tête.

— Non. Je ne serai pas votre scandale. Pas cette fois.

Puis, les yeux brillants de larmes, elle se rua vers la porte.

Il fallut un moment à Simon pour comprendre ce qui se passait. Le sang lui battait aux tempes.

— Comment pouvez-vous lui faire cela ? articula Allendale, furieux.

Et sans attendre de réponse, il se lança aux trousses de Juliana. Simon les suivit du regard, et fit la première chose qui lui passa par la tête.

— Juliana ! appela-t-il.

Un murmure consterné parcourut la salle, mais Simon n'en avait cure. Il se lança à son tour à la poursuite de la jeune femme. Un bras lui barra la route. Celui de Ralston.

— Juliana ! cria-t-il.

Elle se retourna enfin, et il dit la seule chose qui comptait :

— Je vous aime.

Son visage se crispa, les larmes qu'elle s'efforçait de retenir jaillirent, et elle s'enfuit, Allendale sur ses talons. Simon repoussa Ralston et leur emboîta le pas.

L'orchestre se remit à jouer et il se retrouva piégé au milieu des danseurs. Quand il eut enfin réussi à rejoindre l'escalier, qu'il dévala, et à atteindre la porte d'entrée, elle avait disparu.

Scrutant le brouillard épais, il se remémora les événements qui venaient de se succéder. Un sentiment nouveau s'empara de lui, qu'il reconnut aussitôt.

La peur.

La peur d'avoir perdu la seule chose qu'il ait vraiment désirée dans sa vie.

20

La société ne pardonne pas une conduite scandaleuse.

Cette maxime doit être retenue par les jeunes filles raffinées.

Traité des dames raffinées

Cette année, avec le spectacle que nous offre le beau monde, aller au théâtre ne paraît pas nécessaire…

Journal des potins, novembre 1823

Dans l'heure qui suivit, toute la famille fut de retour à Ralston House.

Ils se réunirent dans la bibliothèque. Benedick et Rivington prirent place dans des bergères devant l'énorme cheminée, tandis que Ralston faisait les cent pas. Juliana s'assit avec Mariana et Callie.

Amo, amas, amat.

J'aime, tu aimes, il aime.

Il m'aime.

Callie se leva.

— Je vais demander du thé, annonça-t-elle.

— Je crois que nous avons besoin de quelque chose de plus fort, déclara Ralston en s'approchant de la console où se trouvait la carafe de whisky.

Il remplit trois verres pour les hommes, puis, après réflexion, en remplit un quatrième qu'il tendit à Juliana.

— Bois, cela te fera du bien.

— Gabriel ! s'exclama Callie.

— Eh bien, quoi, c'est vrai.

Juliana avala une gorgée d'alcool.

— Tu peux peut-être m'expliquer comment Leighton en est arrivé à te faire une déclaration d'amour dans une salle de bal bondée ?

— Il était dans le Yorkshire, murmura-t-elle.

— C'est là qu'il a perdu l'esprit ?

— Gabriel, attention, intervint Callie d'un ton d'avertissement.

— Est-ce qu'il t'a touchée ? Ne réponds pas, c'est inutile. Aucun homme normal ne se comporterait ainsi sans...

— Ralston ! s'exclama Benedick. Cela suffit.

— Il veut m'épouser.

— Après ce qui s'est passé ce soir, je ne suis pas certain qu'il fera un bon époux, répliqua son frère, narquois.

Les larmes montèrent de nouveau aux yeux de Juliana, qui avala une gorgée de whisky dans l'espoir de réussir à les ravaler.

Elle s'était donné tellement de mal... Elle avait choisi une robe d'une couleur convenable, dansé avec le plus irréprochable des gentlemen, s'était convaincue qu'elle était capable de respecter l'étiquette, les conventions.

Mais une fois de plus, le scandale avait surgi.

Quand il lui avait avoué son amour devant toute la bonne société réunie, la face la plus obscure de sa personnalité avait vibré de bonheur.

— S'il t'a séduite, j'ai le droit de l'écarteler...

— Assez ! décréta Callie en se levant. Sors d'ici.

— Tu ne peux pas me chasser de ma propre bibliothèque, Calpurnia.

— Je le peux, et je le ferai. Je le fais, du reste. Dehors !

— Je n'irai nulle part. Juliana, veux-tu épouser Leighton ?

Oui.

Mais ce n'était pas si simple. Elle se leva, chancelante.

— J'ai besoin de... *uno momento... Per favore.*

Elle avait atteint la porte quand son frère lança :

— Juliana ! Réfléchis bien à ce que tu veux. Quoi que ce soit, tu peux l'obtenir.

Elle sortit, referma la porte derrière elle. Elle voulait Simon.

Son amour, mais aussi son respect et son admiration.

Elle se remémora les événements de la soirée. Leighton avait brisé toutes les règles. Il avait ignoré le protocole, assisté à un événement auquel il n'était pas invité, interrompu un bal, attirant sur lui le scandale.

Tout cela pour elle.

Et elle l'avait repoussé.

La porte de la bibliothèque s'ouvrit, et Benedick la rejoignit, le sourire aux lèvres. Elle entendit des éclats de voix avant que la porte se referme.

— Ils se disputent à cause de moi ?

— Non. Ils se demandent si Callie peut monter à cheval bien qu'elle soit enceinte.

— Je suppose qu'elle gagnera.

— Je n'en suis pas si sûr. Il y a quelque chose dont j'aimerais vous parler.

— Si c'est au sujet du duc, je ne préfère pas.

— Non, pas exactement. Juliana, si vous voulez bien, j'aimerais vous épouser.

— Benedick...

— Écoutez-moi. Nous sommes amis, et je pense que nous serions heureux ensemble. Vous n'êtes pas obligée de me répondre tout de suite, mais si... vous aviez besoin d'un mari...

— Non, répondit-elle avant de s'incliner pour l'embrasser sur la joue. Merci, Benedick, mais vous méritez mieux qu'une femme qui a besoin d'un mari.

Le comte hocha la tête, et reprit :

— Je crois que Leighton vous aime vraiment.

— Je le crois aussi.

— Alors pourquoi ne pas m'épouser ?

Juliana tressaillit et se retourna en reconnaissant cette voix. Simon était en haut de l'escalier, trempé jusqu'aux os, le visage creusé par la fatigue. Il avait enlevé son chapeau, et ses cheveux étaient plaqués sur son front.

Il était magnifique.

— Comment... comment êtes-vous entré ?

— Ce n'est pas la première maison dans laquelle je suis entré de force ce soir. Allendale, je vous pardonne d'avoir demandé sa main à la femme que j'aime. En échange, croyez-vous pouvoir nous laisser un moment ?

— Je n'en suis pas certain.

— Je ne vais pas la séduire dans ce couloir.

Benedick se tourna vers Juliana, et celle-ci hocha la tête.

— Cinq minutes, concéda le comte en soutenant le regard de Simon.

Il retourna dans la bibliothèque, et Simon fit un pas vers Juliana en se passant la main dans les cheveux.

— Je ne sais pas quoi faire. Ni comment vous conquérir.

Elle était déjà conquise. Perdue pour tous les autres hommes.

— Je vous dirai donc simplement la vérité, poursuivit-il. J'ai passé ma vie à me résigner à une existence sans passion. Et puis vous êtes arrivée. Et vous m'avez montré que tout ce que je croyais vrai était faux. Désormais, je veux vivre la vie que vous m'avez fait entrevoir. Vive, désordonnée, pleine de sentiments divers, de bonheur. Mais je ne peux l'avoir sans vous. Je vous aime, Juliana. Je ne pense pas pouvoir vivre sans vous.

Juliana retint son souffle comme le duc s'agenouillait.

— Vous m'avez dit un jour que vous me mettriez à genoux...

— Simon ! *Amore...* non, je vous en prie.

— Je suis là. À genoux. Par amour, dit-il en lui prenant les mains. Juliana, je vous en prie, devenez ma femme. Je passerai le reste de mes jours à vous prouver que je suis digne de vous. De votre amour.

Alors Juliana s'agenouilla à son tour et noua les bras autour de son cou.

— Oui, souffla-t-elle. Oui, Simon, oui. Je vous aime.

Ils demeurèrent de longues minutes ainsi, chuchotant des mots d'amour, échangeant des promesses, des caresses.

C'est ainsi que Ralston les découvrit.

Quand il ouvrit la porte de la bibliothèque, la lueur des chandelles se répandit dans le corridor, illuminant les amoureux.

— Vous avez intérêt à vous procurer d'urgence une dispense de bans, Leighton !

Simon se releva, le sourire aux lèvres.

— C'est déjà fait.

— Parfait, rétorqua Ralston. Je vous laisse deux minutes pour vous ressaisir avant de descendre discuter de tout cela avec moi. Toi, ma sœur, tu n'es pas invitée.

La porte se referma, et le marquis n'entendit pas les rires de Simon et de Juliana.

Une heure plus tard, Simon quittait Ralston House après avoir conclu les arrangements nécessaires avec son futur beau-frère. Il n'était que juste, finalement, qu'il se retrouve attaché à cette famille scandaleuse, la seule, dans toute l'Angleterre, qui se moquait de son titre. À présent, tout Londres allait tourner le dos aux Leighton de crainte d'être atteint par le scandale.

Et cela lui était complètement égal.

Il aurait aimé voir Juliana avant de partir, mais il ne l'avait trouvée nulle part, et Ralston ne semblait pas disposé à le laisser la chercher dans les étages.

Il grimpa dans sa voiture – là où tout avait commencé, quelques semaines plus tôt –, s'installa sur la banquette et donna un coup au plafond pour que le cocher démarre.

C'est seulement à ce moment-là qu'il s'aperçut qu'il n'était pas seul.

— Je n'allais tout de même pas vous laisser partir sans vous dire au revoir, murmura Juliana, le sourire aux lèvres.

— Nous allons devoir discuter de cette habitude que vous avez de vous cacher dans les voitures, déclara-t-il de son ton le plus hautain.

— Dans une voiture en particulier, Votre Grâce. La vôtre. Cette fois, j'ai bien vérifié les armoiries avant de me glisser à l'intérieur. Que comptez-vous faire de moi, maintenant que je suis là ?

— Je vais vous aimer, ma sirène, dit-il en l'attirant sur ses genoux. Je vous aime, Juliana.

Il déposa un baiser au creux de son cou.

— Dites-le encore, ordonna-t-elle dans un soupir.

Il chuchota les mots tout contre ses lèvres, qui s'entrouvrirent pour l'accueillir.

— Et Pénélope ? demanda-t-elle soudain en s'écartant.

— Faut-il vraiment que nous ayons cette discussion maintenant ?

Il referma la main sur un sein, et elle laissa échapper un petit gémissement.

— Non, décida-t-elle en allant s'asseoir en face de lui.

Il s'agenouilla devant elle et expliqua :

— Le père de lady Pénélope a mis fin à nos fiançailles.

Juliana n'aurait su dire si c'était dû à cette nouvelle ou à ses mains qu'elle sentait remonter le long de ses jambes, mais elle fut prise de vertige.

— J'aurais rompu, s'il ne l'avait pas fait, Juliana. Je n'aurais pas pu me marier avec elle, je vous aime trop.

— Il a fait cela à cause du scandale causé par Georgiana ?

— Oui.

Il lui retroussa sa jupe, et se pencha pour lui embrasser doucement l'intérieur du genou.

— Simon...

Il s'immobilisa, croisa son regard dans la lumière vacillante, puis l'embrassa sur les lèvres.

— Ma sœur a envoyé une lettre à la *Gazette,* pour révéler sa situation. Elle l'a fait pour nous, c'était son cadeau de mariage.

— Des fiançailles rompues ?

— Échangées contre un mariage surprise, répliqua-t-il en tentant de reprendre ses lèvres.

— Simon, que va dire votre mère ?

— Ce n'est pas un sujet que j'ai envie d'aborder en ce moment, mon amour.

— Mais... elle sera furieuse !

— Je m'en moque. Et si elle l'est, ce ne sera pas à cause vous. Vous êtes son seul espoir d'avoir des petits-enfants respectables. C'est moi qui ai une terrible réputation !

— De séducteur de jeunes filles innocentes ! s'exclama-t-elle en riant.

Il remonta sa jupe plus haut, déposa une série de baisers à l'intérieur de ses cuisses.

— Je n'ai séduit qu'une seule innocente.

— Simon, dit-elle en prenant son visage entre ses mains, je vous ai aimé au premier regard. Et je vous aimerai... aussi longtemps que vous voudrez de moi.

À court de mots, et parce qu'ils n'étaient de toute façon plus nécessaires, elle se pencha pour s'emparer de ses lèvres en un long et voluptueux baiser.

— Quel effet cela vous fait-il d'avoir détruit votre réputation ? s'enquit-elle lorsqu'ils reprirent leur souffle. Vous avez des regrets ?

— Pas le moindre !

Le scandale allait durer. On en parlerait à mi-voix dans les salles de bal, dans Bond Street, dans les couloirs du Parlement. Des années plus tard, Juliana et Simon raconteraient à leurs petits-enfants l'histoire du duc de Leighton terrassé par l'amour.

Épilogue

Mai 1824

Sa Grâce, la duchesse de Leighton, était perchée sur une échelle dans la bibliothèque quand son époux entra dans la pièce en l'appelant, une lettre à la main.

— Oui ?

— Nous avons reçu des nouvelles de…

Les mots moururent sur ses lèvres.

— Juliana ?

— Oui ?

— Que fais-tu là-haut ?

Elle fit mine de ne pas avoir remarqué qu'il s'était placé sous l'échelle de manière à la rattraper si elle basculait.

— Je cherche un livre.

— Cela t'ennuierait beaucoup de rejoindre la terre ferme ?

Par chance, le livre se trouvait juste devant elle. Elle le prit et redescendit tranquillement.

— Quelle mouche t'a piquée de grimper là-dessus dans ton état ?

— Je ne suis pas une invalide, Simon.

— Tu aurais pu tomber !

— Mais cela n'est pas arrivé.

Elle se tourna vers lui en quémandant un baiser qu'il lui donna bien volontiers, la main posée sur son ventre.

— Tu dois faire attention, lui rappela-t-il.

— Nous allons bien, monsieur mon époux, répondit-elle en se lovant contre lui. Et puis, n'oublie pas que j'ai douze vies.

— Il me semble que tu les as déjà toutes utilisées. Du moins, tu as eu tes douze scandales.

— Oh, non, ce n'est pas possible !

Il la souleva dans ses bras et l'emporta jusqu'à son fauteuil, dont il chassa Léopold, qui alla se rallonger devant la cheminée.

— La chute dans la Serpentine... la cavalcade dans Hyde Park..., puis la fois où tu m'as attendue devant mon club...

— Ce n'était pas un vrai scandale ! protesta-t-elle. Mais il y a eu l'arrivée de ma mère.

— Non, ce scandale-là n'est pas de ton fait.

— Certes, mais elle est à l'origine de tous les autres.

— C'est vrai. Il faudra que je la remercie, un de ces jours. Donc, la chute dans la récolte d'automne de lady Needham...

— Vraiment, quelle idée de décorer un escalier avec des légumes ! Mais parlons plutôt des scandales dans lesquels tu as joué un rôle. Tu m'as embrassée dans les écuries de mon frère, séduite lors de ton bal de fiançailles... et n'oublions pas... la Nuit des feux de joie. Cela fait combien ?

— Huit.

— Tu vois, je te l'avais bien dit ! Je suis un modèle de bienséance ! Ah, non... neuf.

— Neuf ?

— J'ai insulté ta mère chez la couturière.

— J'aurais aimé voir cela.

— C'était horrible. Je n'arrive toujours pas à la regarder dans les yeux.

— Il y a eu deux autres scandales le premier soir, au cours du bal de Ralston House.

— En effet. Grabeham dans les jardins. Et ta voiture.

— Et enfin, le douzième. Le bal des Northumberland.

— Ah, non ! Ce soir-là, c'est toi qui as forcé la porte pour déclencher un scandale. Je n'ai rien à voir là-dedans.

— Je te l'accorde.

— Cela dit, c'était le meilleur de tous, concéda-t-elle en souriant.

— Quand on fait quelque chose, il faut le faire bien.

Il l'embrassa, et quand il s'écarta, elle lui fit remarquer :

— Tu avais des nouvelles à m'annoncer. Quand tu es entré.

Simon sortit une lettre de sa poche.

— Nous avons un neveu. Le futur marquis de Ralston.

Juliana ouvrit des yeux comme des soucoupes, et lui prit la lettre des mains.

— Un garçon ! Il s'appelle Henry ! Cela fait trois !

Elizabeth, la fille de Nick, était née deux semaines plus tôt et partageait la nursery avec Caroline.

Simon étreignit sa femme.

— Et à l'automne, nous ajouterons un quatrième à la petite bande.

Juliana éprouva une joie immense en songeant à cette famille qui allait s'épanouissant – une famille merveilleuse qu'elle n'aurait jamais osé imaginer.

— Tu es bien conscient qu'ils vont nous créer un tas de soucis ?

Plongeant son magnifique regard d'ambre dans le sien, il répliqua avec un grand sourire :

— Les plus beaux soucis du monde.

Si vous souhaitez être informée en avant-première
de nos parutions et tout savoir sur vos autrices préférées,
retrouvez-nous ici :

www.jailu.com

Abonnez-vous à notre newsletter
et rejoignez-nous sur Facebook !

11566

Composition
FACOMPO

Achevé d'imprimer en Italie
par GRAFICA VENETA
le 3 novembre 2025

Dépôt légal : décembre 2025
EAN 9782290413852
OTP L21EPSN002680-642673

ÉDITIONS J'AI LU
82, rue Saint-Lazare, 75009 Paris

Diffusion France et étranger : Flammarion